CW01430613

SIGNORA DI ASOLO

TRADUZIONE DI ARIANNA GIORGI

SIOBHAN DAIKO

ASOLANDO BOOKS

Cover design www.jdsmith-design.com

A cura di John Hudspith www.johnhudspith.co.uk

Informazioni: asolandobooks@gmail.com

Capitolo 1

ITALIA

GIUGNO 1989

Fern aprì la porta della sua camera da letto. Qualcosa stava bruciando, ne era sicura. Nel corridoio, la luce del mattino filtrava attraverso le persiane, ma non c'era traccia di un incendio. L'ambiente era privo di fumo. *Grazie a Dio*. Annusò l'odore acre. *Candeggina, forse?*

Un fremito d'aria fredda, e la pelle formicolò sotto le vesti.

"Lorenza!"

Fern saltò. "Chi è?"

Alcuni sospiri riecheggiavano da dietro la porta chiusa. La zia Susan, la sorella di papà, russava da morire, proprio come lui. Forse la voce che pensava di aver sentito era solo un'eco.

Fern avanzò con passo felpato lungo il corridoio, e poi giù per la scala a chiocciola. In cucina, un grasso gatto soriano le si aggrovigliò intorno alle gambe. Lei si chinò ad accarezzargli il pelo liscio e sentì un profumo di rose provenire da un vaso sul tavolo. Il vasto ambiente affacciava su un'ampia veranda che dava sul piano terra della casa di zia Susan. C'era un caminetto tra le vetrine e le credenze, e un'area per sedersi con un divano, una poltrona e un televisore poco più in là. Era una cucina semplice, ben sfruttata e comoda, non come l'angolo cottura modello "scatola da scarpe", dove si preparava i pasti a Londra.

Attraverso la finestra panoramica, una stretta viuzza abbracciava vigneti e campi di grano. La luce dell'alba illuminava una catena di colline in lontananza. Un antico palazzo fortificato sedeva sulla cresta più alta e sotto il forte si annidava la città di Asolo: un posto per scrittori, musicisti e artisti, a detta di tutti. Fern sfregò via il sonno dagli occhi. Avrebbe trovato la pace che cercava in quel luogo?

"Lorenza..."

Il sussurro pregno di dolore proveniva da un punto molto vicino a lei. "Chi è?"

Silenzio.

Fern ripeté la domanda, sentendosi alquanto ridicola.

Niente. Dev'essere la mia immaginazione.

Si avvicinò alla libreria e prese l'ultimo romanzo di sua zia, *L'amante del duca* di Susan Finch. Amava la lettura e non vedeva l'ora di perdercisi.

Con il piede urtò qualcosa di ruvido, un pezzo di legno scheggiato e annerito dal fuoco, di circa sei centimetri di lunghezza. Forse lo aveva portato fin lì il gatto. Si chinò e lo toccò. Era freddo come la lapide di una tomba. Di colpo, una sensazione di forte malessere. Lo prese e lo gettò nel fuoco. Era di quel pezzo di legno l'odore che sentiva? No, quello era bruciato molto tempo prima...

"Lorenza."

La parola aleggiava nell'aria.

Una scia gelida scivolò lungo la schiena di Fern. Con un miagolio, il gatto corse fuori dalla stanza; la coda gli si era gonfiata fino a diventare due volte la sua dimensione normale. Le assi del pavimento le scricchiolarono sopra la testa.

"Sei tu, mia cara? Ti sei alzata presto," disse la zia Susan con la sua inflessione gallese. Venne giù dalle scale in una vecchia vestaglia di flanella che abbracciava la sua figura corpulenta, e si scansò le ciocche grigie e crespe dalla fronte, spostando un paio di occhiali dalla montatura di tartaruga.

"Qualcosa mi ha svegliata e non sono riuscita a riaddormentarmi."

La zia Susan le rivolse uno sguardo miope. "Un brutto sogno?"

"Non credo." Sperava di essersi liberata dei suoi incubi, dei sogni terribili di fiamme, morte e fumo che si riversava da gallerie annerite dal fuoco, del panico, del senso di soffocamento e dei polmoni che bruciavano per la mancanza di ossigeno.

"Lorenza..."

Era come una dolce eco.

"L'hai sentito?"

La zia Susan accese il bollitore. "Sentito cosa?"

"Qualcuno sta sussurrando."

"Non riesco a sentire niente," disse la zia Susan sistemandosi gli occhiali sul naso. "Deve essere il vento."

Fern sbirciò attraverso la finestra, ma gli ulivi in giardino erano completamente immoti. Osservò il camino, ma non c'era traccia di quel pezzo di legno che aveva gettato in precedenza. *Non essere patetica, Fern.* Ci doveva pur essere una spiegazione per quel sussurro. Magari qualcuno l'aveva chiamata da fuori o l'udito le aveva giocato un brutto scherzo. Non gli occhi, però: era sicura di aver visto quel pezzo di legno bruciato.

"Dove si è cacciato Gucci?" La zia Susan versò l'acqua nella teiera. "Di solito si fa vivo presto la mattina, per mangiare."

"L'ho visto prima, non ti preoccupare."

"Ah, meno male. Potremmo andare ad Asolo dopo colazione, se ti va."

"Perfetto! Prendo il mio album per gli schizzi e cerco di catturare qualche scorcio." Fern si strofinò le braccia. "Non fa un po' freddo?"

"Non per me. Al contrario, anzi. I primi di giugno può essere caldo come a metà estate. Sei solo stanca dopo il viaggio di ieri sera, tesoro. Io sento sempre freddo quando sono stanca."

"Sì, forse hai ragione."

Si avviarono verso la Fiat 500 della zia Susan e, mezz'ora dopo, erano sedute a un tavolo sulla terrazza esterna del Caffè Centrale sorseggiando due cappuccini con schiuma abbondante, nel calore di una gloriosa giornata di sole.

Fern studiò l'edificio con le pareti affrescate sull'altro lato della piazza lastricata. Il sole illuminava i contorni sbiaditi di una scena di battaglia, con cavalieri a cavallo che imbracciavano lance: i fantasmi dei secoli passati. Ma non mancava qualcosa? Non avrebbe dovuto esserci una scala esterna che conduceva al primo piano? No. Quella era la sua prima visita ad Asolo. Doveva essersi sbagliata.

Una fontana abbelliva il centro della piazza; aveva una colonna con alberi in rilievo alla base, e un piccione dal torace rigonfio che beveva dal getto dell'acqua. Il leone alato di San Marco osservava la scena dalla cima del pilastro. *Il simbolo della Repubblica di Venezia*. Ma come diavolo faceva lei a saperlo?

Batté il cucchiaino da caffè sul bordo della tazza. Tutto molto strano. *Sono stanca. Sono solo stanca. Il mio subconscio sta invadendo la parte razionale di me, tutto qui.*

Un rumore di sedie, poi un uomo alto, vestito in jeans scoloriti e una camicia bianca aperta sul collo si avvicinò al loro tavolo.

"Buongiorno, Susan." L'uomo si chino e baciò la zia sulle guance, e il suo volto abbronzato risaltò contro l'incarnato pallido di lei.

"Luca, ma che bella sorpresa! Questa è mia nipote, Fern. È venuta a stare da me per un paio di settimane."

Fern tese la mano.

"Non ci siamo già incontrati?"

"No, non credo." Se lo sarebbe ricordato, se avesse già incontrato quell'uomo. Probabilmente era sulla trentina, a giudicare dalla leggera recessione dell'attaccatura dei capelli. Non molto più grande di lei, e troppo bello, tanto che non sarebbe stato fuori posto sulla copertina di un romanzo della zia Susan. Non che lei fosse interessata. Tutt'altro...

Qualcosa l'attraversò quando il palmo caldo di lui le avvolse la mano, quasi fosse una leggera scossa elettrica. Difficile da descrivere, ma le svuotò la testa. Fern si afferrò al tavolo.

"Lasceremo la gita a piedi fino alla Rocca per un altro giorno," disse la zia Susan indicando il vecchio forte. "Fa un po' troppo caldo per l'escursione. Visitiamo il castello della regina e poi basta."

"Il castello della regina? Asolo aveva una regina?"

"La regina Caterina Cornaro." Luca si sedette accanto a lei e allungò le lunghe gambe. "Figlia di Venezia, sposò il re di Cipro. La Repubblica la convinse ad abdicare e le diede il feudo di Asolo nel 1489."

"Luca è un esperto in materia," disse la zia Susan.

"Sei uno storico, Luca?" Era diverso da tutti i vecchi storici stantii che aveva incontrato all'History Club dell'università.

Gli occhi azzurri di lui si incresparono agli angoli. "Un architetto, ma mi occupo anche di lavori di restauro. Ho incontrato tua zia a una conferenza che ho tenuto al museo locale. Io non sono un esperto della Regina," sorrise. "Tuttavia, so del castello."

"Ho un libro su Caterina Cornaro a casa," disse la zia Susan. "Piuttosto accademico, ma comunque interessante."

"Be', allora sarà la mia lettura estiva. Andiamo, zia! Il castello ci aspetta." Poi si rivolse a Luca. "Il tuo inglese è eccellente. Mi accontenterei di parlare l'italiano anche solo la metà di come tu parli l'inglese." *Sarebbe un risultato, considerato che io conosco solo un paio di frasi.*

"Mia madre è inglese. Sono cresciuto bilingue e sono stato educato in Inghilterra. Anche io vado al castello, allora ci vediamo là."

"Perfetto." Fern sganciò la borsetta dallo schienale della sedia, si alzò in piedi, e seguì la zia Susan dall'altra parte della strada, mentre la lunga gonna le svolazzava intorno alle gambe. I vestiti delle vacanze erano quelli in cui si sentiva più a suo agio. La pianura veneta si estendeva oltre il suo sguardo e la sagoma di un campanile svettava contro il cielo azzurro. Qualcosa al riguardo si fece largo nella sua memoria. *Ma cosa?* Scosse la testa e raggiunse la zia.

"Ad Asolo si deve camminare con il naso all'insù," disse la guida. La zia Susan la prese per un braccio. "Guarda quelle finestre ad arco e le petunie viola che scendono dai balconi!"

"È stupefacente, molto ben conservato." Fern amava come i colori degli edifici si armonizzavano tra loro nei toni del crema e dell'albicocca. E le insegne erano discrete, non come in città. "Se camminassi col naso all'insù senza te a sorreggermi, finirei per terra a faccia in giù su questi ciottoli," disse, ridacchiando.

La zia Susan rise. "Infatti. Fallo solo se sei assolutamente sicura di non farti male, ovvio." Condusse Fern su per una breve salita ripida e sotto un arco, fino a un alto terrazzo. Poi si fermò di colpo. "Santo cielo!"

"Che c'è che non va?"

"Mi è appena venuta in mente la soluzione a un problema che c'è nella mia trama e che mi ha tormentato per tanto tempo."

"Questo è positivo, giusto?"

"Sì, ma ho bisogno di buttar giù due righe prima che mi dimentichi tutto." La zia Susan frugò nella borsetta. "Accidenti! Ho lasciato il mio blocco degli appunti in macchina. Aspettami qui mentre vado a prenderlo."

"Posso darti un foglio del mio blocco per gli schizzi."

"Grazie, cara, ma ho bisogno di controllare i miei appunti. Ci vediamo sulla terrazza."

Un fremito di disagio attraversò Fern. I tavoli sparsi nel patio, riparati sotto ombrelloni color avorio, sembravano estranei a quel luogo. *Che strano.*

Naturalmente tutto era diverso lì, si disse. Lei era abituata alla pioggia di Londra e alle case di mattoni rossi con i tetti di ardesia, gli aerei di linea diretti a Heathrow, la folla di gente ricurva che si affretta lungo i marciapiedi, e negozi che urlano le proprie svendite o le imbattibili offerte ad ogni angolo.

Salì sui bastioni, prese l'abum degli schizzi dalla borsa, e guardò i verdi giardini terrazzati che risplendevano al sole. Sollevando una mano sugli occhi, si ombreggiò dal riverbero. Un leggero capogiro e, di colpo, la luce cambiò, e i colori si fecero slavati, sovraesposti. La mano andò al parapetto. Era come se fluttuasse osservando la scena dall'alto delle mura del castello.

La luce del sole si fratturò in tante schegge scintillanti, l'alto edificio si trasformò in una struttura a due piani. Una dama e il suo seguito, in groppa a magnifici cavalli, passarono sotto la saracinesca.

Fern chiuse gli occhi e li riaprì, ma quella scena era ancora lì. Nelle orecchie le risuonava solo il debole zoccolare dei ferri di cavallo sul selciato, e l'aria profumava di un'essenza pungente di piante di cappero, che crescevano tra le crepe del muro.

CAPITOLO 2

Luca vide che la ragazza inglese se ne stava seduta sulle rovine dei bastioni del castello. Vestita con una gonna voluminosa e una camicetta in stile zingaresco, e con quel tripudio di lunghi riccioli sulla testa, gli ricordava una hippy. Come si chiamava? Il nome di una pianta, forse? Poteva essere Erica? La ragazza sembrava distante miglia e miglia. *Oh merda!* Stava barcollando e sembrava sul punto di cadere. Luca si lanciò su per le scale e riuscì ad afferrarla un attimo prima che precipitasse nel vuoto. La ragazza scivolò ai piedi del parapetto e lui la scosse delicatamente.

"Metti la testa tra le ginocchia," le disse mentre lei si riprendeva. Le accarezzò la spalla e, di nuovo, fu colto dalla sensazione di conoscerla. *Pazzesco!* Osservò il volto pallido e il sudore che le imperlava la fronte alta. "Tutto bene?"

"Credo di sì."

"Non dovresti sederti qui, è pericoloso, soprattutto se non ti senti bene."

"È tutto a posto, davvero. La scorsa notte non ho dormito bene e suppongo di essere crollata per questo."

"Stavi letteralmente per cadere giù ed è davvero alto, da qui. Penso che fossi sul punto di svenire. Ti eri davvero sporta troppo, sai? Dov'è tua zia?"

"È andata a prendere qualcosa in macchina. Davvero, non ti preoccupare, sto benissimo."

"Sei sicura che non ci siamo già incontrati da qualche parte?" La ragazza aveva un volto indimenticabile. Il naso prominente un po' disturbava la simmetria dei suoi lineamenti, ma non la rendeva affatto brutta, e i capelli biondo scuro erano decisamente selvaggi ma le donavano quel qualcosa in più.

Lo sguardo della ragazza si posò sul suo petto, poi viaggiò su fino al suo viso. Quegli occhi verdi. Molto bella. Gli sorrise, le labbra si incurvarono in modo così delizioso, che lui desiderò sollevare le dita e passarcele sopra.

"Ne sono sicura."

Lui annuì, ma non era convinto. Forse l'aveva vista a una festa a Londra? Non gli sembrò opportuno chiedere.

La ragazza indicò gli edifici del castello. "Mi chiedevo come fosse questo fabbricato ai tempi della regina Cornaro," disse tirandosi un ricciolo dietro l'orecchio.

"C'è un disegno, conservato nel Museo Civico, che mostra com'era prima della demolizione nel primo ventennio dell'800." L'accompagnò verso la terrazza. *Meglio farla sedere prima che svenga di nuovo.*

"Che peccato. Voglio dire, che non possiamo vederlo oggi."

Lui la guardò, cercando di rilevare una nota di ironia nella sua voce. I suoi amici lo accusavano spesso di parlare continuamente del castello, ma lei sembrava davvero interessata a quello che lui aveva da dire. Il pallore si riaffacciò sul suo viso. "Hai tempo per un drink?"

Senza attendere la risposta, l'accompagnò a uno dei tavoli del Caffé sul patio, e chiamò il cameriere. "Un Fernet Branca per la signorina e un caffè corretto con grappa per me."

"Sei gentile," disse la ragazza. "Cos'hai ordinato esattamente per me?"

"Qualcosa per riprenderti. Un amaro, una miscela di alcol ed erbe. È una cosa molto italiana, ti farà bene."

Le bevande arrivarono. La ragazza ne sorseggiò un po' e arricciò la fronte. "Ha un sapore terribilmente amaro."

"Butta giù, ti sentirai subito meglio. È un vecchio rimedio contro gli svenimenti."

"Chiunque si sentirebbe meglio dopo aver smesso di bere questo. Ma, guarda, che io non sono sicura di essere svenuta."

"Che cosa ti è successo, allora?"

La ragazza posò il bicchiere, poi lo riprese e infine lo rimise a posto sul tavolo. "Non ne sono certa, ad essere onesta. Mentre ero seduta sui bastioni, ho avuto questa incredibile ... oh, non so cosa, esattamente." Si mosse sulla sedia. "Era come se fossi già stata qui, anche se so che non avevo mai messo piede in questo posto prima d'ora."

"Forse ti sembra familiare perché hai visto qualche foto?"

"Potrebbe essere." La ragazza sembrava alla disperata ricerca delle parole giuste da usare. Alzò le spalle e guardò la torre dell'orologio. Scuotendo la testa, si girò verso di lui. "Lavori ad Asolo?"

"Il mio ufficio è a Treviso, ma ho un appartamento qui." Lanciò un'occhiata all'album per gli schizzi che spuntava fuori dalla borsa della ragazza. Un'artista, dedusse.

"Sei fortunato, allora! Io ho un appartamento a Islington e lavoro nella City." La ragazza aggrottò la fronte ancora una volta, per un momento, poi la sua espressione si rilassò.

"Preferisco la vita cittadina; non che Treviso sia una grande città, ma ho una certa affinità con Asolo, l'ho sempre avuta." Picchiettò le dita sui braccioli della poltrona. "Se resti ad Asolo fino alla fine del mese, allora potrai vedere la rievocazione per celebrare la corte della regina Caterina Cornaro." Fece una pausa. "Un gruppo di noi indossa costumi rinascimentali e ci sono danze e feste in strada per tutto il paese. Tutta la città festeggia."

"Sembra divertente. Ballerai anche tu il *Saltarello*?"

"Mi sorprende che tu conosca un ballo del quindicesimo secolo. È difficile, perciò tendiamo a tenerlo fuori dalle attività che facciamo."

La ragazza si scostò i capelli dal viso. "Ah, devo averlo visto in televisione o forse ho letto qualcosa da qualche parte. Non sono la solita bionda e oca, sai."

"Non penso che tu lo sia," disse con una risata. Doveva chiederle degli schizzi? Ma passi familiari scricchiolarono sulla ghiaia. La zia Susan camminava verso di loro, le gambe corte e tornite erano avvolte nei larghi pantaloni di una tuta, e la bocca era coperta di briciole, il che indicava chiaramente che la zia si era fermata al Caffè Centrale per una brioche or due lungo la strada per il castello.

"Fern! Hai l'aspetto di una che ha appena visto un fantasma."

"Sto bene, ho avuto solo uno strano giramento di testa. Grazie a Dio, Luca era qui. È riuscito ad afferrarmi prima che cadessi dalle mura."

"Oh, Santo Cielo! È stata una vera fortuna che ti abbia visto."
Susan le accarezzò la mano. "Vuoi venire a cena dopodomani,
Luca? A Fern e a me farebbe piacere, ed è il minimo che possiamo fare per ricambiare."

"Ne sarei felice." *Fern, ecco qual è il suo nome! Finalmente.*
"Non ho fatto niente di particolare, però Fern dovrebbe vedere
un medico."

"Tornando a casa, ci fermeremo in ospedale, Fern, per un
controllo. Meglio prevenire che curare."

Susan si girò verso di lui. "Ti aspettiamo venerdì sera verso le
otto, allora?"

"Mille grazie."

Mentre osservava le due donne incamminarsi lentamente
mano nella mano, Luca si batté una mano sulla fronte. Si era
dimenticato che avrebbe dovuto trascorrere il venerdì sera con
sua madre.

CAPITOLO 3

Fern se ne stava seduta in cucina a sorseggiare un bicchiere di acqua minerale, mentre la zia preparava la cena. In ospedale, dopo un'interminabile attesa e diversi esami, i medici avevano detto che il suo svenimento non era stato dovuto al fatto che lei fosse in punto di morte, ma al fatto che soffriva di pressione alta ed era importante che evitasse la caffeina. Probabilmente era stato tutto il caffè che aveva bevuto a Heathrow, in attesa del suo volo. *Grazie tante, quattro ore di ritardo!* Per non parlare del tè preso a colazione e del cappuccino al Caffè Centrale. Era stata una caffeinomane per anni e ora era costretta a un caffè e un tè al giorno al massimo.

Si era preparata spiritualmente a sentire di nuovo quel sussurro spettrale una volta tornata a casa della zia, ma l'unico suono che aveva sentito fino a quel momento era l'eco delle campane del paese e il rumore di un motorino di passaggio. Doveva esserselo immaginato, quel sussurro, e il calo di temperatura probabilmente aveva qualcosa a che fare con la sua pressione sanguigna e la sensazione di svenimento. Non poteva esserci altra spiegazione. La sua strana esperienza ad Asolo era stata il frutto dello scherzo che le aveva giocato il suo cervello sovraccarico di caffeina. Niente di più.

Fern inspirè, ed ecco di nuovo quel lieve odore di legno bruciato. Magari erano i contadini che stavano appiccando fuoco alle sterpaglie nei campi. Che altro poteva essere, d'altronde?

La zia Susan stappò un barattolo di salsa. "Vanno bene gli spaghetti al ragù?"

"Perfetti." Fern sentiva già l'acquolina in bocca. Non faceva un pasto decente da due giorni e forse quella poteva essere un'altra causa del suo malessere.

Dalla pentola di acqua bollente uscì del vapore e la zia ci buttò dentro una manciata di pasta, mentre il gatto faceva delle rumorose fusa ai suoi piedi. "Ti offrirei un bicchiere di vino," disse la zia Susan prendendo una bottiglia di Bardolino. "Ma prima devi rimettere in sesto il tuo stomaco." Stappò la bottiglia, poi agitò un dito verso il gatto. "Sciò, Gucci, hai già mangiato. Dove sono i miei occhiali?"

"Sono sulla tua testa, zia." Fern rise. La zia era certamente un esemplare unico nel suo genere, e lei l'adorava. Poi pensò all'uomo che aveva incontrato quella mattina. "Luca sembra un bravo ragazzo. Sai come è finito a studiare in Inghilterra?"

"La sua famiglia è molto benestante e poteva permettersi un'istruzione privata. È stato a Eton, sai? Il ragazzo appartiene a una delle più antiche famiglie del Veneto. In realtà, penso che annoverino un paio di dogi, i principi dell'antica Venezia, tra i loro antenati. L'Italia è una repubblica ora, e nessuno può chiamarsi ufficialmente conte o contessa. Altrimenti, Luca sarebbe il Conte Goredan."

"Ha detto che sua madre è inglese, giusto?"

La zia Susan annuì. "È una vedova. La contessa, come la gente del posto ama ancora chiamarla, è una signora deliziosa. L'ho conosciuta quando Luca tenne il suo discorso al Museo di Asolo."

"Interessante. Ma perché lo hai invitato a cena? Voglio dire, è stato gentile, solo non c'era bisogno di..."

"Volevo solo che tu avessi un amico della tua età."

Spero che la zia Susan non stia cercando di fare il Cupido, perchè in questo caso non avrebbe alcuna possibilità di successo.

Mangiarono in silenzio e con l'ultima forchettata di pasta, le palpebre di Fern si abbassarono.

"Ho idea che non farai le ore piccole, mia cara," disse la zia Susan mentre sparecchiava e sistemava i piatti in lavastoviglie. "Vado a letto presto anch'io."

"Buonanotte, zia." Fern si alzò ma era così stanca che riuscì a malapena a trascinarsi su per le scale.

"Perchè non prendi la macchina e non ti fai un bel giro esplorativo?" disse la zia Susan con la bocca piena di pane tostato. Masticò e inghiottì il boccone. "Basta ricordarsi di tenersi sul lato destro della strada."

"Mi piacerebbe visitare di nuovo Asolo. Muoio dalla voglia di dipingere." Le dita di Fern si contrassero. Non vedeva l'ora di prendere i suoi colori e perdersi nei meandri della creatività. L'arteterapia. Era iniziata come un modo per affrontare i suoi demoni interior, ma ora era diventata quasi essenziale quanto respirare, il che era stato una sorpresa per se stessa e per il suo terapeuta.

Il viaggio dal paese della zia Susan, Altivole, richiese circa venti minuti. Fern parcheggiò, poi prese lo zaino. Osservò bene la Rocca di Asolo con le sue fortificazioni che sfidavano il cielo azzurro, e decise che non ci sarebbe andata quel giorno, non le andava di salire fin lassù. Meglio una tranquilla passeggiata e un posto dove dipingere.

In pochi minuti, stava passeggiando lungo la Via Canova, con il sole che le riscaldava le braccia nude e una guida in mano. Il libercolo suggeriva di dare un'occhiata a Vicolo Belvedere, all'angolo con la panetteria, e lei seguì il consiglio. La guida diceva che una volta lì c'era il ghetto ebraico. Ma non c'era più, adesso, però. *Mi domando, perchè?*

Un palazzo color terracotta svettava alla sua sinistra e, a quanto sembrava, doveva appartenere a una famosa attrice italiana. Fern passò sotto un arco e vide un palazzo elegante, con lettere dorate dipinte su un cartello di legno. Hotel Villa Cipriani. Guardò attraverso il cancello di ferro battuto oltre il quale si articolava un rigoglioso giardino, abbellito con un trionfo di gerani rosa salmone.

Accanto sorgeva una vecchia casa con un balcone, bifore, e una porta massiccia a battenti. Il fatto che le apparisse familiare le fece scattare un campanello d'allarme nel cervello. *Perché?* Fern si accigliò e s'impose di concentrarsi.

Niente di familiare nella piccola chiesa alla sua sinistra. Mise la guida nello zaino, entrò nel luogo sacro e si sedette tra gli ultimi banchi. *Non va bene, io conosco questo posto, ma c'è qualcosa di diverso.*

Un'immagine le vagava nella mente, l'immagine di un'altra chiesa, di lutto e una bara di legno davanti all'altare contenente i resti carbonizzati del suo fidanzato, Harry. Il petto di Fern si strinse così tanto, che riuscì a respirare a fatica. Lacrime calde le scesero lungo le guance, ma lei le scacciò con determinazione e si mise a fissare l'altare. Gli affreschi sbiaditi avevano colori brillanti, mentre il tetto cominciò ad abbassarsi su di lei. I colori si fecero man mano più vividi. Chiuse gli occhi e afferrò il banco di fronte a sé. Solo che non era più il legno del banco di una chiesa, ma la pietra di un parapetto del castello, ruvida sotto le sue dita. *Come diavolo sono arrivata fin qui?*

Dal parco sottostante si alzò una musica... e il suono di un canto.

Giro su me stessa, mi sento persa, ma è mio il canto che sento e sto certamente delirando. Chi sono? Dove sono?

Per un attimo mi sento confusa, come se galleggiassi in un sogno ad occhi aperti. Poi sono di nuovo nel luogo a cui appartengo. Sono Cecilia e questo è l'anno del Signore 1504. Il mio mondo è come dovrebbe essere, e io sto cantando insieme a mia sorella Fiammetta mentre lei pizzica il suo liuto, all'ombra del ciliegio. Il ritmo mai vacilla, mentre la melodia sale e scende. Quando Fiammetta canta, Orfeo non può che stupirsi della sua perizia; lei riesce a produrre un'armonia perfetta con il suo strumento, accompagnando con la musica i vituosismi del canto. Non c'è da stupirsi che sia la favorita della mia signora.

Cantiamo della dolcezza amara dell'amore e tengo stretta la mano di mia sorella. "Mi mancherai quando sarai sposata."

"Mia cara, a corte sarai troppo richiesta per pensare a me."

Pensare a me. Queste tre parole volano nel vento con il soffio di un'eco. *Pensare a me. Pensare a me.* Qualcosa fa formicolare la pelle del mio braccio e mi giro. Una figura oscura galleggia in cima alle mura del castello. Guardo di nuovo, ma tutto quello che vedo sono le solite piante di cappero; il parapetto è vuoto. Il momento passa e io mi concentro di nuovo sul canto. Fiammetta suona una nuova melodia mentre io socchiudo gli occhi nel tentativo di ricordare le parole e l'aria.

"Danziamo?" chiedo, stanca di cantare. "Ho bisogno di esercitarmi." Amo ballare e volteggiare fino cadere in preda alle vertigini. Non vedo l'ora che giunga per me il momento di uscire con un bel corteggiatore, che ancora non conosco, ma che mi adori come io adoro lui. Ancor più che danzare, però, amo disegnare – coprire la carta con tratti di gesso scuro in scene popolari e vedute di Asolo. Molto più gradevoli delle infinite ore di ricamo.

"Hai imparato il Saltarello?" Mia sorella inclina la testa verso di me.

È la più difficile delle danze e devo ancora padroneggiarla. Fiammetta mette giù il suo liuto, mi solleva la mano, e conta cinque battiti. Muoviamo i piedi con grazia a destra, a sinistra, a destra, a sinistra; poi un breve salto prima di ripetere il movimento per iniziare la sequenza col piede opposto. Ripetiamo la sequenza di passi ancora e ancora fino a che Fiammetta, recitando la parte del cavaliere, s'inchina e io mi piego in ossequio a mia volta, con il sudore che mi bagna le ascelle.

Il prato ruvido è morbido e flessibile sotto le mie scarpe, mi siedo e le mie gonne fluttuano intorno a me. Passo le mani tra i fili d'erba, pizzicando i fiori rosa della valeriana e sollevandoli per annusarne il profumo di vaniglia. Quel delicato profumo mi ricorda qualcosa, ma il ricordo mi sfugge.

I lunghi capelli scuri di Fiammetta ricadono in una lunga treccia sulla schiena e i riccioli, sfuggiti alla perizia dell'acconciatrice, le incorniciano il viso. Il respiro mi si tronca nel petto e cerco di fissare l'immagine nella mia mente. Quando lei sarà sposata, vivrà con il marito, com'è naturale, e non avrà tempo per me. Quanto vorrei poter essere rimandata a Cipro.

"Non sogni mai di ritornare a Nicosia?" Ricordo vagamente l'arida isola dove siamo nate. Ero solo una bambina di cinque anni quando siamo state mandate qui, dopo che i nostri genitori sono morti di peste.

"Perchè dovrei? Sono promessa a Rambaldo e lui mi ama."

Rambaldo Azzoni Avogadro, nobile di Treviso, è troppo brutto per lei ma è ricco e non ha bisogno di una sposa con una dote. Anche in questo, la mia signora è stata generosa con il suo dono di nozze a Fiammetta: una piccola villa sulla strada per Venezia.

I miei sogni di un bel pretendente sono mere fantasie, però. Scaccio il pensiero dalla mente perchè è inutile indulgere in certe fantasie. Chissà cosa porterà il futuro? Sdraiata sull'erba, il calore del sole mi accarezza e dissipa la mia preoccupazione. Un rumore di zoccoli equini sul selciato e la campana della torre dell'orologio che batte le ore.

Fiammetta mi tira per la manica. "Hai delle macchie d'erba sulla gonna, Cecilia. Ricordati che andiamo con la mia signora a cantare il *Te Deum*. È necessario vestirsi in modo appropriato."

Mi alzo e pulisco il vestito prima di precipitarmi su per le scale verso il palazzo dove ho vissuto negli ultimi dieci anni. La mia signora è lì e io mi piego in un profondo inchino. "Sei pronta per il tuo debutto, bambina?" dice.

"Sì, mia signora." Corro a cambiarmi. Oggi, dopo pranzo, mi unirò alla corte nella sua villa di campagna, finalmente. Il castello di Asolo è troppo piccolo e spoglio per i gusti della mia signora e lei vi si reca solo quando è necessario. L'eccitazione mi scoppia nel petto, e sento che sto per esplodere di felicità.

"Resta seduta e buona," dice Fiammetta strattonandomi il braccio. "Dovresti pregare invece di agitarti."

Spalanco gli occhi sugli affreschi, confusa dalla brillantezza dei loro colori. Mi stringo al petto il libro dei salmi. *Che ci faccio qui?* Poi, mi ricordo. La chiesa di Santa Caterina. Siamo arrivate qui poco fa. Dalla mia sinistra arriva la voce più soave, profonda e cristallina.

C'è un giovane uomo, con i capelli scuri che gli scendono sulle spalle. Chinando la testa, faccio finta di ignorarlo, mentre gli lancio occhiate furtive. Siede accanto alla mia signora, nel banco opposto. Il mio sguardo si sposta sulla sua bocca, e il mio cuore palpita. Cosa mi salta in mente di fissare un uomo con tanta sfrontatezza?

Non posso farne a meno. Per una volta mi sento bella come le altre dame. Sulla mia veste, indosso l'abito, con le maniche del sottabito che fuoriescono in sbuffi lungo il braccio. È all'ultima moda. Il mio soprabito di raso blu pallido è senza maniche e guarnito con merletti sul davanti. Sfioro il tessuto e arrossisco di piacere. È un dono della regina per il mio debutto. Che gentile da parte sua!

Dopo il *Te Deum*, risaliamo la collina del castello, dove è stato preparato il pranzo. Il profumo inebriante di rose in vaso sui lunghi tavoli di legno si mescola con l'aroma del manzo che si sta arrostendo. Quando prendo posto accanto a Fiammetta, ho l'acquolina in bocca perchè a colazione ho mangiato poco e ora sento i morsi della fame.

Fiammetta mi dà una gomitata. "Quell'uomo ti sta fissando," dice spezzando del pane e mettendoselo in bocca. "Sembra che tu abbia fatto una conquista, sebbene non sarei troppo contenta. È un artista, un donnaiolo e gli piace bere." Gli occhi di Fiammetta assumono un'espressione sognante, anche se sarà presto sposa. "È così bello. Mi pare sia conosciuto come Zorzo da Castelfranco."

"Non mi piace," dico io. Meglio non rivelare quello che penso davvero. Il suo sorriso mi affascina, così come le sue labbra carnose che si inarcano agli angoli. Vorrei poter sentire quella bocca sulla mia. Fremo, scandalizzata dai miei stessi pensieri, e taglio una fetta di carne. Una fitta di gelosia mi stringe lo stomaco perché lui, un uomo, può essere un artista, mentre io, una donna, non ho questa speranza.

Lo strimpellare di un liuto e di nuovo quella voce profonda e melodica che canta *vaga bellezza e bionde trecce d'oro, non vedi che per te moro?* Scocco un'occhiata al musico e i suoi occhi incontrano i miei, ma io distolgo lo sguardo con un moto di stizza.

Se pensate che io ceda e diventi una delle vostre donne, signor Zorzo, è meglio che ci ripensiate!

Non permetto a me stessa di guardarlo ancora, anche se ogni sua parola sembra essere diretta a me. "Aura, che quelle chiome bionde e crespe cercondi e movi e se' mossa da loro soavemente, e spargi quel dolce oro, e poi 'l raccogli e 'n bei nodi li rincrespe," canta. Oggi ho sciolto le mie cosiddette trecce e non le ho racchiuse nella retina. Odio acconciarmi i capelli, ne ho troppi e questa è certo la mia peggiore caratteristica. *Oh, Cecilia, sei proprio una sciocca!* Mi rendo conto solo ora che l'artista canta un sonetto di Petrarca messo in musica, non sono parole sue. E possono essere rivolte a una qualsiasi delle dame presenti, anche se io sono l'unica bionda oltre alla regina. La mia signora! Ma certo, è per lei la serenata. Sono così ingenua...

Infine, giunge l'ora di congedarci, e ci incamminiamo verso il cortile. Lo stalliere, il cui sorriso rivela denti anneriti, mi porge le redini del mio cavallo. Sfioro il profilo vellutato del mio destriero grigio e il suo alito che sa di fieno mi fa starnutire. L'ho chiamato Pegaso e l'ho fatto addestrare solo di recente perchè lui è giovane e pieno di vita. La criniera dell'animale mi solletica i polsi e io rido, mentre il ragazzo mi aiuta a montare. Seduta a cavalcioni con l'abito allargato sul suo groppone dietro di me, sono pronta a guidare in coda al corteo.

La gente del villaggio è uscita dalle proprie case per assistere, e io sento la loro gioia nel guardarci perché, invero, siamo cosa meravigliosa da vedere. La mia signora guida il corteo su uno splendido destriero nero, perchè di certo un cavallo docile non le si confarebbe. Si aspetta che le sue dame siano come lei, e che eguaglino i cavalieri per abilità quando si uniscono a loro nella caccia. Anche se la regina non è più giovane, è piena di energia e irradia una bellezza interiore e un'intelligenza che hanno reso la sua corte il luogo ideale in cui scrittori, poeti, artisti e musicisti provenienti da ogni dove, si riuniscono. Non vedo l'ora di essere parte di essa e, al tempo stesso, tremo all'idea che potrei non esserne degna.

Tre giovani cortigiani sono pronti ad accompagnarci. Indossano farsetti all'ultima moda così corti che è possibile vedere le brache spuntare da sotto. Li osservo di soppiatto e riconosco uno di loro. Si tratta dell'artista, che cattura il mio sguardo e io gli faccio una smorfia. Zorzo da Castelfranco dà una gomitata ai suoi amici che scoppiano a ridere, e il calore mi brucia le gote che, ne sono certa, s'imporporano.

Attraversiamo la piazza e ci dirigiamo giù per la collina. Il suono del canto si riversa fuori della taverna. Da una finestra del primo piano arrivano le grida di una donna che urla ai suoi figli di smetterla di fissarci a bocca aperta e continuare con le loro faccende. Dalla bottega del maniscalco, all'angolo, proviene il clangore di pinze e martelli. Le donne spettegolano nei pressi della fontana mentre lavano il loro bucato e i rintocchi delle campane chiamano i fedeli alla messa.

Io non sono triste perché ogni tanto tornerò ad Asolo quando la corte si sposterà tra il castello e la villa. Se la mia signora vorrà, mi porterà a Venezia quando andrà a trovare la sua famiglia. Gioisco all'idea di soggiornare in un magnifico palazzo sul Canal Grande. Qualcosa mi fa rabbrividire perché uno strano individuo mi sta fissando. Ha l'incarnato pallido e i capelli neri come il gatto della cucina. Il sole mi stordice con il suo calore, ma il gelo mi avviluppa.

Mentre ripeto a me stessa di tenere sotto controllo l'immaginazione, cerco di mantenermi in sella. Pegaso è spaventato dalla folla, si impenna e saltella nervosamente da una parte all'altra. Mi sento a mio agio in sella e galoppo attraverso i campi verso le pendici del Monte Grappa, senza alcuna difficoltà. Tuttavia, il controllo di questa creatura eccitabile in mezzo a tutta la confusione va oltre le mie capacità.

Maria Santissima!

Perdo l'equilibrio e rotolo giù dalla sella. Sprazzi di luce mi investono e il mondo intorno a me vacilla, come fosse un arazzo che si stacca da una parete.

Un colpetto sulla spalla, e si voltò. Una donna con uno strano abito la stava fissando con uno sguardo colmo di preoccupazione.

"Stai male?"

"Male?"

Perché dovrei stare male?

"Stavi barcollando e ho pensato che fossi sul punto di svenire."

Gli affreschi ora non avevano più i loro colori vivaci, il soffitto si era alzato e la chiesa era vuota, se non si consideravano lei e quella sconosciuta che indossava quello che poteva essere descritto solo come un abbigliamento maschile, anche se un abbigliamento maschile davvero peculiare. Aveva pantaloni dritti color beige e un farsetto aderente nero. Era sicuramente una donna, a giudicare dalle sue forme. Aveva lunghi capelli castano scuro tirati all'indietro e annodati sulla nuca, e una sorta di tintura sopra i profondi occhi azzurri. Qualcosa che solo le cortigiane indossavano.

Trucco.

Quella visione fu come un pugno sul braccio, che riportò Fern traumaticamente al presente e che quasi le troncò il respiro.

"Oh," disse alla donna. "La prego di non preoccuparsi. Stavo solo... sognando ad occhi aperti."

"Vanessa Goredan." La donna tese la mano. "Piacere."

La contessa! Fern si presentò. "Ho conosciuto suo figlio, ieri. Io e mia zia lo abbiamo invitato a cena domani sera."

"Ah! Quindi sei tu la ragione per cui ha cambiato i suoi piani," disse la contessa con una risata.

"Cambiato i suoi piani?"

"Niente di importante. Lui mi può vedere in qualsiasi momento. Non ti sei ancora ripresa del tutto; lascia che ti offra un aperitivo da Cipriani."

"Grazie," disse Fern rabbrividendo al pensiero di un altro drink come quello che Luca le aveva offerto il giorno prima. "Vorrei un bicchiere d'acqua frizzante."

Fern e la contessa passeggiarono lungo la strada e varcarono l'elegante ingresso dell'hotel, i cui pavimenti erano ricoperti con una raffinata moquette e le pareti erano abbellite da grandi vetrine che esponevano gioielli costosi. Sentendosi vestita in modo non adeguato, Fern abbassò lo sguardo sui sandali trasandati, e si lisciò la gonna hippy. Quanto avrebbe voluto indossare i suoi pantaloni di lino estivi.

La veranda coperta sulla sinistra si apriva sui giardini che aveva intravisto poco prima. Un uomo calvo venne loro incontro, vestito con un abito scuro, una camicia bianca e una cravatta grigia. Si inchinò davanti alla contessa, e le baciò la mano. "Siamo onorati dalla vostra presenza, signora."

"Giuseppe," la contessa lo ricambiò con una risata squillante. "Il solito adulatore! Ci accomodiamo in giardino perché la giornata è splendida. Lei è Fern, un'amica di mio figlio. Per favore, di' al cameriere di portare una bottiglia di acqua minerale frizzante e alcuni dei vostri deliziosi dolci."

Fern si sedette accanto alla contessa a un tavolo sotto un grande ombrello nel patio. "Il direttore qui trasuda fascino da tutti i pori," disse Vanessa Goredan, "ma è un brav'uomo e fa funzionare questo posto come un orologio svizzero."

"È bello, qui." Fern annusò il profumo del caprifoglio che cresceva sul lato dell'edificio. "Sembra antico, ma non quanto la chiesa."

"Ti piace la storia?" La contessa inclinò la testa. "Credo che appartenesse a Robert Browning, il poeta inglese, nel diciannovesimo secolo, ma fu costruito nella metà del sedicesimo."

Fern si appoggiò allo schienale e chiuse gli occhi, la parte logica del suo cervello ancora lottava contro gli eventi illogici del mattino. Quello che aveva vissuto nella chiesa era del tutto illogico, però; era stato completamente, follemente incredibile. Guardò Vanessa Goredan e disse: "Posso sentire il passato qui ad Asolo. Potrebbe essere la mia immaginazione, se non fosse tutto così vivido. È come se fossi lì."

"Sei una sensitiva?"

Fern rise. "Per niente. Ho sempre pensato che cose del genere fossero solo stupidaggini."

"Non disdegnerei il mondo dell'occulto, Fern. Come diceva Shakespeare, ci sono più cose in cielo e in terra, Orazio, di quante ne sogni la tua filosofia."

Eccolo, l'attacco di imbarazzo. "Mi dispiace, non volevo offendere le sue convinzioni."

"Nessuna offesa, ma sono certa che i morti si possono manifestare a noi. La nostra villa, per esempio, ha una presenza al suo interno. Non malevola, bada bene. A volte, sento il suono di un liuto. È confortante, in un certo senso."

Cosa penserebbe se le dicessi che non solo ho sentito un liuto, ma ho anche visto il suonatore? Penserebbe che sono pazza, ecco cosa penserebbe.

"Sto facendo alcune ricerche sul nostro albero genealogico," aggiunse la contessa. "Solo che non ho ancora trovato il suonatore di liuto."

"Affascinante." Fern prese una piccola ciambella, ricoperta di zucchero sulla parte superiore. L'addentò. Ripieno di crema.

Deliziosa. Guardò Vanessa Goredan; la contessa era piegata in avanti, gli occhi fissi nel bicchiere, le lunghe dita eleganti aperte intorno all'imboccatura.

"Abita ad Asolo?"

"No, a metà strada tra qui e Bassano. Sono venuta ad Asolo solo oggi in visita a un'anziana signora, Freya Stark, la scrittrice ed esploratrice inglese. Vive vicino alla chiesa di Santa Caterina ed era un'amica di mia suocera."

"Interessante," disse Fern come se la conoscesse, mentre invece non aveva idea di chi fosse.

Gli occhi della contessa incontrarono i suoi quando posò il bicchiere. "Devi venire a vedere la nostra villa, un giorno. È piuttosto conosciuta."

"Mi piacerebbe molto." Con il dito, Fern schiacciò le briciole della ciambella sul piatto. "C'è così tanto da vedere qui intorno, e io resterò in Italia solo fino alla fine del mese."

"Sei già stata a Venezia?"

"È nella lista delle cose da fare." Un mormorio di approvazione le accarezzò la guancia, ma lei lo scacciò con un gesto. L'aria sembrava crepitare intorno a lei. *Resta concentrata sul presente, Fern!* Si voltò verso la contessa. "Sto cercando un buon posto per dipingere un po'. Me ne può suggerire qualcuno?"

"Perché non fai una passeggiata fino al cimitero di Sant'Anna? C'è un panorama incantevole."

"È molto antico?"

"Risale a secoli fa."

"Oh, forse no," disse Fern ricordando che Cecilia, la ragazza della sua visione – se di quello si trattava - aveva parlato dell'anno 1504. "C'è un luogo che risale, diciamo, a un paio di secoli fa e che potrei dipingere?"

La madre di Luca le rivolse uno sguardo interrogativo. "Perché non rimani qui? I giardini sarebbero un soggetto delizioso. Parlerò con Giuseppe, se vuoi."

"Grazie."

"Dicevo sul serio riguardo a visitare la villa. Mi piacerebbe che incontrassi mia figlia, Chiara, la sorella di Luca." La contessa sospirò. "Si è lasciata conquistare dalla gente sbagliata all'università. Vanno in giro distribuendo volantini su come il Veneto debba rendersi indipendente dal resto d'Italia. Spero solo che non diventino dei terroristi."

"Oddio! Dev'essere una grande preoccupazione per lei!"

"È colpa del suo ragazzo, Federico, ne sono sicura. L'ha plagiata e le fa fare tutto quello che vuole. Io e Luca continuiamo a ripeterle che non è adatto a lei, ma più proviamo a convincerla, più lei si attacca al ragazzo. Sarebbe bello se incontrasse un giovane sano di mente come te."

Non così sana di mente, a quanto sembra...

In pochi minuti la contessa organizzò un piccolo tavolo con vista sulla valle e un bicchiere d'acqua per il pennello di Fern. Poi la lasciò assicurando di farle avere un invito a cena tramite suo figlio.

Fern aprì lo zaino e tirò fuori una piccola cartella rigida. Erano allucinazioni, le sue? *Non esattamente.* Dopo aver fissato il foglio alla cartella, iniziò a lavorare. Mentre stendeva i colori ad acqua sulla carta, si chiese se non stesse rivivendo una vita passata. *Ridicolo. La reincarnazione non esiste.* Aggiunse del colore alla tavolozza, materializzata in un piccolo vassoio di plastica. Forse quella giovane donna, Cecilia, era una proiezione di se stessa? Iniziò a riprodurre la veduta di fronte a lei sulla carta: i cipressi, i vigneti e gli uliveti. C'erano davvero alcune somiglianze tra lei e la giovane donna - gli stessi capelli, la stessa corporatura e alcuni tratti della personalità di Cecilia le ricordavano se stessa in passato... *Ma tutto lì!* Doveva essere qualcosa che aveva a che fare con l'incendio, con alcune connessioni bizzarre che produceva il suo cervello traumatizzato. Asciugò il pennello con un vecchio straccio che teneva nella borsa, poi lo passò e lo strofinò sulla tavolozza. Era ora di aggiungere alcune foglie. *E ora di controllarti, Fern!*

CAPITOLO 4

"È ora di riposare, mia cara," disse la zia Susan raccogliendo i piatti e portandoli alla lavastoviglie. "Faccio anch'io un pisolino, poi possiamo andare a fare una passeggiata e ti faccio vedere quello che è rimasto del Barco. Sarebbe uno scenario da favola per uno dei tuoi acquerelli."

"Barco?"

"La tenuta di campagna di Caterina Cornaro. C'è una parte dell'ala est ancora in piedi e questa casa è costruita vicino a dove un tempo sorgeva l'ala ovest."

Un brivido tagliò Fern in due. *Perché?* Poi ricordò. Cecilia era in procinto di partire per la villa della regina quando il suo cavallo era stato spaventato e lei era caduta. *Sta diventando tutto troppo, troppo strano.*

Fern si versò un bicchiere d'acqua e se ne andò in camera sua. C'era un pacchetto di compresse di valeriana sul comodino, e ne inghiottì due. Distesa sul letto, fissò la parete opposta. La zia aveva incorniciato un acquerello di Westminster Abbey, che lei le aveva mandato. Proprio il mese prima, Fern aveva venduto la stessa stampa a una ditta di biglietti di auguri, con la promessa di ulteriori incarichi, non appena ne avesse prodotte altre. L'arte era ciò che aveva salvato la sua sanità mentale dopo aver perso Harry. Lui era tutto ciò che aveva sempre desiderato, ed era morto per causa sua.

Sentì il bruciore delle lacrime, ma inghiottì l'angoscia. Era qualcosa che si era abituata a fare; se avesse lasciato uscire le lacrime, non sarebbe più stata in grado di fermarle. *Non pensare a Harry! Non pensare a quello che hai fatto! Non pensare a come è morto!*

Il sonno arrivò, e poi la zia chiamò da fuori.

"Sveglia, sveglia!"

Fern si stropicciò gli occhi e guardò la sveglia da viaggio. Le cinque del pomeriggio. Aveva dormito per tre ore. Non c'era da stupirsi che si sentisse intontita. "Dammi un minuto," rispose.

In bagno, fissò il suo riflesso. Una visione sfocata. Socchiuse gli occhi e l'immagine vacillò, come un'increspatura attraverso uno stagno.

"Lorenza..."

Il soffio le solleticò il collo e Fern si voltò di scatto. Non c'era nessuno. Si guardò di nuovo allo specchio e il respiro le si troncò nel petto. C'era una donna alle sue spalle, che la stava fissando! Aveva il suo stesso colore di capelli e in lei c'era qualcosa di familiare. Forse la bocca e la forma del viso, o la curva delle labbra e l'arco delle sopracciglia. Gli occhi erano diversi, però: marrone scuro, mentre i suoi erano verdi.

Chi è? Che cosa è?

Fern tornò in camera da letto, fissando quell'immagine nella mente. Il suo blocco degli schizzi era sulla scrivania e lei lo afferrò insieme a una matita. Ci vollero solo un paio di minuti per produrre un ritratto di massima del volto, anche se le tremavano le mani e il cuore le batteva. Fissò il risultato. Aveva disegnato il suo autoritratto. Puro e semplice.

La mia immaginazione sta avendo la meglio. Ancora una volta.

Riprese a respirare, chiuse il blocco e lo mise nello zaino insieme al resto delle matite per fare gli schizzi. La zia Susan aveva detto che il Barco valeva un dipinto.

Oggi darò inizio a qualcosa e dimenticherò tutte queste sciocchezze, si disse Fern. Era una persona razionale, lei; non aveva mai ceduto all'occulto prima, e di certo non era nello stato d'animo adatto per tutte quelle stupidaggini. A scuola, quando i suoi compagni di classe si erano impelagati con le tavole Ouija per le comunicazioni medianiche e i tarocchi, lei era riuscita a dissuaderli da quelle assurdità con la sua razionalità. Ora sarebbe stata altrettanto razionale.

I grilli frinivano tra i bassi cespugli sul ciglio della strada polverosa, mentre Fern passeggiava con la zia verso un gruppo di edifici. L'aria era afosa e il sudore le bagnava l'attaccatura dei capelli.

"Ho l'impressione che stia per arrivare un temporale," disse la zia indicando il banco di nubi raccolte sulle montagne in lontananza.

Dopo pochi minuti, la zia Susan aprì il cancello di quello che sembrava un cortile abbandonato, e Fern si trascinò, indolente, dietro di lei con il cuore in agitazione. Conosceva quel luogo, ne era sicura.

Si voltò alla sua destra. Altri affreschi sbiaditi, ma stavolta di una scena di caccia. Dame e cavalieri a cavallo davano la caccia a un cervo. Qualcosa si mosse nella sua memoria, e pensò a braccia muscolose che tenevano un pennello.

Fern guardò verso il fondo della costruzione. Dove erano i laghetti, i giardini e i pavoni che gironzolavano dispiegando le code, in tutto il loro splendore? Il cortile doveva essere affollato da cortigiani, o almeno dai loro servi, e l'aria doveva portare il profumo di erbe e spezie dalle cucine. Invece, tutto quello che riusciva a vedere erano campi di grano. E cosa era accaduto alle torri e alle fortificazioni?

Le gambe di Fern si trascinavano e presto la zia Susan la seminò. Quasi in un sogno, si sedette sulla balaustra sotto una di cinque colonne che c'erano sul posto. Raggiungevano il tetto e si duplicavano sul lato opposto dell'edificio, creando uno spazio aperto come un cortile.

Loggia, ecco come si chiama...

Tirò fuori l'album degli schizzi, ma le girava la testa e un ronzio, che aveva già sperimentato quella mattina, le fece eco nelle orecchie.

"Cecilia!"

Mi giro ed emetto un gemito.

"Dorotea, mi hai spaventata!"

"Non capisco perché," mormora Dorotea mettendo il broncio con quel suo fare irritante. "Non c'è nulla di spaventoso in me."

È vero che lei è graziosa, con i capelli del colore delle castagne e l'incarnato di latte. Lei è una delle dame della regina come me, ma Dorotea si mette in mostra a corte, abbassando la veste per mostrare i seni generosi, tondeggianti come cuscini. Guardo giù verso il mio seno. Non potrei mai fare come lei perchè i miei seni sono piccoli come pugni.

"Ti ho cercata dappertutto," dice. "Perché te ne stai seduta qui?"

Mi guardo intorno e rabbrividisco. Per qualche ragione insondabile, provavo un senso di smarrimento; il mio mondo si era disintegrato ed era cambiato. Ma ora tutto è come prima e io mi dico che non devo lasciarmi governare dalle mie sciocche fantasie. "Stavo sognando ad occhi aperti," dico infilandomi in tasca il foglio di carta e la matita nera. Non voglio mostrare il mio lavoro a nessuno.

Dorotea si lascia sfuggire una risata sprezzante. Lungi da lei l'avere sempre la testa fra le nuvole o anche fare qualcosa di minimamente creativo. "La mia signora richiede la nostra presenza," dice. "Ci sarà un banchetto questa sera, non dimenticarlo, per l'imperatore Asburgo e sua moglie."

Saliamo al piano di sopra nella camera della regina e Dorotea sussurra, "Ci sarà anche Pietro Bembo alla festa. Ha proposto una *liaison,* l'ultima volta che è stato qui. Mi piacerebbe essere la sua amante."

La guardo, divisa tra la disapprovazione e la gelosia. La mia signora insiste che le sue dame mantengano la loro virtù, e io ho sempre rispettato la sua volontà. Ma Bembo, suo congiunto, è dotato di tale intelletto e bellezza che Dorotea ha cercato la sua attenzione. Prego perché non ne resti ferita dal momento che il suo rango è alto e lei per lui può essere solo un capriccio, tanto più che si tratta di un religioso. Sarebbe meraviglioso se decidesse di leggere il suo discorso sull'amore. Lo ha scritto in occasione del matrimonio di Fiammetta, e ho voglia di ascoltarlo.

Mi manca mia sorella. Fiammetta aspetta un figlio - come dovrebbe essere dopo un anno di matrimonio. Che cosa si prova a giacere con un uomo? Il pensiero mi stringe il petto e mi manda il sangue giù tra le gambe. Eppure so che non mi darei a ogni uomo che mi lusinga. Spero di riuscire a sposarmi.

Stupida Cecilia, la tua vita è qui con la regina. Nessuno ti vuole perché sei povera e anche se i cortigiani ti fanno i complimenti per la tua bellezza, nessuno di loro ti porterà all'altare. Nel corso di questi ultimi dodici mesi a corte, ho notato con la più grande sorpresa, che gli uomini mi considerano graziosa nonostante i miei piccoli seni.

Come se avesse letto nei miei pensieri, Dorotea dice: "Non è forse giunto il momento che tu ti prenda un amante, Cecilia?"

"I... i... io?" balbetto.

"Ho visto il luccichio negli occhi degli uomini – anche in quelli di Bembo - eppure tu sembri indifferente alla loro ammirazione. Cosa stai aspettando?"

"Io non aspetto niente." Non posso dire a Dorotea delle mie speranze in un buon matrimonio come mia sorella, e di arrivare pura alla mia prima notte di nozze. Dorotea mi giudicherebbe un'ingenua, e forse a ragione. "La mia signora mi tiene vicino a sé. Non c'è stata l'opportunità."

"Non è vero e lo sai," dice e la sua risata fa eco su per le scale. Mi pizzica la guancia. "Questa bella pelle non durerà a lungo. Quanti anni hai?"

"Sedici," rispondo senza trattenere l'irritazione. Chi è lei per parlarmi in questo modo? Ha solo un anno più di me, è la figlia di un aristocratico locale che è caduto in disgrazia, e ha molto in comune con me. Fatta eccezione per la sua facile virtù.

"Sbrighiamoci," dico io. "Alla mia signora non piace che la si faccia aspettare." E mi mordo la lingua prima che possa esprimere la mia opinione.

Le scale di legno sono state lucidate fino a brillare e la suola morbida delle mie scarpe non fa rumore, mentre seguo Dorotea sul pianerottolo. "Solo un momento. Ho bisogno di lavarmi le mani."

C'è un lavabo alla fine del corridoio, con accanto una brocca d'acqua. Guardo il mio riflesso nello specchio. Una strana donna guarda verso di me. Ha il capo scoperto e scarmigliato come il mio. Mi guarda con i suoi occhi verdi. Mi volto, ma dietro di me non c'è nessuno. E quando guardo di nuovo nello specchio, è me stessa che vedo. Molto strano! Non ho bevuto vino a pranzo, quindi non può essere lui la causa della mia visione. Decido che è il frutto della mia immaginazione.

Lavo via il carboncino dalle dita, giro sui tacchi e vado dalla mia signora. Sorride quando vede Dorotea e me. "Le mie dolci fanciulle," dice. "Perchè ci avete messo tanto?"

Cadiamo in inchini profondi e, quando mi alzo, mi sento come se non fossi veramente lì, come se mi vedessi da fuori. È la stessa sensazione che ho provato mentre ero seduta nella loggia. Che strano! *Sciocchezze,* mi dico e scaccio quella sensazione ma un brivido mi spreme il cuore, al tempo stesso.

"Portatemi le mie perle più preziose," comanda la mia signora. "E mi piacerebbe indossare una veste d'oro, questa sera, in onore dei nostri ospiti."

Passo un pettine tra i capelli radi della regina, e mi domando come siano l'imperatore e sua moglie Bianca Maria Sforza, figlia del Duca di Milano. È bella?

"Ah," dice la mia signora. "Stai attenta!"

"Vi prego di perdonami, domina," mormoro piegandomi in un altro inchino. La mia povera signora ha sofferto così tanto per la mia inettitudine mentre si vestiva. Però ha un debole per me, grazie alla Santa Vergine, e mi giustifica sempre.

Il salone delle feste accanto al loggiato è grande, con tre lunghi tavoli che compongono i tre lati di un quadrato. Ci sediamo a quello centrale mentre i musici accordano i loro strumenti in fondo alla sala.

Guardo intorno alla compagnia riunita ed emetto un rantolo. Seduto alla destra dell'imperatrice, c'è un uomo che sono certa di aver visto prima. È basso ed esile, il viso è pallido, e ha una cicatrice sulla guancia sinistra. Rabbrividendo, mi volgo verso Bembo, alla sinistra della regina. Biondo e con gli occhi chiari, egli è l'esatto contrario dello straniero. Bembo parla toscano, la lingua in cui scrive e io riesco a seguire il suo discorso senza difficoltà, perché ho studiato i grandi scrittori di quella provincia. Tuttavia, vorrei che non si mettesse così in mostra. Io preferirei che parlasse in veneziano o addirittura in greco, a cui sono più abituata.

"Ebbene, Bembo," dice la mia signora. "Pensate che dovremmo tutti conversare nella lingua di Firenze, vero?"

"In ogni città d'Italia il modo di parlare è diverso." Il suo sorriso è sbilenco. "Eppure fiorentina è la lingua di Petrarca, e questo è il modello che prendo per la mia scrittura, perché è il più lucido ed elegante. Non chiamo questa lingua Toscano, ma Italiano."

"L'Italia non esiste," dice. "Neanche il Papa Borgia è riuscito a conquistarci tutti e formare un unico stato."

Bembo la trafigge con uno sguardo d'acciaio. "Non esattamente. C'è forza nell'unificazione. L'Italia ha bisogno di confrontarsi con i francesi e gli spagnoli."

"Sono d'accordo," dice l'imperatore Massimiliano. Mi ricordo che non fu in grado di fermare il re francese nella conquista di Milano, la città della moglie, quattro anni fa. Guardo il suo naso a becco e cascante, il labbro inferiore carnoso. È un uomo brutto e sua moglie non è certo più bella di lui, con quel mento sfuggente.

"Hmm," dice la mia signora, sempre gentile. Lei è una figlia della Serenissima e so che parlare di un'Italia unita è una sorta di anatema per lei. "Quando darete alle stampe *Gli Asolani*?" chiede a Bembo, cambiando argomento.

"Presto, domina."

"Allora mi riserverò di esprimere un giudizio sulla lingua franca quando lo avrò letto."

E anch'io.

La mia attenzione è distratta da Zantos, il buffone della regina, che saltella di fronte a noi giocolando con cinque palle dorate. Lungi da lui proporre scherzi volgari. Ad eccezione di Bembo, che detiene l'affetto della regina a dispetto della sua natura polemica, la mia signora ci concede una tale libertà che tutti noi consideriamo il nostro più grande desiderio quello di compiacerla, e il nostro fallimento più grande quello di dispiacerla.

Arrivano le pietanze, e io cerco di mangiare in modo signorile e parco. Eppure, ho fame perché sono vorace di natura, tanto che avrei voglia di mangiare fino a scoppiare. Come antipasto c'è un'insalata di capperi, tartufo e uvetta in crosta, e come secondo un'insalata di verdure con succo di cedro e acciughe. Ci sono anche ravanelli tagliati in forme di animali, piccole torte di crema, il prosciutto di lingua di maiale, torte di cinghiale, triglie affumicate, e orate. Mangio tutto.

Arriva il primo piatto caldo. Non posso resistere alle frittelle di cappone cosparse di zucchero, le quaglie arrosto e i fagiani, i piccioni in pasta sfoglia, le polpette, il vitello, la carpa, il rombo e i gamberetti. Mastico il cibo lentamente, ricordando che il manzo è sempre duro e stracotto ad Asolo, non come la carne morbida che mangiamo al Barco dove la mia signora si avvale dei migliori chef. Il castello di Asolo è agitato e rudimentale; è stato la mia casa per tanti anni, ma ora mi sembra una vita fa.

Mi lamento quando arriva la terza portata: pernice, coniglio, tortore, salsicce e ancora pesce. La quarta portata consiste in una torta di riso e riesco appena a prenderne un boccone. Vorrei aver copiato la mia signora; lei mangia con tale grazia e prende solo piccoli bocconi che poi taglia. Al maialino segue il pavone, solo che ora mi sento male. Mi concedo qualche verdura come sesta portata poi, per finire, delle mandorle sciroppate.

Il pasto sembra non finire mai, ma la mia attenzione è stata catturata dal giovane che siede tranquillamente in fondo alla tavola. È l'artista, Zorzo da Castelfranco che è mancato da corte lo scorso anno, perché impegnato a Venezia. I primi mesi ho sofferto per la sua partenza, perché lui mi affascinava.

Il signor Zorzo parla poco con quelli che gli siedono a fianco, e ci osserva. Maria Santissima! È così bello. Sono colpita dal suo fascino, perché non c'è altra parola per descrivere il suo volto - i lineamenti regolari, la pelle scurita dal sole, e gli occhi ombreggiati da lunghe ciglia scure.

Dopo cena, l'imperatore e sua moglie si ritirano, perché domani dovranno affrontare un lungo viaggio. La corte sfila verso le stanze della mia signora. Ci sediamo in cerchio disposti secondo l'ordine di un uomo, una donna, un uomo. La regina dice: "È mio desiderio che dia inizio tu ai giochi questa sera, Cecilia."

"Certamente, non io." Sono sconvolta perché questa è la prima volta che mi fa una tale richiesta. Colgo l'artista che mi guarda. Mi sbaglio o mi ha fatto l'occhiolino?

"È passato ormai un anno dal tuo debutto, mia cara," dice la regina. "Credo che tu sia cresciuta in maturità e saggezza. Ti prego di iniziare!"

Cerco di escogitare qualcosa di spiritoso ma tutto quello a cui riesco a pensare è: "Perché ognuno di noi non suggerisce un gioco che gli piace che non è stato giocato prima, e poi la scelta cadrà sul migliore?" Mi rivolgo a Bembo e gli chiedo di rivelare la sua proposta.

Lui risponde: "Sta a voi fare la prima proposta."

"Ma io l'ho già fatta." Sorrido alla mia signora. "Domina, vi chiedo aiuto nell'ordinargli di fare ciò che gli viene detto."

La regina ride. "Dunque, che tutti ti obbediscano. Ti concedo la mia autorità in questo gioco."

Bembo china la testa verso di me. "Vorrei che il nostro gioco fosse che ciascuno di noi dicesse, nel caso in cui la persona amata fosse in collera con noi, se preferirebbe che la ragione della sua rabbia fosse da trovare nell'altro o in noi stessi. In questo modo, sarà possibile stabilire se sia più doloroso dare dispiacere o riceverlo."

Probabilmente è qualcosa che ha scritto ne *Gli Asolani*, credo, ma non rispecchia la mia opinione.

Faccio cenno a Dorotea che è il suo turno, ma la regina interviene. "Dal momento che la signorina Cecilia non è disposta a darsi la briga di suggerire un gioco, è giusto che questa sera anche le altre signore godano dello stesso privilegio di esimersi dal proporre un gioco, soprattutto perché abbiamo così tanti uomini con noi che non vi è alcun pericolo di esaurire i divertimenti."

"Molto bene, allora," dico io notando il ghigno di Dorotea. Guardo l'uomo dalla pelle pallida con la cicatrice sulla guancia, che ora so essere il signor Lodovico Gaspare, un visitatore della corte del Duca di Ferrara. Inclina la testa verso di me e sorride, i suoi denti sono bianchi ma irregolari.

"Il gioco che vorrei fare questa sera è che ognuno di noi dicesse quale qualità dovrebbe possedere la persona amata. Poi, dal momento che tutti devono avere qualche pecca, quale difetto vorrebbe che avesse."

La mia signora applaude. "Un ottimo gioco," dice nella sua voce bassa e morbida. "Il migliore. Cecilia, devi dirci cosa ne pensi."

Fisso la regina, muta. Poi arrossisco e balbetto nel disperato tentativo di trovare qualcosa da dire. La regina annuisce. "Cara ragazza, non avrei dovuto chiederlo a te. Quale conoscenza hai tu dell'amore?"

Quel che ammiro di più della mia signora è il modo che ha di rivolgersi alle persone: sempre con tanta grazia. Come si può non desiderare di compiacerla? L'ho delusa, lo sento, e mi siedo in silenzio mentre il resto della corte va avanti con il gioco.

Infine, la regina sembra tenuta su da un filo invisibile, tanto è eretto il suo portamento. "Vieni, bambina," mi dice, "accompagnami in camera mia."

Le sue parole risuonano nella mia testa. *Bambina*. È così vero, perché questo è quello che sono, almeno fino a quando un uomo non giacerà con me. Oh, potrebbe essere il mio futuro marito...

"Hai visto come ti guardava?" chiede Dorotea mentre ci spogliamo nella nostra camera sopra le scuderie. "Se solo Bembo mi guardasse in quel modo!"

"Cosa vuoi dire?" Spalanco la bocca come fa uno dei pesci nel laghetto al centro del giardino della mia signora quando sbriciolo pane su tutta la superficie dell'acqua. Sicuramente lo sguardo dell'artista su di me non era stato altrettanto evidente.

"Se i suoi occhi fossero stati lingue ti avrebbero leccato," ridacchia lei.

Le mie guance avvampano, ma al tempo stesso mi pervade un sottile piacere.

Il giorno dopo, faccio fatica a contenere la mia eccitazione. Quando arriva il momento di acconciare i capelli della mia signora, le mie dita tremano così tanto che faccio di nuovo cadere il pettine.

"Bontà mia, tesoro," dice. "Sei più goffa del solito. Qual è il problema?"

Mi scuso prima di andare in camera mia a prepararmi. Mi cambio il vestito esagerato con un abito rosa intenso e mi specchio per un breve istante. Non vedo nessuna donna lì e faccio una linguaccia alla mia stessa immagine riflessa nello specchio. Poi mi ricordo che dovrei comportarmi come una signora. A volte è difficile nascondere la mia natura infantile.

"Là! Lo vedo che ti mangia con gli occhi!"

Dorotea punta verso il signor Lodovico e io annego nella delusione. Non intendeva affatto l'artista. Mi guardo intorno in cerca di lui, ma non c'è. "Dicono che il signor Lodovico è estremamente ricco," aggiunge Dorotea. "Potrebbe darti una bella casa con dei servi tutti tuoi. Pensaci, Cecilia. Non storcere il naso davanti a un uomo del genere." Se sapesse del mio desiderio segreto di un marito, mi riderebbe in faccia.

Stasera balliamo il Pavana. Semplice e lento. Il signor Lodovico mi prende per mano e mi conduce attraverso la sala con gli altri ballerini. Un passo in avanti e poi ci separiamo, ancora e ancora immersi nella coreografia.

"Ditemi di Ferrara," gli chiedo quando la danza ci riunisce.

"Che cosa volete sapere?"

"È come Asolo?"

Ride. "Affatto. È molto più grande e molto più rumorosa. Ci sono molte mura e porte che circondano la città sull'acqua, che è attraversata da lunghe strade larghe. Ogni giorno sembra che ci sia un nuovo edificio. Al centro si erge il castello del duca, un capolavoro dell'architettura."

La danza ci divide e io aspetto fino a quando ci incontriamo di nuovo prima di dire: "Penso che mi piacerebbe Ferrara, ma la mia città preferita in assoluto è Venezia."

Un cipiglio gli attraversa il volto, ma subito si ricompone. Devo averlo immaginato, il cipiglio. Qualcosa in lui mi rende nervosa, ma la attribuisco al suo accento ferrarese e al suo volto severo. Quando egli suggerisce di prendere una boccata d'aria fresca all'esterno, ignoro il moto di inquietudine che mi accarezza il petto, e acconsento. Attraversiamo la loggia e ci sediamo sulla balaustra.

Il signor Lodovico mi intriga, non è come gli altri cortigiani. Spericolato, lo so, ma penso che non mi farebbe alcun male. È emozionante avere un ammiratore, anche se lui non mi fa volare le farfalle nello stomaco come l'artista.

L'aria fresca della notte è una carezza morbida sulla mia gola. I grilli friniscono dai cespugli del giardino e la luna nuova taglia un sottile nastro d'argento in un cielo che si gonfia di stelle. So che non dovrei stare da sola con un uomo che non è il mio promesso. Egli mi crede sfacciata. Eppure le parole di Dorotea mi trillano nella mente, e non posso fare a meno di sentirmi lusingata nel vedere che un uomo mi guarda nel modo che lei ha descritto. Sicuramente è un gentiluomo e mi tratterà come una signora.

Rabbrividisco mentre provo di nuovo quel senso di distacco, come se mi guardassi dall'esterno. C'è un'ombra sull'altro lato della terrazza. Il signor Lodovico mi prende la mano e se la porta alle labbra. L'ombra si sposta in avanti e s'inchina. *Zorzo da Castelfranco!* Il calore mi cattura le gote.

"Fern, stai bene?" disse la zia Susan. "Pensavo fossi dietro di me, ma quando ho guardato indietro non ti ho vista da nessuna parte."

La sensazione era dieci volte peggiore che svegliarsi nel bel mezzo di un sogno, e non essere in grado di distinguerlo dalla realtà. Lo stomaco di Fern era scombussolato. Era stata catapultata attraverso centinaia di anni di storia, e ora si sentiva male. "Mi dispiace." Abbassò lo sguardo sull'album degli schizzi. *Deve essermi caduto dalle mani.* "Ero a miglia di distanza."

"Lo vedo. Stavo per proporti di andare a casa. Guarda il cielo!"

Fern scrutò le nuvole scure che tuonavano, e incrociò le braccia intorno al corpo, sentendo improvvisamente freddo. Grosse gocce di pioggia schizzarono sul sentiero polveroso. Si affrettò con la zia verso casa, per quel che le sue gambe paffute le permettevano. Nel momento in cui giunsero a destinazione, la tempesta si abbatté sui campi di grano, i vigneti e gli ulivi, incollando i capelli di Fern al viso.

"Corri al piano di sopra e mettiti qualcosa di asciutto," ansimò la zia chiudendo la porta d'ingresso. "Metto su un po' di minestra e poi mi cambio anch'io."

Nel bagno, Fern fissò l'immagine nello specchio. La sua immagine, non quella di Cecilia.

Che cosa mi sta succedendo?

Nel Barco era accaduto qualcosa che andava al di là del semplice sogno. Aveva ancora la nausea e si sentiva debole dopo il ritorno al presente. *Fatti coraggio! Non sei Cecilia, sei Fern.* Quella ragazza era nella sua testa, però le aveva lasciato una fastidiosa sensazione di bisogno. *Bisogno di che cosa?* Fern abbassò lo sguardo, quasi aspettandosi di vedere le gambe avvolte in un abito lungo, ricordandone ancora il peso, la sensazione del broccato pesante e la stretta del corpetto sui seni. Scosse la testa. *Sto impazzendo?*

Il rombo di un tuono e un fulmine striò il cielo plumbeo oltre la finestra. Un brivido di paura contorse lo stomaco di Fern. *Non essere sciocca, sei perfettamente al sicuro.* Prese un asciugamano e si tamponò i capelli. Tremando, uscì dalla gonna fradicia e s'infilò un paio di jeans e un maglione.

Giù in cucina, la zia le porse un cucchiaio di legno. "Mescola la zuppa, tesoro, mentre vado a cambiarmi."

L'aroma delle verdure che bollivano lentamente si mescolò con qualcos'altro. Con un odore di legno bruciato. Il cuore di Fern accelerò. Un altro rombo di tuono, molto più vicino di prima, seguito da una saetta rumorosa come un colpo di pistola.

Buio.

La dannata luce se n'è andata.

Nel bagliore della fiamma del gas sotto la pentola, riuscì a distinguere una vaga sagoma che si muoveva verso di lei. I peli delle braccia si drizzarono. Poi, il lampo di una torcia. *Zia Susan!*

"La società elettrica stacca sempre la luce durante i temporali come questo. Non ho idea del perché." La zia Susan prese un porta-candela dallo scaffale. Frugò in un cassetto in cerca di una scatola di fiammiferi, poi accese una candela stretta e lunga. "Metti questa sul tavolo, e io servirò la zuppa."

Fern affettò del pane e si servì un po' di formaggio. "È delizioso," disse mentre il gusto corposo le riempiva la bocca. *Un ricordo. Ho già mangiato questo formaggio.*

"Si chiama Asiago e proviene dalle montagne qui intorno. Potremmo andarci un giorno, magari."

"Sarebbe bello." Le piaceva l'idea di uscire di lì, di allontanarsi dall'odore di legno bruciato e da qualsiasi cosa le ricordasse il fuoco.

Un altro tuono, seguito da un'altra saetta. Poi un improvvisa cacofonia, come se migliaia di ciottoli cadessero a pioggia. "Che diavolo è?"

"Chicchi di grandine," disse zia Susan. "Mi puoi aiutare a chiudere le persiane? Se tu chiudi quelle al piano di sopra, io penso a queste quaggiù. Non voglio che si rompano i vetri. Ecco, prendi la torcia!"

Fern corse prima in camera della zia. Poi andò in bagno, quindi si sbrigò ad andare nella sua camera da letto. Il vento aveva spalancato la finestra; oltre, il cielo s'illuminò di fuochi d'artificio. *Fuochi d'artificio!*

Afferrò il fermo delle persiane e chiuse. Un chicco di grandine, grande come una pallina da golf, la colpì sul dito e Fern gridò.

Tornò in cucina e chiese: "Perché i fuochi d'artificio?"

"Oh, i contadini pensano che le esplosioni rompano la grandine in modo da non danneggiare l'uva. A proposito, prendiamoci un bicchiere di vino per rinfrancarci."

La zia Susan andò a prendere la bottiglia già aperta dal bancone e versò. Fern bevve un sorso. *Va meglio. Non c'è bisogno di agitarsi.* "Penso che resterò a casa domani, a dipingere un po'."

"Buona idea, mia cara. Io andrò un po' avanti con la scrittura e non dimenticare che verrà Luca a cena."

"Hai bisogno di aiuto?"

La zia Susan le accarezzò la mano. "Pensavo di preparare un arrosto di manzo e dei vecchi budini dello Yorkshire per ricordargli l'Inghilterra. Magari tu potresti preparare un *trifle*?"

"Certo." Si allontanò da sua zia, perchè una fitta di dolore la trafisse. Il *trifle* era il dolce preferito di Harry. *Oh, Harry!*

CAPITOLO 5

Luca girò il caffè, sazio della squisita cena offerta da Susan e Fern. La cena era stata una sorpresa; per quanto ne sapeva, gli inglesi tendevano a cuocere troppo il manzo. Non che Susan fosse inglese; aveva dichiarato con orgoglio di essere gallese. Non era mai stato in Galles e non aveva alcuna esperienza del cibo locale.

Anche se aveva un passaporto britannico e uno italiano, le sue preferenze erano sicuramente orientate verso la cucina del belpaese. Ma, per dare a Cesare quel che è di Cesare, doveva riconoscere che i budini dello Yorkshire di Susan erano leggeri come l'aria, e il *trifle* di Fern allo sherry e lamponi lo aveva conquistato tanto che ne aveva prese due porzioni. Si carezzò lo stomaco. "Grazie per il pranzo delizioso."

"Di nulla," disse Susan. "È bello che Fern incontri qualcuno più vicino di me alla sua età, anche se forse sei un po' più grande di lei."

Un colpetto di tosse arrivò dall'altro lato del tavolo. "Ho quasi trent'anni," disse Fern. "Non credo di essere molto più giovane di te, Luca."

Sorrise. "Tre anni. Suppongo che siamo entrambi frutto della generazione del baby-boom."

Susan si alzò dalla sedia. "Be', io sono un po' stanca. Lascio voi due *baby-boomer* il piacere di caricare la lavastoviglie. Chiudi bene la porta e spegni le luci prima di andare a letto, Fern."

Luca osservò Susan trascinarsi verso le scale in ferro battuto. *La famosa, eccentrica gallese.* Gli piaceva il fatto che non sembrasse curarsi di quel che gli altri pensavano di lei. Il modo in cui si vestiva, per esempio, e i capelli spettinati. Non era il tipo di persona che pensava potesse incarnare l'immagine della scrittrice di romanzi d'amore di grande successo. Forse viveva indirettamente attraverso i suoi personaggi.

Si alzò in piedi e allungò la mano verso la tazza di caffè di Fern. "Indicami dov'è il lavello della cucina," disse scoppiando a ridere. "Ma non provare a farmi indossare un grembiule."

Sembrava piacevole stare in piedi accanto a lei, mentre caricavano la lavastoviglie. Per tutta la durata della cena, aveva cercato di farla parlare. Lei lo aveva ascoltato raccontare del suo lavoro, ma non aveva detto molto di se stessa. Come poteva scoprire se aveva un fidanzato? Poteva chiederglielo apertamente? *Non fare lo stupido, Luca! È qui solo per un paio di settimane.* Fern non gli sembrava certo il tipo di ragazza disposta a vivere un'avventura vacanziera, o un qualsiasi altro tipo di avventura, per la verità. Meglio mantenere il rapporto così com'era. "Mia madre mi ha chiesto di ricordarti di lei."

"È stata molto gentile con me ad Asolo quando ho avuto un altro dei miei *simpatici momenti*." Fern fece una pausa. "Penso che sia stato qualcosa più di questo, in realtà."

"Ah, sì?"

"Senti odore di qualcosa di insolito?"

Lui annusò l'aria. "No."

"Be', io sì. Non sempre." Prese una tazza dal lavandino e la rigirò nelle mani. "Di tanto in tanto, l'odore di legno bruciato in questa casa è veramente forte."

Ci pensò un attimo. *Cosa dire?* "Ho sentito dire che a volte le persone sentono odori che ricordano loro una particolare esperienza vissuta."

"Potrebbe essere così." Fern si acciglò e fissò la tazza. "Ero alla stazione di King's Cross quando si è scatenato quel grosso incendio."

"Oddio! È terribile! Sei rimasta ferita?"

"No, io ero sulla scala mobile, ho visto il fuoco e sono scappata." Torse la tazza. "A livello fisico, ho sofferto un po' per inalazione da fumo. Ma ho sofferto molto di più a livello mentale, per via del trauma."

La sua mano tremava e Luca le tolse la tazza dalle dita. "Mi dispiace davvero tanto. Che esperienza terribile."

"E ora penso di essere sul punto di impazzire," disse. "Da quando sono arrivata in Italia, ho delle visioni strane. È come se fossi posseduta da uno spirito tormentato."

Luca si trattenne dal guardarla a bocca aperta. "Che vuoi dire?"

"Penserai che sono pazza."

"Non penserò niente del genere," rispose, sincero solo a metà.

"Ricordi di avermi parlato di Caterina Cornaro?"

Lui annuì. *Dove vuole arrivare?*

"Continuo a pensare che sto vivendo la vita di una delle sue dame di compagnia." La sua voce si troncò per un attimo. "Temo di avere una specie di esaurimento."

Maledizione! Era un architetto, credeva in prove concrete, non nelle fantasie. Per la seconda volta in pochi minuti, rimase senza parole. Si morse il labbro. "Senti cosa faremo. Vieni a cena domani sera e parleremo di questo con mia madre. Lei è un tipo spirituale, non saprei definirla meglio, e non sarà affatto scioccata da quello che mi hai detto."

"Mentre tu lo sei?"

"Non esattamente scioccato. Più sorpreso, direi. Non è il genere di cose con cui ho a che fare di solito. In realtà non mi è mai capitato niente di simile, ad essere onesto." Le rivolse quello che sperava fosse un sorriso rassicurante. I suoi occhi avevano assunto l'espressione di un coniglio spaventato. Le toccò la mano e lei fece un balzo all'indietro, come se fosse stata punta da qualcosa.

"Mi dispiace," disse. "Non avrei dovuto dirti niente. Ora penserai che sono completamente pazza."

"Certo che no. I traumi fanno cose strane alla gente. Per esempio, qualcuno che è sopravvissuto a un incendio può sentire odore di fumo quando è in ansia."

"Probabilmente hai ragione. Ma trovo più sconcertanti le visioni che non l'odore di legno bruciato. Sembrano così reali."

"Ti prego, parlamene," disse. Forse parlando, avrebbe perso quello sguardo da coniglio spaventato.

Tornarono al tavolo della cucina e lui l'ascoltò, mentre gli raccontava quello che aveva vissuto ad Asolo e al Barco cercando per tutto il tempo di trattenersi dal fissarla a bocca aperta.

Apparentemente, non si trattava di qualcosa che aveva letto o visto in un film. Non esistevano film su Caterina Cornaro, per quanto ne sapeva lui, e i libri non avrebbero descritto mai tutto tanto dettagliatamente. Aveva bisogno di andare in biblioteca per saperne di più su questo tipo di psicosi. Se di psicosi si trattava. Doveva esserlo per forza perché qualunque altra spiegazione era inaccettabile.

"Quindi, vedi," disse. "Sono un po' fragile in questo momento ma mi piacerebbe venire a cena. Sono sicura che la zia Susan sarà felice di prestarmi la macchina e le farà piacere avere una serata tutta per sé da dedicare alla lettura o la scrittura."

"Ti vengo a prendere." Dio non voglia che abbia una di quelle visioni durante la guida. "Andrebbe bene verso le sette?"

"Grazie, e scusa di nuovo se ti ho scaricato tutto addosso. Parlarne mi ha aiutato, in realtà. E mi farà bene scappare da qui domani. Tua madre potrebbe essere in grado di darmi qualche suggerimento su come eliminare Cecilia dalla mia mente."

"Le anticiperò qualcosa." Si alzò dalla sedia e le tese la mano. "Buonanotte, Fern, e grazie per la serata interessante."

CAPITOLO 6

La villa si ergeva nel suo solitario splendore in mezzo a un mare di campi verdi. La zia Susan aveva detto che era stata progettata dall'architetto Andrea Palladio nel sedicesimo secolo. Fern era sgomenta davanti a tanta bellezza. E a tanta ricchezza. Ricordando la sobria eleganza di Vanessa Goredan, aveva fatto uno sforzo per indossare qualcosa di comodo: uno dei suoi abiti da lavoro, un paio di pantaloni di lino bianchi e una camicetta blu navy di cotone. Aveva combattuto con i suoi capelli dopo il lavaggio, e li aveva domati facendosi aiutare dalla zia Susan a raccoglierli in una treccia. Con un po' di fortuna, non avrebbe sfigurato.

Per tutto il tragitto fino alla villa, si chiese se non fosse il caso di pregare Luca di non dire nulla a sua madre. Poi si ricordò che lui aveva anticipato l'argomento alla contessa. Come era stato imbarazzante raccontargli tutto la sera prima. Cosa aveva pensato? Lei quasi non lo conosceva, ma aveva condiviso qualcosa che avrebbe convinto chiunque della sua follia.

La ghiaia scricchiolò sotto le gomme dell'Alfa Romeo rossa decappottabile di Luca, quando parcheggiò. Due Labrador color cioccolato gli saltellarono incontro, scodinzolando. Glieli presentò come Jason e Sam. Dopo aver accarezzato le loro orecchie di seta, Fern seguì Luca su per un'ampia rampa dal dolce pendio. Una scalinata conduceva alla loggia al centro della villa, che aveva la forma di un portico coronato da un timpano che le fece pensare al fronte di un tempio. Era impressionante. *Nessun altro aggettivo lo descriverebbe meglio.*

"Guarda quelli," disse Luca, sottolineando i due colonnati ai lati dell'edificio principale. "In origine ospitavano i granai, che dovevano essere coperti."

"Che tipo di grano era?"

"La mia famiglia ha introdotto la coltivazione del mais da queste parti. Ora cresce in tutto il Veneto ed è diventato un ingrediente essenziale per la polenta."

"Lo coltivate ancora?"

"Sì. E abbiamo anche i vigneti e la nostra etichetta di vino. Mio fratello, Antonio, gestisce la tenuta da quando è morto mio padre. Non conserviamo più il mais qui, ma abbiamo costruito i granai laggiù," indicò a sinistra. "Gli uffici e gli appartamenti della famiglia sono situati nelle ali dell'edificio. Il piano nobile originario è aperto al pubblico tre giorni alla settimana, perchè è troppo grande per noi. Ti farò fare un breve tour del piano nobile e poi andremo in giardino."

La condusse in una grande stanza quadrata, riccamente decorata con affreschi. "È facile capire perché noi non viviamo qui: sarebbe come vivere in un museo."

"È così bella," disse Fern mentre i piedi scivolavano sul liscio pavimento di marmo. Le pareti erano decorate con affreschi di dèi e dee che indulgevano in giochi campestri. Era diversa da qualsiasi casa che avesse visitato in precedenza, e questo la mise a disagio.

Fuori dalla finestra, si apriva un giardino privato con prati curati e aiuole. Un ombrellone riparava dal sole un tavolo in un angolo del patio. Un tripudio di gerani cadeva a cascata dai vasi, e rose rosse affollavano un'aiuola abbracciando la parete ricoperta di caprifoglio. Il giardino era una decina di volte più grande di quello di zia Susan, e, certamente di quello della casa di campagna di mamma e papà vicino a Chepstow. Era più il tipo di posto a cui Cecilia era abituata, lei che viveva nel lusso del Barco di Caterina Cornaro, piuttosto che quello che Fern aveva sperimentato fino a quel momento. Il groppo di disagio le serrò la gola. Deglutì.

"Mia madre ci sta aspettando." Luca la prese per mano e al suo tocco, la tensione dentro di lei si sciolse. Un gesto gentile, spontaneo e rassicurante, non un moto di nervosa sollecitazione. Era davvero un uomo molto piacevole.

"È meraviglioso rivederti," disse Vanessa Goredan sollevando lo sguardo da dove si trovava. I labrador se ne stavano spaparanzati ai suoi piedi, e ora rotolarono davanti a Fern per farsi grattare la pancia. "Non sederti. Luca ci prenderà una bottiglia di prosecco così potremo brindare alla tua prima visita alla villa."

Fern prese una sedia e si sedete sul morbido cuscino. L'aria si riempì del profumo di gelsomino e di caprifoglio. *Non c'è odore di legno bruciato, qui.* "Grazie per avermi invitata, Contessa Goredan."

"Per favore, chiamami Vanessa. Ora, dimmi: Luca mi ha raccontato che hai avuto delle strane visioni. Ho pensato che ti stesse succedendo qualcosa quando ti ho visto barcollare in chiesa, l'altro giorno."

"Non voglio che pensi che io sia pazza. Se un paio di giorni fa qualcuno mi avesse detto che aveva fatto un'esperienza del genere, avrei pensato che fosse matto."

"Ti posso assicurare che non lo penso. Ricordi il nostro suonatore di liuto?"

"E va bene. Allora..." Fern raccontò tutto a Vanessa: dai sussurri spettrali nella cucina di zia Susan, alle sue strane esperienze ad Asolo e al Barco. Ora non le suonava strano come la sera prima, quando lo aveva detto a Luca. "Che cosa ne pensi?" disse dopo aver finito.

Vanessa la guardò, pensierosa. "Be', penso che tu sia fortunata."

"Fortunata?"

"Voglio dire, fortunata ad aver avuto la possibilità di rivivere il passato in modo tanto vivido."

"Non mi sento fortunata. Mi sento... Mi sento come se fossi diventata una specie di canale."

"È possibile," disse con calma Vanessa. "Cecilia sembra utilizzarti per raccontare la sua storia."

"Ma perché? E perché proprio io?"

"C'è qualcosa che potresti avere in comune con la ragazza?"

"Papà era di stanza a Cipro quando era nell'esercito, e io ho trascorso i primi cinque anni della mia vita sull'isola. Cecilia ha chiesto alla sorella se le mancava l'isola e si è ricordata di aver vissuto lì fino all'età di cinque anni. Riesco a capire quello che dice e pensa in greco, anche se è un linguaggio più antico di quello che parlavo da bambina. Oh, e penso che sia un po' artista. Le piace disegnare."

"Questo potrebbe anche essere il motivo per cui lei ti ha scelta. Che mi dici di questo odore di legno bruciato? Luca mi ha detto che eri a King's Cross, quando è scoppiato l'incendio. Forse il fuoco è un'altra cosa che condividete?"

Fern strinse le mani per nascondere il tremore. "Pensi che Cecilia potrebbe essere morta in un incendio?"

"È possibile. La maggior parte del Barco è andata distrutta da un incendio nel 1509. Forse lei è rimasta intrappolata tra le fiamme."

La paura l'attanagliò. "Non voglio rivivere un incendio." Il cuore di Fern batteva all'impazzata. "Ci deve essere un modo per far uscire Cecilia dalla mia mente."

"Se lei è uno spirito inquieto, potrebbe essere una buona idea chiedere al parroco di benedire la casa di tua zia. Forse, indossare una croce al collo potrebbe proteggerti."

"Pensi che Cecilia voglia farmi del male?"

"Onestamente, non so cosa pensare, mia cara." Gli occhi di Vanessa seguirono il volo di un calabrone su un letto di fiori. "Hai parlato con tua zia di quello che ti sta succedendo?"

"Non ancora, ma sto pensando di dirglielo. Non sono ancora pronta." Non aveva senso spiegare la sua riluttanza. La zia Susan non sentiva l'odore che sentiva lei in casa, non vedeva quello che vedeva lei, e probabilmente non le avrebbe creduto. "Come va la tua ricerca sull'albero genealogico?" chiese. Non voleva più parlare di Cecilia; si sentiva troppo spaventata.

"Oh, è terribilmente complicata. Sono riuscita ad arrivare al 1800, che è il massimo a cui posso arrivare con i documenti qui in villa. Ma ora ho bisogno di andare a Venezia e continuare le ricerche."

"È un po' come cercare un ago in un pagliaio."

"Già," disse Vanessa alzandosi in piedi. "Luca deve essere andato alle stalle per vedere sua sorella. Lei è sempre laggiù ad armeggiare. Torno in un minuto con il prosecco."

Un cavallo nitrì in lontananza e Fern chiuse gli occhi. Il sole si era spostato e ora lei non era più riparata dall'ombrellone. Si strofinò le braccia. Perché faceva improvvisamente tanto freddo? Il corvo sull'albero alla sua sinistra gracchiò mestamente. Poi la sedia sotto di lei cominciò a muoversi, con le gambe accavallate avvolte nelle gonne voluminose anziché distese davanti a lei. Maledizione, era in sella; aveva cavalcato tanto quando era un'adolescente, ma questo aveva dell'incredibile.

Pegaso è irrequieto; vuole galoppare, se non fosse che siamo alla fine della caccia. La mia signora e i suoi cavalieri stanno braccando un cervo e abbiamo oltrepassato i confini del Barco. Il terreno si solleva al nostro passaggio. I cani abbaiano e i corni suonano quando attraversiamo i campi; ci siamo allontanati molto. Pegaso s'impenna da un lato all'altro e io cerco di domarlo.

Un balzo e partiamo veloci come il vento. *Patatatum, patatatum, patatatum.* Presto siamo testa a testa con il signor Lodovico. Ho sentito dire che è un cavaliere del Duca di Ferrara e certamente come tale cavalca. Il signor Lodovico mi lancia un'occhiata e sorride, rivelando i denti bianchi e irregolari. Qualcosa dentro di me rifiuta quella vista e desidera il sorriso di un altro uomo, l'incurvarsi degli angoli di un'altra bocca.

L'inseguimento è lungo, ma io non mi stanco. Infine, più avanti, il cervo torna sui suoi passi e attraversa un torrente cercando di nascondere il suo odore. Lo raggiungiamo e i cani lo circondano. È un cervo magnifico, con belle corna; l'animale ansima, esausto. Vorrei che potesse salvarsi, ma so che è impossibile.

Il signor Lodovico smonta e si avvicina alla bestia, sollevando la spada. Non riesco a guardare. Poi i corni suonano celebrando la morte dell'animale. La mia signora ordina a uno dei cacciatori di tagliare il cervo in pezzi e dividerne la carne, mentre i corvi sugli alberi vicino al ruscello iniziano a gracchiare intorno alla carogna.

Sono sorpresa di scoprire che sto piangendo. Perché? Non ho mai pianto prima per la morte di un cervo. La caccia è una parte della mia vita, qui a corte. Amo galoppare attraverso i campi, insieme a Pegaso.

La scena intorno a me assume un aspetto strano. È come se guardassi un dipinto, come se non facessi parte della realtà. È una sensazione che ho già provato e non mi piace. Sbatto le palpebre come se questo potesse dissipare il mio disagio, ma la situazione peggiora e ora la mia vista è annebbiata, mentre il pianto per la morte del cervo mi riempie gli occhi.

Fern si asciugò le lacrime e fissò il campo oltre il giardino. C'era un ruscello ombreggiato da salici. Poteva essere lo stesso corso d'acqua dove quel magnifico animale era stato ucciso? Sentiva ancora l'odore del sangue. Alcuni passi echeggiarono sul lastricato. Luca arrivò, portando un vassoio con una bottiglia e tre bicchieri.

"È successo di nuovo?" chiese, preoccupato. "Sei bianca come un lenzuolo."

Fern si strinse nelle sue stesse braccia. "Io non sono pazza, sai, anche se quello che sto vivendo potrebbe essere attribuito al trauma dell'incendio, suppongo. Di solito c'è un odore, o un suono che attiva queste crisi. Tua madre pensa che Cecilia possa essere rimasta coinvolta nell'incendio che ha distrutto il Barco. Ma nelle mie crisi io non rivivo quel disastro, grazie a Dio. Rivivo la vita di Cecilia. Non penso di immaginare tutto – è troppo reale."

"E lei ti fa paura?"

"Non dovrebbe?"

Luca alzò le mani. "Certamente."

"Scusami, non volevo aggredirti così. La cosa è, in un certo senso, affascinante," disse con più calma. "Sono combattuta tra la voglia di sapere cosa le succede e il fastidio che mi dà il suo modo di prendere il sopravvento nella mia mente."

"Quindi non è la ragazza che ti spaventa, ma il fatto di non riuscire a controllare questi flash-back."

"Parli come se mi credessi."

"Fern, io non ho mai dubitato di te, neppure per un minuto." Prese il vino. "Tuttavia, che Cecilia sia frutto della tua immaginazione o meno è qualcosa che devo ancora capire."

"Oh." Fern sentì gli occhi vagare attraverso il campo dove era certa di aver visto il cervo morto. *Dove Cecilia aveva visto il cervo morto.* Doveva trovare il modo di separare se stessa dall'altra donna. Era così difficile, però, quando i suoi pensieri erano tutti presi da Cecilia. "Forse dovrei lasciare l'Italia."

Luca le rivolse uno sguardo indagatore, poi tirò via il tappo dalla bottiglia. "Non sarebbe come scappare?" Riempì i tre bicchieri.

"Hai ragione, naturalmente. Inoltre, mi piace qui e non devo tornare al lavoro fino alla fine del mese. È solo che non posso continuare così, lo sai. È pericoloso. Voglio dire, potrei ritrovarmi all'improvviso nel passato mentre sto guidando."

"Stranamente, ho pensato la stessa cosa. Devi trovare un modo per controllare queste visioni. Da quanto ho potuto capire, sembrano verificarsi quando sei sola."

"È vero. Finora è stato così. Stai suggerendo che non dovrei mai restare sola? Sarebbe difficile, in particolare perchè mi piace stare da sola, soprattutto quando dipingo." Fern alzò il bicchiere e bevve un sorso di prosecco, assaporandone il gusto frizzante e fruttato.

Vanessa scese le scale fino al giardino accompagnata da una ragazza alta dai capelli scuri, vestita con pantaloni e una camicia bianca. Luca si alzò e prese due sedie. "Questa è mia sorella, Chiara. Non vedeva l'ora di conoscerti."

"Ciao." Chiara si sedette e si voltò verso il fratello. "Hai ragione. Fern è come la ragazza de *La Tempesta*."

"*La Tempesta*? Che cos'è?" chiese Fern.

"Stavo per dirtelo, ma questa saputella mi ha preceduto," disse Luca. "Si tratta di un dipinto del Giorgione. Ti porto a vederlo alla Galleria dell'Accademia di Venezia, se vuoi. La somiglianza è inquietante."

"Non abbiamo una foto del quadro in uno dei nostri libri d'arte?" intervenne Vanessa.

"Sì, vado a prenderlo."

Fern guardò Luca attraversare il patio poi disse a Chiara: "Quando ero più giovane montavo a cavallo."

"Oh, allora devi uscire con me qualche volta."

Fern rise. "Non so se sono ancora all'altezza."

"È come andare in bicicletta. Non si dimentica."

"Fern può cavalcare Magic. È un bel vecchietto calmo come nessun altro," disse Vanessa, riempiendo di nuovo il bicchiere di Fern. Continuò a esaltare le virtù del cavallo e le raccontò i suoi successi nel salto a ostacoli, quando era più giovane. "Ah, ecco Luca." Alzò lo sguardo verso il figlio. "Hai trovato il libro?"

"No, sembra che sia scomparso. Lo stavo guardando giusto l'altra sera."

"Non c'è da preoccuparsi," disse Fern. "Stavo pensando di visitare Venezia, mentre sono qui. Sei sicuro di avere tempo, Luca? Voglio dire, io sono perfettamente in grado di andarci da sola."

La sua bocca si incurvò agli angoli e un sentimento di gratitudine l'attraversò. No. Non di gratitudine. Di attrazione. Ed era sbagliato. Troppo presto, troppo improvviso e sapeva troppo di tradimento. Non poteva permettersi di essere attratta da Luca.

"Mi spetta un giorno di riposo," disse. "Mi piacerebbe mostrarti la mia città preferita."

"E tu, Chiara?" chiese Fern. "Vuoi unirti a noi?"

"Decisamente no! Ho fatto l'università a Venezia. Ne ho avuto abbastanza di quella città, per tutta la vita."

"Wow! Dev'essere stata un'esperienza fantastica."

"Non quando c'è l'acqua alta e devi indossare lunghi stivali di gomma per girare," disse Chiara con una smorfia. "Grazie a Dio, i miei giorni da studentessa sono finiti."

"Chiara ha deciso di prendersi una pausa dagli studi." Vanessa aggrottò la fronte. "Solo una pausa."

"Non riesco a vedere l'utilità di continui esami," disse Chiara.

Fern rise. "Che cosa stavi studiando?"

"Inglese. Era facile per me, naturalmente. Ma lo trovavo noioso."

"Sei andata a scuola in Inghilterra come Luca?"

"Sì, ero a Cheltenham ma non potevo affrontare l'università in Inghilterra, a differenza di lui. Trovavo il tempo troppo deprimente."

"Con il senno di poi, sarebbe stata una scelta migliore," disse Vanessa. "Non avresti incontrato questi estremisti."

"Non sono estremisti," sbuffò Chiara. "Il Veneto è soffocato da Roma."

"Non entreremo in argomento. È scortese discutere di politica con gli ospiti," disse Vanessa bruscamente.

"Oh, Ma, sei così antica," rise Chiara che si alzò in piedi e si rivolse a Fern. "Dicevo sul serio riguardo a quel giro. La campagna qui intorno è fantastica."

Fern annuì. Non c'era modo di farla salire su un cavallo, non dopo la sua strana visione di quella mattina...

"Non ti fermi a cena?" chiese Vanessa a sua figlia.

"Mi dispiace, ma devo incontrare Federico. Te l'ho detto questa mattina, no?"

"Ah, avevo dimenticato. A che ora torni?"

"Ho ventun anni, non undici. Torno quando torno."

"Finché vivi sotto il mio tetto, segui le mie regole. Ti voglio a casa per mezzanotte." Lo sguardo di Vanessa seguì Chiara che usciva, poi si rivolse a Fern. "Mi scuso per mia figlia. Sta diventando impossibile. In primo luogo, abbandona l'università. In secondo luogo, si accompagna con persone sbagliate. Non so cosa fare con lei." Sospirò. "La cena deve essere pronta. Andiamo in sala da pranzo."

Luca si alzò e tese la mano a Fern. La condusse negli appartamenti della famiglia situati nell'ala destra della villa. Arredate in stile campagnolo con quelli che lei immaginava fossero pezzi d'antiquariato italiano, nessuna di quelle stanze aveva l'opulenza di una casa signorile, anche se una cameriera aveva preparato la cena e stava aspettando che si accomodassero a tavola. Fern si sentì finalmente rilassata.

Dopo un antipasto di prosciutto e melone, annaffiato con un fresco vino rosso, la cameriera servì filetto di manzo alla griglia con patate arrosto e insalata.

"È delizioso," disse Fern. Mentre mangiava, si spremette le meningi cercando di ricordare se aveva letto qualcosa sul Giorgione prima di venire in Italia. Ma non riuscì a ricordare. Avrebbe cercato di trovare un libro sul pittore una volta a Venezia.

Il fratello di Luca e sua moglie si unirono a loro dopo cena, per il caffè. Antonio aveva gli stessi occhi azzurri di Luca e raccontò a Fern dell'azienda di famiglia. Sua moglie, Michela, era timida e tranquilla, quasi non diceva una parola. Vivevano in una casa all'interno della tenuta e avevano tre bambini: due maschietti di otto e sei anni, e una femminuccia di tre, che avevano lasciato alle cure della loro ragazza alla pari inglese.

Verso le undici, Luca accompagnò Fern a casa. "Grazie per la splendida serata," disse quando si fermò davanti alla casa della zia Susan. "Mi piace la tua famiglia. La moglie di Antonio è molto riservata, però, non è vero?"

"Sono sposati da dieci anni e lei è ancora oggi un po' in soggezione con *la contessa*, come la chiama ancora."

"Oh, perché?"

"Antonio l'ha incontrata all'Università di Padova. A differenza di me, ha optato per gli studi in Italia. Lei proviene da una famiglia di operai. Mamma non è una snob, naturalmente, e fa tutto il possibile per mettere Michela a suo agio. Il problema non è lei, ma Michela, e non credo che cambierà mai."

"Capisco." Alcune persone sono introverse per natura. "Sei sicuro di avere il tempo di portarmi a Venezia?"

"Assolutamente! Ti vengo a prendere martedì mattina alle otto." Si chinò per baciarla sulle guance.

Lei gli restituì un bacio veloce e sentì il profumo speziato del suo dopobarba. Luca balzò fuori dalla macchina e aprì la portiere di lei prima che Fern avesse la possibilità di farlo da sola. Le sfiorò il braccio in un gesto amichevole, niente di più. Fern gli augurò la buonanotte, e s'incamminò a passi veloci verso la porta di casa.

CAPITOLO 7

Seduta sul bordo di pietra della vasca dei pesci, mi sento assonnata nel calore di questo pomeriggio di inizio estate. La mia signora e il resto della corte stanno riposando. Non riuscivo a dormire, e in punta di piedi sono venuta qui non appena Dorotea ha cominciato a russare accanto a me negli appartamenti che condividiamo.

Immergo le dita nell'acqua tiepida, verde come il muschio che cresce sulla statua di un putto che, con i suoi organi genitali infantili e le ali piumate, abbellisce un piedistallo all'ombra di un cipresso. Carpe dorate nuotano in cerchi pigri, mordicchiandomi il pollice, e una libellula si immerge per abbeverarsi poi vola via. Penso al pittore e mi chiedo quando lo rivedrò. Sentendo dei passi sul sentiero, arrossisco e sollevo lo sguardo. Non è il pittore, ma il ferrarese, il signor Lodovico. Oh, vorrei che non mi vedesse con le guance così arrossate; potrebbe pensare che sto arrossendo per lui...

Mi alzo e facciamo le nostre riverenze. Il signor Lodovico si piega al mio cospetto e si toglie il cappello. Mi inchino a mia volta e tengo gli occhi bassi in modo che lui non mi consideri più.

"Andrete a Venezia con la mia signora la prossima settimana?" Egli si siede sulla panchina di pietra vicino alla vasca dei pesci e io mi siedo accanto a lui.

"Al suo palazzo a San Cassiano." Sono in grado di trattenere l'emozione che ho nella voce. Ho sentito dire che lo studio del signor Zorzo si trova in una piazzetta nelle vicinanze e, dal momento che non si trova a corte, potrebbe benissimo essere lì.

"Ah," si acciglia il ferrarese. "Io parto domani per raggiungere il duca."

Ho sentito dei racconti sulla Duchessa di Ferrara, Lucrezia Borgia, e mi domando se posso fargli qualche domanda al riguardo. Alla fine, la mia curiosità ha la meglio su di me e dico: "È vero che giaceva con suo fratello?"

Lo sguardo del signor Lodovico saetta da destra a sinistra. "Sono solo voci messe in giro dai nemici del Valentino."

Io non mi interesso di politica, e chiedo invece maggiori informazioni sulla duchessa. Il signor Lodovico sembra contento di diffondere i pettegolezzi. "Dicono che ha conosciuto Francesco, il Marchese di Mantova, ma che la loro conoscenza è finita da quando si è ammalato di sifilide, e ora è diventata l'amante di Pietro Bembo."

"Oh." Povera Dorotea: lei non sarebbe mai in grado di competere con una duchessa. "E al duca non importa?"

"Finché porta in grembo i suoi figli e attende al bene della famiglia, lui è felice di guardare da un'altra parte."

"E cosa vede quando guarda?" Ho sentito voci sui molti amori di Alfonso, duca di Ferrara.

"Nessuna donna bella come voi."

Cecilia, non avresti dovuto parlare delle relazioni tra uomini e donne.

Faccio finta di essere scandalizzata, deliberatamente apro gli occhi e con una mano mi tappo la bocca. Ma il signor Lodovico si abbassa e cerca di baciarmi. Giro di scatto il viso, respinta dal fetore di pesce che ha il suo alito. Avrebbe potuto pulirsi i denti dopo pranzo! Egli persiste, e mi prende tra le braccia attirandomi a sé. Vorrei non averlo mai trovato affascinante, e ora sono piena di disgusto. Non solo la sua bocca puzza di pesce, ma le sue labbra sono come quelle di un pesce: sottili, piatte e ossute.

Spingo le mani contro il suo petto. Egli le prende nelle sue, e mi blocca i polsi. "Tacete, cara. Presumo che questa sia la prima volta. Rilassatevi e sarà più facile per voi."

Più Facile? Che cosa vuol dire? Di certo non mi prenderà qui all'aperto? Sto per perdere la mia verginità? "No," dico. "Non qui." Lui è molto più forte di me, e io non sarò in grado di fermarlo se questo è il suo intento.

Lodovico ride. "Signorina Cecilia, intendevo il vostro primo bacio. Volete che faccia l'amore con voi?" Le sue labbra sottili si curvano in un sorriso che mi fa indietreggiare.

"No. Certo che no," balbetto. "Sono vergine e lo rimarrò fino al matrimonio."

"Mi fa piacere," dice con un'altra risata, la cicatrice dritta e bianca sulla guancia è diventata livida. "E avrete un matrimonio ancora più spettacolare di quello di vostra sorella, spero. Nel frattempo, lasciate che vi accarezzi. Desidero assaporare la vostra dolcezza. Non negatemela!"

Mi attira di nuovo a sé, scioglie i lacci sulle maniche in modo da scoprirmi le spalle e ci sbava su come una bestia affamata.

Io mi dimeno contro di lui tempestandolo di pugni, ma lui non sembra notarlo e la sua bocca viaggia verso il mio seno. Raccogliendo tutte le mie forze, lo respingo ancora. Infine, alza la testa e io gli scorgo la saliva sulle labbra e gli leggo il desiderio nello sguardo.

"Vi ho detto di rilassarvi." Il desiderio che ha negli occhi si trasforma in rabbia. Egli mi prende una mano e la porta alle brache. "Non sentite quanto vi voglio?"

Lancio un grido e ritiro la mano. "No!"

Fern si svegliò di soprassalto e ingoiò l'aria fresca della notte. Il disgusto ancora le stringeva le viscere; era una repulsione così palpabile da poterne quasi sentire il sapore. Aveva sognato ma sembrava tutto così reale. Poteva ancora sentire l'odore di pesce dell'alito di Lodovico, che quasi la soffocò.

Qualche colpo alla porta e la zia fece capolino. "Va tutto bene, mia cara? Ho sentito un grido."

"Sto bene. È stato solo un sogno, tutto qui," disse Fern con voce graffiante. "Per favore, non ti preoccupare."

"Hmm." La zia le rivolse uno sguardo incerto. "Ti farò una tazza di camomilla. Vieni di sotto."

In cucina, la zia Susan le mise in mano una tazza calda. I suoi denti battevano mentre la sollevava alla bocca. Si sedette sulla sua solita sedia e sorseggiò il liquido, ma la sua mente vagava tra ciò che le era accaduto nei panni di Cecilia e la realtà confortante della donna di fronte a lei, che stava aggiungendo lo zucchero alla sua camomilla e che poi aprì una scatola di biscotti. "Era il solito incubo?" chiese la zia Susan, offrendole un digestivo.

Fern scosse la testa. Il ricordo delle labbra di pesce di Lodovico sulle sue le fece di nuovo rivoltare lo stomaco. Aveva usato la forza con Cecilia? Era tutto così strano; non poteva continuare a nascondere quelle visioni e quei sogni a sua zia. Gliene doveva parlare.

"Non sogno più l'incendio." Posò la tazza. "Ma sta succedendo qualcosa di molto strano."

"Dimmi cosa c'è che non va, tesoro. Vedrò se posso aiutarti."

Disse alla zia Susan tutto quello che aveva detto a Vanessa e a Luca, aggiungendo l'ultimo incidente. Tuttavia, più parlava, più si rendeva conto di quanto suonassero strane le sue parole. L'espressione di sua zia era indecifrabile e ben presto Fern cominciò a vacillare. "Pensi che io sia pazza..."

"Assolutamente no. Penso che tu risenta ancora degli eventi di due anni fa. In qualche modo, la tua mente è caduta in uno stato confusionale."

"Ma sembra tutto così reale."

"Ne sono convinta," sospirò la zia Susan. "Cerca di ragionare," disse con la cadenza gallese più marcata del solito. "Non possiamo rivivere vite passate. È fisicamente impossibile."

"Come potrei sapere tante cose della vita di centinaia di anni fa, se non l'avessi realmente vissuta? So che sembra impossibile. Me lo sono ripetuto tante volte, credimi. È solo che io posso sentire l'odore delle cose, gustarle, toccarle, e posso essere toccata da loro quando sono lì." Rabbrividì. "Queste cose non puoi farle in un sogno."

La zia Susan le accarezzò la mano. "Devi aver letto un libro o visto un film, e ora la tua immaginazione ha sempre la meglio su di te."

"No, non la penso così. È fin troppo chiaro: io non potevo conoscere così tanti dettagli a meno che non fossi stata lì. Cecilia è reale, non è solo nella mia mente."

"Qualcosa ti ha sicuramente sconvolta, sono d'accordo. Domani ti porterò in ospedale e vedremo se ti potranno prescrivere qualcosa."

"Niente più farmaci, ho chiuso con tutto questo. Non c'è niente di sbagliato in me."

"Davvero?"

"Non voglio vedere un medico. La prossima cosa che mi etichetteranno come "malata di mente" sarò dichiarata inabile al lavoro. Ci sono passata l'anno scorso. Basta."

"Sei sicura?"

"Assolutamente. So quello che sembra, ma io non mi sto inventando niente." Fern si portò le dita alle labbra ancora livide per le *avances* di Lodovico. *Come può essere?* Si sentiva esausta, e annientata dal fatto che la zia non le credesse. "Mi dispiace di averti svegliato. Torniamo a letto. Mi sento bene ora."

E stava bene; prese le sue compresse di valeriana e dormì senza sogni. Quando si svegliò, il sapore di Lodovico era sparito. Un sole splendente si riversava sul giardino, illuminando le foglie di ulivo e i piccoli fiori bianchi che poi avrebbero fruttato. La zia Susan aveva suggerito a Fern di fare una passeggiata dopo colazione, così lei s'incamminò lungo la strada. Ma più si avvicinava alle rovine del Barco, più sentiva l'ansia pizzicarle la spina dorsale. Si voltò e marciò in direzione opposta, passando la fila di case oltre quella di sua zia e dirigendosi verso il centro del paese.

Il sole le scaldava le spalle; si tolse la giacca di jeans e l'appallottolò nello zaino accanto al blocco degli schizzi. Un cielo acquerello, spruzzato di blu, e, al di là dei campi le colline asolane, le torri e le torrette della città stessa. *Quanta luce!* Le dita prudevano dalla voglia di dipingerlo.

Il mercato lungo la strada era in pieno svolgimento, quando raggiunse la piazza principale. Rimase seduta per un po' in un bar e contemplò il trambusto, così diverso ma allo stesso tempo così familiare. Verdure freschissime dai colori brillanti; formaggi di ogni forma e varietà, con i loro aromi ricchi e forti che solleticavano le narici; pesce squamoso esposto sul ghiaccio tritato con le bocche spalancate e gli occhi con lo sguardo fisso. *No!* Di nuovo la nausea. *Focalizza il presente! Tieni la mente nel presente!*

Le orecchie si sintonizzarono sulle grida dei venditori in competizione con il rumoroso ciarlare dei clienti che contrattavano sul prezzo finale. Una giovane coppia si teneva per mano e si scambiava baci al tavolo accanto, dandole le spalle, e alcuni anziani giocavano a carte un po' più in là. La vita scorreva come al solito. Non c'era nessuno fuori posto.

La zia Susan doveva avere ragione; era fisicamente impossibile tornare indietro e rivivere il passato. Non c'era bisogno di farsi visitare da un medico e assolutamente nessuna ragione per prendere farmaci forti. Le sue pillole a base di erbe andavano più che bene. Aveva dormito come un sasso dopo averle prese la notte prima, no? Presto quella vacanza sarebbe finita e lei sarebbe tornata al suo lavoro di account manager alla City Bank di Londra, e avrebbe continuato la sua vita. Era giunto il momento di andare avanti. Non aveva mai dimenticato l'incendio e quello che era successo a Harry, che l'avrebbe segnata per sempre, ma doveva affrontare la sua angoscia concentrandosi sul lavoro e sulla pittura.

Prese qualche spicciolo dalla borsetta, e andò a pagare il suo cappuccino. Mentre passava tra un tavolo e l'altro, la giovane donna che si stava scambiando baci con il ragazzo alzò gli occhi. "Chiara," disse Fern, riconoscendo la sorella di Luca. "Ciao!"

Chiara le presentò il fidanzato, Federico, che lanciò un sorriso bianco e freddo a Fern. *Il sorriso di Lodovico.* Il cuore le saltò in gola; ora si sentiva come se passato e presente fossero venuti in collisione. Tutto quello che poteva fare era stare e guardare, mentre ogni istinto urlava *Vattene via di qui!* Chiara fissava Federico, in adorazione. Il ragazzo rivolse a Fern un sorriso pigro, arricciando le labbra sottili in un modo che le era fin troppo familiare.

Strinse i pugni e riprese il controllo delle mani. Quello non poteva essere Lodovico che perseguitava Cecilia attraverso i secoli. Queste cose non succedono. Era solo il fidanzato di Chiara che, a ben guardare, non somigliava affatto al pretendente di Cecilia. Molto più bello, in effetti. La pelle di Federico era leggermente abbronzata mentre quella di Lodovico era pallida. I capelli castani del fidanzato di Chiara erano striati dal sole, con l'aggiunta di un po' di gel, e l'unica cosa che aveva in comune con Lodovico erano le labbra sottili. "Contento di conoscerti," disse.

La pelle nella parte posteriore del collo di Fern fremeva. *Quella voce!* Il suo timbro era esattamente lo stesso. *Non essere ridicola! Stai ancora vivendo il sogno di ieri sera e ti sta confondendo.* Eppure, quando gli occhi di Federico si posarono su di lei, avvertì una forte fitta di disgusto. Quel ragazzo era pericoloso, ne era convinta. Non c'era da stupirsi che Luca fosse preoccupato. Tutta l'aura di Federico irradiava un bisogno di controllare gli altri, proprio come Lodovico aveva cercato di controllare Cecilia. "Be', è stato bello rivederti, Chiara, e di conoscerti, Federico," disse Fern. "Ora però devo andare."

La sorella di Luca la vide a malapena andar via tanto era affascinata dal ragazzo, ma Federico sorrise a Fern e il suo sguardo indugiò sul suo corpo, come se la spogliasse. *Che pezzo di merda!* Girando sui tacchi, Fern andò al bar, dove pagò il conto.

Mezz'ora più tardi, arrivò davanti al cancello di casa. Era ancora presto e la zia Susan era di certo alla sua macchina da scrivere. La vista delle colline attirò Fern, e si ritrovò a camminare verso il Barco, come se vi venisse attirata da una corda invisibile. Conosceva quel luogo, dopo tutto; era nella sua anima. Si sedette sulla stessa balaustra nella loggia dove si era seduta prima, solo che questa volta, invece di quella sensazione di disagio, il suo cuore era felice. Gli affreschi sbiaditi sulla parete di fondo brillavano sotto il sole e lei avvertì la presenza di Cecilia.

Il gonfiore tra le gambe del signor Lodovico mi disgusta. Al mio tocco, si muove come un serpente. Vuole infilarlo dentro di me? Questa volta lo respingo con tale forza che cade all'indietro. Ne approfitto, raccolgo le gonne e scappo verso la loggia. La parete di fondo è coperta di impalcature, e c'è il signor Zorzo, arroccato in cima, che immerge il suo pennello in una ciotola.

Riesco a vedere il *cartone* attaccato alla parete alla sua sinistra, un disegno della mia signora sul suo destriero con il contorno forato in modo da poterlo trasferire sul muro con il carboncino. So come si creano gli affreschi. Tutto il mio essere vorrebbe saperne di più, mentre il mio desiderio di dipingere aumenta. L'artista si inerpica su per la scala e ci scambiamo le riverenze l'uno con l'altra. Come vorrei che non ci fosse tutta questa fredda cortesia tra noi. Invece, continuo a guardare altrove e dico, indicando l'affresco: "Come si fa a farlo? Potete farmi vedere?"

"A voi?" dice in tono stupido.

"Io disegno ma vorrei apprendere le tecniche della pittura. Non c'è nessuno qui che mi possa insegnare. Se fossi nata maschio, sarei stata un'apprendista presso un maestro proprio come lo siete stato voi presso il grande Bellini."

"Oh, sapete tutto di me, non è vero?" La sua voce è dolce e un sorriso gli increspa gli occhi.

Batto il piede a terra. "Solo che siete presuntuoso e arrogante, e ridete di me perché voglio essere qualcosa che non potrò mai essere."

"Ah! Per essere un vero artista è necessario che l'anima bruci. Se brucia dalla voglia di dipingere, signorina Cecilia, dipingerete, qualunque sia l'ostacolo sul vostro cammino."

"Vi prego, insegnatemi. Posso essere vostra allieva in segreto."

Si china a raccogliere i suoi pennelli, senza dire nulla. Come osa ignorarmi? "Lasciate che vi mostri il mio lavoro," dico.

"Solo se poserete per me, signorina. Desidero dipingervi da quando ho posato gli occhi su di voi."

"Quando?" chiedo, capace di trattenere l'ansia lontano dalla mia voce. Finalmente, qualcuno mi mostra come sviluppare le mie capacità.

Mi guarda attraverso gli archi. "C'è tempo prima che la corte si svegli e la luce è buona questo pomeriggio. Seguitemi."

Con una mano si mette una borsa in spalla, con l'altra mi prende per mano e mi conduce fuori. Mi guardo intorno, cercando il signor Lodovico, ma non c'è. Il caprifoglio profuma l'aria e il richiamo di un cuculo echeggia tra i tigli oltre il pergolato di rose. La mia signora ha progettato questo giardino per gli svaghi e sul lato opposto dei cespugli ci sono alcune panchine in pietra, nascoste alla vista di chiunque guardi dalle finestre. È il posto perfetto per noi.

Il signor Zorzo tira un telaio di legno fuori dalla sua sporta e vi appoggia sopra una piccola tela. Prende il pennello e lo tuffa nel vaso di vernice che ha preso dalla sacca. Vorrei quei colori per poterci lavorare; sono così stufa della matita nera. Il pittore manterrà fede alla parola data e mi trasmetterà alcune delle sue conoscenze?

Afferra il pennello e, con abili tratti, traccia il contorno del mio viso. In pochi minuti, a quanto pare, anche se sarebbe necessario più tempo, ha finito. "Posso completarlo nel mio studio a Venezia," dice.

"Potrei farvi visita lì? Mi recherò a Venezia con la mia signora la prossima settimana."

Per un attimo, il signor Zorzo appare pensieroso. "Fate in modo di alloggiare nelle stanze che affacciano sul canale. Verrò a prendervi di notte con la mia barca. Sarete la mia musa."

Una bolla di felicità mi si forma nel petto. Vado da lui e gli circondo la vita in un abbraccio, incurante di tutto il resto. Il mio gesto viene dal cuore. Le nostre labbra si incontrano, e io gioisco della morbidezza della sua bocca, della dolcezza del suo profumo. Si lascia sfuggire un gemito e le nostre lingue si intrecciano. La sensazione è deliziosa in un primo momento, poi diventa più intensa e il mio corpo inizia a bruciare. Si stacca da me. "Dobbiamo fermarci. L'ora del riposo è finita."

Fern tirò un profondo, tremante sospiro. Sentiva il desiderio pulsarle dentro e lottare con il suo senso di colpa. Come poteva tradire Harry in quel modo? Si toccò le labbra, ancora umide dal bacio dell'artista. *Che diamine?* Appoggiò le mani sulla balaustra e le strofinò sulla pietra dura e incrostata di licheni. Grilli e passeri cinguettavano nel sottobosco e la brezza le soffiò una ciocca di capelli in bocca. Lei la tirò dietro l'orecchio.

Il suo corpo pulsava e lei non pensava a Harry, ma a Luca. Qualcosa nella sua bocca le ricordava Zorzo, ma era diverso in ogni altro dettaglio. La loro altezza era la stessa, d'accordo, se non fosse che Luca era magro mentre l'artista era robusto come un orso. Nonostante le loro differenze, c'era una somiglianza lì da qualche parte, una familiarità che Fern trovò inquietante. Il giorno dopo sarebbe andata a Venezia con lui, per vedere il dipinto.

Che meraviglia sarebbe stata scoprire che la ragazza de *La Tempesta* era Cecilia.

CAPITOLO 8

Luca guardò Fern sul sedile del passeggero. Subito dopo essere partiti da casa di sua zia, era caduta in un sonno profondo. Doveva essere esausta, la povera ragazza. Indossava il solito abito hippy: una fluttuante gonna ricamata e multicolore in varie tonalità di viola, e una camicetta di pizzo bianco che pendeva sensualmente dalla spalla sinistra. Aveva legato i capelli con un foulard color malva e, in grembo, stringeva una borsa a tracolla di stoffa che non sarebbe stata fuori luogo in un bazar indiano. *Caspita!* Era un tipo certamente originale. Nessuna delle donne con cui era uscito negli ultimi anni si sarebbe mai fatta vedere in giro senza la messa in piega appena fatta o un vestito firmato all'ultima moda.

E che dire delle visioni di Fern? Aveva fatto delle ricerche sulla depressione da psicosi, solo per regolarsi, e aveva scoperto che poteva portare a deliri e allucinazioni. Tuttavia, quelli erano episodi negativi dovuti a eccessiva autocritica, auto-punizione e auto-colpevolizzazione. Quello che Fern aveva sperimentato era invece qualcosa di totalmente diverso. Per quanto incredibile sembrasse, era certo che scivolasse nel passato e vedesse il mondo attraverso gli occhi di questa Cecilia.

Afferrò il volante; non gli sarebbe dispiaciuto schiacciare un pisolino come lei. La sera prima, aveva fatto un sogno stranissimo. Riguardava una corsa contro il tempo. Si era svegliato di soprassalto, in preda al panico agitandosi cercando di capire dove stesse andando tanto in fretta, perché ci stava andando e perché provava una tale angoscia. Aveva girato come un matto per il resto della notte.

Mezz'ora dopo, Luca parcheggiò nel multipiano alla fine della strada rialzata che portava a Venezia.

Fern sbadigliò e si stirò. "Spero di non aver russato..."

"Hai dormito come un angelo," disse scendendo per aprirle la portiera. Ma Fern era già scesa, quando lui la raggiunse.

"Non c'è bisogno che tu faccia così," rise.

Camminò con lui lungo la rampa di scale fino al piano terra, e proseguirono fino al molo del taxi acqueo. Dopo aver dato istruzioni al guidatore perché li portasse all'Accademia, Luca si accomodò accanto a Fern sul confortevole sedile sul retro della barca, che dondolava dolcemente. Una brezza le soffiava i capelli arruffati via dal viso e si guardò intorno, di nuovo con quell'espressione di coniglio spaventato negli occhi.

"È molto più affollata di quanto ricordassi."

"Credevo che fosse la tua prima volta qui." Colse il suo sguardo spaventato. "Un altro flash-back?"

"Non proprio. Solo la convinzione di conoscere questo posto. O meglio, parti di esso. Accidenti, devo sembrarti folle."

"Pazza? Tu?" Lui sorrise.

"Avevo dimenticato quanto è bella. Era." Si riparò gli occhi. "Ne vedo il decadimento, ora. Lì dove la marea ha eroso alcuni edifici. È ancora incantevole, però."

Il taxi acqueo lasciò il Canal Grande e prese una scorciatoia lungo il Rio della Croce. Alla Ca' Foscari svoltarono a destra per arrivare al pontile di fronte all'Accademia. Luca pagò il barcaiolo e aiutò Fern a scendere a terra, rifiutando la sua offerta di dividere il costo della corsa.

"Assolutamente no," disse. "Questa è stata una mia idea ed è un mio regalo. E possiamo fare un giro in gondola più tardi, se vuoi."

La felicità le illuminò lo sguardo. "Se mi va? Sarebbe assolutamente meraviglioso. Devi permettermi di invitarti a pranzo, però. So quanto siano cari i taxi d'acqua e le gondole."

"Senti, Fern. Oggi tu sei mia ospite. È il minimo che possa fare visto che sono stato io a proporti di venire qui. La prossima volta mi inviterai tu e faremo le cose diversamente, va bene?"

Fern annuì e lo seguì attraverso la piccola piazza e poi su per i gradini di marmo, verso il museo. Era bello dentro, e riecheggiava di una babele di lingue diverse. *Turisti. Inevitabili.* Acquistò il biglietto d'ingresso e disse: "Prima di vedere *La Tempesta*, permettimi di mostrarti questo."

In pochi minuti si trovarono davanti alla *Processione della Vera Croce* di Gentile Bellini. Fern fissò il dipinto con il volto pallido e rigido. "È così familiare."

Lui le prese la mano. "Vieni, da' un'occhiata a questo." La portò a *Il miracolo della Croce al Ponte di San Lorenzo.* "Vedi la donna nel quadro, in basso a sinistra? Gli storici ritengono che sia la regina Caterina Corsaro."

Fern guardò la figura vestita di nero. "Sì, è lei," disse con voce tremante. "Oh, mio Dio! Penso che sia Fiammetta, la sorella di Cecilia." Indicò la prima di una serie di donne alla sinistra della Regina. "La riconoscerei dovunque."

"Sorprendente," disse Luca. Aveva studiato il dipinto quando aveva fatto un corso di storia dell'arte all'università. "Guarda con quanta ricchezza erano affrescati gli edifici all'epoca."

"Lo so. E le figure del quadro sembrano essere fissate per sempre in quell'attimo. Proprio come quello che sta succedendo a me, solo al contrario."

"Dobbiamo scoprire perché." Le prese di nuovo la mano. "Andiamo a incontrare Cecilia, la tua nemesi."

"Nemesi?"

"Be', cos'altro può essere? Un fantasma, forse? Non è un frutto della tua immaginazione, ne sono sicuro ora. La tua reazione al dipinto mi ha convinto." Ed era vero. La familiarità di Fern con i personaggi raffigurati dal Bellini non poteva essere una finzione. "Cecilia vuole qualcosa da te, Fern. Dobbiamo scoprire cosa, in modo che possa riposare in pace."

"Pensi che potrebbe avere qualcosa a che fare con Giorgione?"

"Giorgione, il grande Giorgio. Zorzone, in dialetto veneziano. Il Zorzo di Cecilia era un uomo alto?"

"Grande."

"Uno dei pittori più enigmatici della storia. Si sa molto poco della sua vita. Sei incredibilmente fortunata ad averlo *incontrato*." Luca si fermò davanti a un dipinto di circa settanta centimetri per novanta. "Ecco *La Tempesta*, presumibilmente la sua opera più importante."

"Luca, io non ho *incontrato* Giorgione," disse Fern, fissando la donna nuda che allatta un bambino. "Cecilia lo ha incontrato.

Vedo una somiglianza tra lei e questa donna, e sì, il suo viso è un po' come il mio."

"La sua posa è insolita, non credi? Normalmente un bambino starebbe in grembo alla madre durante l'allattamento. Mi chiedo perché Giorgione lo abbia posizionato *accanto* alla madre."

"È come se la donna avesse partorito da poco. Guarda il suo ventre flaccido! Sta guardando direttamente l'osservatore. Questo è uno dei quadri più strani che abbia mai visto. Incredibilmente inquietante, in un certo senso, anche se non so dire il perché."

"Pare che fosse il preferito di Lord Byron, per via della sua ambiguità. Gli osservatori possono interpretarne il simbolismo liberamente."

"Mi piacerebbe acquistare una stampa di questo quadro. Ne vendono qui?" Fern indicò la figura maschile nella foto. "Sembra essere stato calato nella scena, ma che non ne faccia davvero parte. E somiglia un po' a Zorzo."

"Gli storici dell'arte pensano che potrebbe essere un soldato, un pastore, o uno zingaro. L'esame ai raggi X ha rivelato che al posto di un uomo, il Giorgione originariamente dipinse un altro nudo femminile."

"Mi domando chi possa essere." Fern si chinò per un esame più attento. "La rappresentazione del paesaggio è mozzafiato. E la tempesta mi ricorda quella che abbiamo avuto l'altra sera. Guarda come è illuminato il cielo! C'è una vera sensazione di presentimento. Come se incombesse un terribile disastro." Rabbrividì.

Dopo aver visitato il negozio del museo, dove Fern acquistò una stampa del quadro e un libro sull'artista, Luca disse: "Possiamo fare una bella passeggiata fino al ristorante. Non è lontano."

Si lasciarono il percorso turistico alle spalle e vagarono per le calli nascoste passando piccoli ponti che attraversavano una rete di stretti canali. Fern si guardò intorno, come affascinata. Prese la macchina fotografica Minolta dalla borsa, e scattò delle foto ai fili per il bucato che pendevano dalle finestre sopra di lei. Un paio di ragazzi giocavano a pallone in una piazza deserta. Poi attraversarono un vicolo buio così stretto che, se allargavano le braccia, potevano quasi toccare i muri degli edifici. Sbucarono in una piazza inondata dal sole, dove tavoli riparati da grandi ombrelloni li invitavano a riposarsi e prendere un aperitivo. Luca fece un cenno al cameriere e ordinò due Bellini.

"Perdona la mia ignoranza," disse Fern. "Ma cosa sono i Bellini?"

"Prosecco mescolato con succo di pesca, inventato da Giuseppe Cipriani, fondatore dell'Harry's Bar. Ti ci porterò la prossima volta che torneremo a Venezia."

"Oh, e non ha nulla a che fare con l'Hotel Cipriani di Asolo?" chiese Fern, senza guardarlo.

"La famiglia Cipriani lo gestiva tra la fine degli anni Sessanta e i primi anni Settanta. Ora appartiene a una catena internazionale."

"Luca, c'è una cosa che devo dirti." Fern lo guardò. "Mi piace molto stare con te. È solo che non voglio che tu ti faccia un'idea sbagliata."

"Ah, sì?"

"Ricordi che ti ho detto di essere rimasta coinvolta nell'incendio di King's Cross?" Fern emise un respiro strozzato, poi respirò profondamente e ne emise un altro. "Il mio fidanzato... Harry, lui... è morto in quell'incendio."

Luca si protese sul tavolo e le prese la mano. "Mi dispiace tanto, Fern. Che tragedia!"

"Io non sono pronta per un altro rapporto. Mi scuso se ti ho dato quest'impressione. Sei stato così gentile con me," disse con voce calma.

Ah, Luca. Ti ha stroncato prima ancora di averla baciata. Ti sta bene, per tutte quelle ragazze che hai baciato e scaricato in passato. Be', a dire il vero, non solo baciato...

"Possiamo essere amici?" chiese Fern esitando.

"Non chiedo altro," mentì. I loro Bellini arrivarono e lui levò il suo per un brindisi. "Alla nostra amicizia." Fece tintinnare il bicchiere contro quello di Fern. "Ti va di dirmi cosa è successo? A Harry, intendo..."

"Ci eravamo dati appuntamento alla biglietteria per andare a cena nelle vicinanze. Per colpa mia, ha dovuto aspettare." Fece una pausa, e distolse lo sguardo. "Se avessi preso il treno precedente, saremmo entrambi usciti prima che la stazione andasse in fiamme. Ma avevo lavorato fino a tardi, anche se l'account che stavo installando avrebbe potuto aspettare fino al giorno dopo. Volevo impressionare il mio capo. Sono stata così egoista..."

"Non potevi saperlo. È stata una fortuna che tu non fossi alla stazione con lui."

"C'ero quasi," disse con la bocca ridotta a una fessura. "Credo di avertelo detto prima. Ero a metà strada sulla scala mobile. Be', all'improvviso..." Fern rabbrividì. "D'un tratto, gli scalini erano in fiamme; ho guardato in su e anche il soffitto andava a fuoco e stava crollando... L'unica cosa che potevo fare era tornare ai binari."

"Deve essere stato terrificante." Le toccò la mano. Le dita tremanti di Fern si avvolsero intorno alle sue.

"Il tunnel era pieno di fumo, non riuscivo a vedere niente. La gente correva su e giù, battendo contro le porte chiuse dei treni mentre questi si allontanavano." Fern chiuse gli occhi, visibilmente scossa. "Alla fine, uno dei treni si è fermato e io ci sono salita sopra."

"Ringrazio Dio per questo."

"Ho acceso la tv non appena sono tornata a casa e ho visto tutti i sacchi neri con dentro i cadaveri messi in fila fuori dalla stazione. Da quel giorno, sono in analisi. È stato allora che ho iniziato a dipingere e devo ammettere che è stata la mia salvezza."

Cosa dire? "Ah! Molto bene. Avevi chiaramente bisogno di qualcosa con cui impegnare la mente."

"Quando ho sentito odore di legno bruciato in casa di mia zia e ho sentito quella voce che mi chiamava, sono tornata indietro al giorno della tragedia. Ricordi quando ti ho detto che tua madre pensa che Cecilia potrebbe essere morta nell'incendio del Barco?" Lui annuì. "L'odore di legno bruciato che continuo a sentire potrebbe essere una traccia del passato, e sono convinta che è proprio questo che le è successo."

"Non puoi saperlo," disse cercando di convincerla con il tono sicuro della sua voce. "Potrebbe non essere così."

"Certo è che ho il terrore del fuoco."

Le strinse le dita. "Non dimenticare che è accaduto quasi cinquecento anni fa. Ora sei perfettamente al sicuro."

CAPITOLO 9

Fern si appoggiò allo schienale della sedia. Le parole rassicuranti di Luca avevano quasi calmato le sue paure, però lei non gli aveva detto tutto. C'era qualcosa che non aveva mai detto a nessuno - nemmeno al suo terapeuta; qualcosa che la tormentava e le avvelenava la vita. Non se ne era mai, mai, liberata, e un giorno sarebbe stata chiamata a risponderne. Non quel giorno, però, sperava. Quel giorno era a Venezia, e c'era qualcosa di quella città che cantava al suo cuore e alla sua anima. Vuotò il bicchiere e disse a Luca: "Fammi almeno offrire i Bellini."

Si alzò. "Assolutamente no. Pago, poi possiamo andare a pranzo."

Lei lo guardò bighellonare verso l'ingresso del locale, le lunghe gambe coprirono la distanza in pochi passi. Era così diverso da Harry, che era biondo, di media statura e tarchiato. Era attratta da Luca, le veniva naturale, e aveva dovuto ingoiare il groppo che aveva in gola quando lui aveva prontamente accettato di essere "solo amici". *Groppo per che cosa? Non certo per nostalgia, no?* Di certo, non era attratto da lei, il che andava bene, no?

Ricordò l'immediata attrazione tra lei e Harry. Lo aveva conosciuto quando gli aveva aperto un fondo d'investimento dopo la morte di suo zio che gli aveva lasciato duecentomila sterline. Harry era stato attento con il denaro e aveva insistito per trovare una collocazione sicura per la sua eredità. Una volta aperto il fondo, lui l'aveva invitata a un ristorante elegante. Avevano a malapena mangiato qualcosa, tanto era forte l'attrazione sessuale tra loro. Tornati a casa di Harry per un ultimo drink, avevano fatto appena in tempo a chiudere la porta che subito erano finiti a letto. Ed era stato così per la maggior parte dei tre anni successivi. Cioè fino a quando…

Accidenti! Di nuovo quel ronzio nella testa. Afferrò il bordo del tavolo con tale forza che le nocche si fecero bianche. La vernice si staccò e si incastrò sotto un'unghia. *Questo è reale. Resta nella realtà!* Girando lo sguardo verso il lato opposto della piazza, si lasciò sfuggire un rantolo. Lì, in un angolo, all'ombra del campanile, c'era lo studio di Zorzo. I suoi occhi persero la concentrazione e il mondo intorno a lei scomparve.

Riesco a farmi assegnare una piccola stanza al piano terra del palazzo della regina. Praticamente una dispensa, però è perfetta per i miei scopi. Dorotea è sorpresa che io non voglia condividere un appartamento con lei al piano sopra quello nobile, e mi guarda con sospetto. Spero che non indovini le mie ragioni.

La dimora veneziana della mia signora è sul Canal Grande, nel quartiere di San Cassiano. Sono già stata qui, naturalmente, solo che ora la mia esistenza ha uno scopo rispetto all'ultima volta che ho visitato la città. Il pittore ha detto che verrà a prendermi con la sua barca, stanotte, e la prospettiva mi fa trepidare.

Il pasto serale sembra interminabile, anche se la corte è stanca dal viaggio. Quante chiacchiere! E quante portate! Ma io sono troppo eccitata per mangiare. Infine, ci ritiriamo e aspetto. E aspetto. E aspetto. Se non viene, temo che morirò di delusione.

C'è un rumore di ciottoli sulla finestra e io salto sul materasso. È qui sotto con la sua piccola barca che ondeggia sull'acqua verde smeraldo. "Venite, Cecilia," mi dice.

Prendo il mantello e la maschera, e attraverso il magazzino in punta di piedi. Il pittore ha accostato la barca al pontile e io salgo a bordo. Egli si trova a poppa, stringe i remi nelle mani mentre io mi siedo a prua, il volto nascosto dietro una *bauta* bianca e squadrata, senza bocca, che i veneziani sono soliti indossare quando girano per la città. Se anche mi vedessero, nessuno mi riconoscerebbe.

Il signor Zorzo rema oltre Campo della Pescaria, e poi sotto il ponte di legno a Rialto. Venezia è magica stasera, i suoi palazzi brillano come perle sotto la luna piena, i suoi comignoli si stagliano verso le stelle. Sono tremendamente eccitata. So che non dovrei stare da sola con lui ma non riesco a farne a meno. Sono come un'ape con il fiore; lui mi fa sentire importante. Poserò per lui e, in cambio, egli mi insegnerà a dipingere. Confido che manterrà la sua promessa; non ho motivo di dubitarne.

"Siamo arrivati," dice, legando la cima vicino ad alcuni gradini. Con un balzo, vola sulla terraferma e mi tende la mano. La mia è come quella di una bambina in confronto alla sua. Il calore del suo tocco mi sorprende, e mi lascio sfuggire un piccolo sussulto. "Non temete," dice fraintendendo la mia esclamazione. "Vi tratterò con il massimo rispetto."

Le mie guance avvampano e distolgo lo sguardo da lui. Se solo sapesse quanto desidero stringermi al suo forte petto e sentire ancora una volta le sue labbra sulle mie. È meglio che mi controlli e rimanga vergine fino al giorno del mio matrimonio. È decisamente meglio! La mia verginità sarà controllata dai medici prima di arrivare al talamo nuziale, come è consuetudine. *Sei una sciocca, Cecilia! Chi vorrà sposarti? Non hai ricchezze.* Mi crollano le spalle per lo sconforto.

Lo studio del pittore è al livello della strada. Le finestre danno su un campo, una piazzetta, e la luna delinea il profilo delle ombre. Ha messo candele di sego per tutta la stanza, e accende una candela lunga e sottile dal fuoco che arde nel camino. "Vi prego, accomodatevi qui." Egli indica uno sgabello. "Prima vi ritrarrò io. Poi vi darò alcune istruzioni sull'uso del colore."

La sedia viene sistemata su un piccolo piedistallo in modo che i miei occhi siano al livello di quelli del pittore. Mi tolgo la maschera e il mantello, che lui prende e appende a un gancio vicino alla porta. "Allentate i lacci delle maniche. Vorrei che vi scopriste le spalle. E togliete la retina dai capelli perché sono troppo belli per nasconderli."

Le mie dita si aggrovigliano intorno ai nastri mentre tremano a causa della mia depravazione. Se la mia signora mi vedesse ora, mi bandirebbe dalla sua corte. Eppure non riesco a trattenermi dal compiacere quest'uomo, che mi guarda con ammirazione e, al tempo stesso, rispetta la mia verginità. Dicono di lui che è un donnaiolo, ma non può essere vero. O forse egli non mi considera abbastanza donna?

Rubo uno sguardo di sottecchi. Egli ha posato una tela su un aggeggio di legno che, ho scoperto, essere chiamato cavalletto e che è stato inventato proprio da lui. Tiene in mano un bastone a due estremità e disegna le luci e le ombre del mio ritratto.

"State ferma, dolcezza," mi ammonisce. "Vi state muovendo." Mi ha chiamato *dolcezza*, ma non con il tono di un amante. È il tono che uno zio userebbe con una nipote. Il pittore deve vedermi come una bambina, anche se non può avere più di dieci anni più di me.

Tenendo lo sguardo sulla parete di fondo, lascio che la mia mente vaghi. Cosa farebbe Dorotea per dimostrare a quest'uomo di essere una donna? *No, Cecilia! Non devi pensare queste cose! Devi preservare la tua purezza.*

L'artista prende una tavolozza; il legno curva in un modo che sembra che una bestia ne abbia morsa una parte. Egli afferra i suoi pennelli e il vaso, che presumo contenga una miscela di olio di lino e trementina. Lo invidio mentre lo studio, desiderando di avere le sue capacità.

Finalmente, termina il suo lavoro. "Avete sete, dolcezza? Volete del vino?"

Annuisco, mi alzo dallo sgabello e cammino verso il cavalletto. Lui mi porge un calice e fissa la tela. Non solo ha ritratto le fattezze del mio viso, ma sembra aver catturato il mio spirito: il lampo di sfida nei miei occhi, la caparbietà del mio mento. Non sarò mai una grande artista come lui. "La mia arte è nulla in confronto alla vostra," dico io.

"Lasciate che lo giudichi io, dolcezza. Avete portato nulla da mostrarmi?"

"No. Quando ho sentito la vostra voce che mi chiamava, mi sono precipitata fuori e ho lasciato il lavoro nella mia stanza." Decido subito di non fargli vedere quello che ho realizzato finora. Meglio imparare prima da lui.

"Venite, vi mostro le mie tinture e vi spiego il linguaggio del colore."

Egli mi conduce alla parete in fondo, dove c'è una mola e dei barattoli di vetro che contengono polveri dai colori vivaci. "Questi sono diluiti con gocce d'olio." Prende i pennelli e li accarezza amorevolmente come fossero trecce di donna.

"Con cosa sono fatti i pennelli?" chiedo, anche se so già la risposta.

"Crini legati su bastoni con uno spago incerato, o piccoli ciuffi di pelliccia di scoiattolo infilati dentro penne di uccelli che vengono poi inserite in strette bacchette di legno."

"Interessante," dico io con un battito di ciglia, e bevo un altro sorso di vino.

"I pennelli sono classificati in base alle dimensioni degli uccelli che hanno fornito le piume per produrli: corvo, anatra, piccolo cigno, grande cigno..."

Mi tappo la bocca con una mano. "Certamente, non sono vivi quando vengono spiumati."

L'artista ride e indica la sua collezione di colori, mostrandomi il preziosissimo blu oltremare, ottenuto dalla polvere di lapislazzuli, e l'azzurrite, trasparente e luminoso come la laguna. Il cobalto ha bisogno di un'aggiunta di biacca per mantenere l'intensità, mentre l'indaco e il blu scuro-nero come il cielo notturno, si utilizzano per gli sfondi. Passa in rassegna tutti gli altri colori, parlando di loro come se fossero vecchi amici. Quando finisce, ormai mi gira la testa.

"Venite, dolcezza," dice. "Devo riportarvi al palazzo della mia signora. Potete fingervi malata, domani? Verrò da voi la mattina e daremo inizio alle vostre lezioni."

Mi rendo conto che se non faccio niente, lui non mi bacerà e io non penso ad altro da ore. Così mi pianto davanti a lui e gli metto le mani sul petto. Alzo la testa e, infine, le sue labbra incontrano le mie e mi bacia così profondamente, che mi sciolgo. Il mio corpo diventa liquido nel suo abbraccio; la sensazione è bellissima.

Infine, Zorzo si tira indietro e mi guarda negli occhi. "Dolcezza, hai il mio cuore."

Che cosa vuol dire? Vorrei domandarglielo, ma lui afferra il mantello dal gancio vicino alla porta e me lo avvolge intorno al corpo. "Vieni," dice. "L'ora è tarda."

Torno a San Cassiano, crollo sul letto, tutto il mio corpo palpita. Alla fine, cado nel sonno, con il ricordo dei suoi baci nei miei pensieri. Qualche ora più tardi, anche se mi sembra un attimo, Dorotea mi scuote. "Svegliati, Cecilia!"

Gemo e apro gli occhi, poi mi stringo il ventre. "Ho i miei dolori mensili," mento. "Potete fare a meno di me?"

"Dovremo per forza, no?" sbuffa Dorotea.

Un sorriso mi sgorga da dentro. Lo rimando giù e faccio uno sforzo per mostrarmi indisposta. "Mi rimetterò presto," dico io. "Deve essere stato il viaggio."

"La mia signora mi ha appena detto che domani andremo alla sua villa a Murano. Ha invitato la Marchesa di Mantova per un pranzo." Dorotea scuote un dito. "Farai meglio a sentirti bene per allora."

La guardo dal cuscino; sta accadendo qualcosa di strano. I contorni della figura di Dorotea sono sfocati e lei comincia a svanire. Sento che qualcuno mi scuote.

Scuotere, scuotere, scuotere. Voleva che chiunque stesse facendo quel rumore orrendo, smettesse. Era molto maleducato da parte sua.

"Va tutto bene?"

"Zorzo?" Lei allungò la mano, e se la trovò avvolta in una zampa di orso. Che cosa ci stava facendo Zorzo nella sua stanza?

"Sono Luca," disse la voce. "Hai avuto un altro dei suoi episodi."

"Chi?" Il tono della sua voce era familiare, ma la mente lottava per ricordare quel nome. Aprì gli occhi, poi li richiuse, interrompendo la vista di uno sconosciuto con il taglio di capelli più corto che avesse mai visto e strani occhiali scuri. Ritirò la mano.

"Luca," ripeté l'uomo.

I ricordi le sfrecciavano nella mente, ribollendo come le onde su una spiaggia prima di ritirarsi e lasciarla stordita.

"Luca..." Fece scorrere le mani tremanti su e giù per le braccia. Naturalmente. Era venuta a Venezia con Luca. Erano andati a fare due passi all'Accademia dove aveva visto il dipinto del Giorgione. Ricordò che stava fissando la donna nuda, e guardando Cecilia, che Luca chiamava la sua nemesi, che la osservava. Ricordò quel senso di familiarità mentre guardava gli altri due dipinti di Bellini. Ricordò il cocktail che aveva bevuto, a lui intitolato. Ricordò quella piazza e lo studio di Zorzo, il luogo dove l'amore le scorse nelle vene per la prima volta. *Non nelle tue vene, Fern. In quelle di Cecilia. Il tuo amore era Harry, non è vero?* Il sangue defluì dal capo e lei barcollò. Voleva stare di nuovo con il pittore; la sua anima soffriva per lui.

"Vieni, bevi un sorso d'acqua," disse Luca, afferrando una bottiglia e un bicchiere dal tavolo accanto e ignorando le espressioni sbigottite dei suoi occupanti.

"Va tutto bene. Mi sento sempre così quando rinvengo. Dammi solo un minuto."

"Sei sicura?"

"Abbastanza sicura," disse sorseggiando dal bicchiere e ingoiando la sua angoscia. "Penso che dovremmo scusarci con quelle persone."

"Cavolo!" Luca si batté una mano sulla fronte. "Scusate," disse alla coppia di anziani spaventati. Riconsegnò la bottiglia mezza vuota e ne ordinò una nuova per loro. Dopo averla pagata, tese la mano a Fern. "Qualcosa da mangiare ti farà bene."

Teneva la mano nella sua. Dopo tutto, stavano camminando lungo canali e ponti di attraversamento, e, se avesse avuto un altro dei suoi *simpatici momenti*, non voleva certo cadere in acqua. In breve tempo, arrivarono alla Trattoria alla Madonna.

Fecero un pranzo delizioso con un risotto al pesce, seguito da una spigola alla griglia e un'insalata verde, il tutto innaffiato con un fresco Pinot Grigio. Fern raccontò a Luca quello che lui aveva chiamato il suo "episodio". Lui ascoltò annuendo ma tenendo le sue opinioni per sé. "Ti faccio vedere San Marco," disse quando ebbero finito di mangiare. "Vale una visita."

Dopo aver attraversato il Ponte di Rialto, proseguirono attraverso un labirinto di stradine verso il cuore della città, passando negozi eleganti che vendono tutto ciò che un turista fornito di denaro possa desiderare. I nervi di Fern entrarono di nuovo in agitazione. *Resta concentrata! Andrà tutto bene.*

Certo che aveva visto le immagini della piazza, ma vederla dal vivo le troncò il respiro. Le colonne e le cupole della basilica brillavano nel sole pomeridiano, in splendide curve e pieghe, in distese dorate e superfici ondulate.

"È incredibile." Fissò la torre dell'orologio sulla sinistra. Le era familiare, ma gli altri edifici intorno alla piazza erano nuovi, così come lo era il campanile, anche se era nella stessa posizione e la loggia alla sua base le solleticò la memoria. Il Palazzo Ducale sembrava essere cambiato poco, anche se lei aveva letto nel libro di zia Susan su Venezia che il palazzo aveva subìto un incendio nel tardo sedicesimo secolo. *Quanti incendi!*

Luca la condusse su per le scale, verso i portali ad arco della basilica, ed entrarono. Una coda di persone che avevano davanti stava progredendo lentamente. Non importava, però, perché avevano tutto il tempo che volevano. La luce saltava e roteava dalla miriade di piccoli tasselli dorati che la rifrangevano. Il profumo dell'incenso e della cera delle candele riempì le narici di Fern. C'erano mille anni di religione, in quel luogo. *E Cecilia è venuta qui e ha visto quello che sto vedendo io adesso.*

Sopra di lei e ad ogni angolo, straordinarie e scintillanti figure a mosaico ballavano su un panno d'oro: leoni, agnelli, fiori, spine, aquile, serpenti, draghi, colombe. Era uno spettacolo incredibile, terribile e rilassante al tempo stesso. L'emozione era incontenibile, e strinse la mano di Luca. *Non c'è bisogno di parole.*

Uscirono nella luce del sole. La piazza pullulava di turisti, macchine fotografiche che scattavano senza sosta e piccioni che si lanciavano in picchiata a beccare il grano che veniva loro offerto. "Prendiamoci un drink prima di tornare a casa," disse Luca.

Si sedettero a un tavolo all'aperto. Al *Florian*. Un amico al lavoro l'aveva messa in guardia sui prezzi. Luca stava facendo troppo il maschio alfa a non lasciarle pagare niente, ma ora lei sapeva cosa fare.

Un cameriere si aggirava per i tavoli. "Due bicchieri di Prosecco," ordinò Luca. "Tutto bene?" chiese a Fern. "Nessun altro flash-back?"

"No. Solo la profonda convinzione di essere già stata qui."

"Mi domandavo una cosa. Hai considerato il fatto che forse potresti *possedere* Cecilia?"

L'assurdità di quella considerazione le fece spalancare la bocca. "Cosa diavolo vuoi dire? Cecilia è vissuta quasi 500 anni fa, mentre io sono ancora viva."

"Ho letto un po' a questo proposito. C'è una teoria secondo la quale passato, presente e futuro esistono contemporaneamente, ma in dimensioni parallele. Forse c'è stata una falla nel continuum spazio-temporale," aggiunse gettando un'occhiata ai musicisti che suonavano sul palco. "E se le cose stanno davvero così, chi è venuta prima: tu o Cecilia? Mi hai detto tu che lei sembra sentire la tua presenza di tanto in tanto."

Fern aggrottò la fronte. "Ho visto anch'io *Ritorno al futuro*, sai. È solo finzione."

"No. La teoria in realtà è nata con il concetto di spazio-tempo di Einstein."

"E la tua teoria secondo cui lei sta cercando di dirmi qualcosa, di farmi fare qualcosa per lei in modo che possa riposare in pace?"

Luca si strinse nelle spalle. "Qualunque cosa sia, spero solo che tu la supererai. Devo ammettere che ho avuto paura per te. Eri in quella che posso solo descrivere come una *trance*."

"Per favore, non ti preoccupare. Non credo che Cecilia voglia farmi del male. Non sono ancora sicura circa la tua idea della dimensione parallela, però. Sembra un po' inverosimile."

"Ed essere posseduta da una donna morta mezzo millennio fa non lo è?"

"*Touché!*" Sorseggiò il resto del suo Prosecco, guardandosi intorno e lasciandosi pervadere dalla magnificenza di Piazza San

Marco. Poi disse: "Devo andare un attimo in bagno. Torno tra un minuto."

"Va bene," le disse allungando le gambe.

Sulla strada davanti al bar, chiese il conto e pagò. Avrebbe avuto bisogno di un altro mutuo per pagare quel conto una volta arrivato l'estratto conto della carta di credito, ma ormai ne aveva fatto un punto d'orgoglio. Sperava solo che Luca prendesse la cosa con lo spirito giusto.

Di ritorno al tavolo, disse: "Spero che non ti dispiaccia. Ho pagato il conto. È il minimo che possa fare."

Luca rise. "Niente affatto. La gondola la pago io, però. Insisto."

"Sarebbe bello." Lei gli si avvicinò. Passeggiavano mano nella mano verso la laguna e di nuovo la forte sensazione di riconoscere l'isola sul lato opposto. Un campanile, simile a un'enorme matita, si stagliava verso il cielo come se stesse per scrivere un messaggio. "So che suona come un cliché, ma io sono sopraffatta da tutto questo. È così bello."

Le gondole cavalcavano le onde, che s'infrangevano sul lungomare. Luca si avvicinò a una di esse e negoziò con il gondoliere. Fern salì sulla barca e si sedette accanto a Luca al centro di un elegante sedile rosso. "In passato, questa parte della gondola era coperta, penso."

"Giusto. Serviva a preservare la virtù delle giovani donne come Cecilia. Era piuttosto ribelle, tra l'altro. Usciva furtivamente di notte per vedere il suo pittore. A quei tempi, sarebbe stata tenuta in casa, perchè solo le cortigiane potevano girare liberamente. Mi chiedo se Cecilia sia poi riuscita a incontrarsi con il pittore."

"Be', io non ci tengo a scoprirlo," disse Fern, iniettando una nota di determinazione nella sua voce. "Non capita tutti i giorni che si visiti il Canal Grande in gondola e ho intenzione di sfruttare al massimo ogni minuto."

Il cielo del pomeriggio aveva cominciato a sfumare in un blu velato e il sole stava gettando una pennellata d'oro sugli edifici. Cecilia e il suo artista potevano aspettare. Naturalmente, Fern voleva scoprire se la sua nemesi avesse imparato a dipingere. Poteva attendere, però. Per il momento, voleva godersi quella gloriosa esperienza e crogiolarsi nella bellezza di Venezia. Prese la macchina fotografica.

CAPITOLO 10

Luca stava facendo gli straordinari. Esaminò la pila di documenti sulla scrivania: stime da inviare e preventivi da emettere. Roba di routine che era in grado di gestire con il pilota automatico, ma stavolta si era accumulata sulla sua scrivania. Pensò a Fern e al loro giro in gondola del giorno prima, ricordando il suo sorriso dolce. La ragazza aveva voluto vedere tutto e aveva scattato foto su foto con la sua macchina fotografica. Quando erano passati sotto il Ponte di Rialto, l'aveva afferrata per il braccio e le aveva stretto la mano.

Un brivido di disagio lo avviluppò quando la immaginò con il pittore. *Pazzesco!* Scosse la testa e prese un altro fascio di carte.

Dopo il lavoro, tornò di nuovo al suo appartamento. Si sedette sulla terrazza con un bicchiere di Chardonnay fresco, e guardò la vista delle montagne, con il Monte Grappa al centro che somigliava alla gigantesca gobba di cammello. Fern era ancora dell'idea di fare una passeggiava tra le colline e cenare in una trattoria, l'indomani? C'era solo un modo per scoprirlo. Andò al telefono, scorse la rubrica e compose il numero di Susan.

Rispose Fern e gli disse che ne sarebbe stata felice, ringraziandolo ancora per la visita a Venezia.

"Tutto bene?" le chiese.

"Bene. Cecilia mi ha lasciato in pace.".

"Be', è bello sentirtelo dire. Che hai fatto oggi?"

"Zia Susan e io siamo andate al mercato a Bassano, e ho comprato un nuovo paio di sandali. Poi abbiamo pranzato con la pizza migliore che abbia mai mangiato. La città è affascinante, non è vero? Mi piacerebbe tornarci e realizzare un acquerello."

"Mi preoccupa il fatto che guidi da sola. Che succederebbe se avessi un flash-back all'improvviso?"

"In macchina è improbabile. Ho capito che mi accade solo quando sono in un luogo che ha avuto a che fare con Cecilia. A proposito, ho in programma una visita a Murano, dopodomani. Credo che la sua storia continui lì. Ho deciso di seguire il flusso, di lasciarmi guidare, come si suol dire. Ho molta voglia di scoprire cosa le è successo e risolvere il mistero del perché lei mi ha contattato."

"Vuoi andare da sola?" Il suo stomaco si contrasse per la preoccupazione perché non aveva modo di prendersi un altro giorno di ferie.

"La zia verrà con me. Non che mi sarà di molto di aiuto; lei è convinta che Cecilia sia frutto della mia immaginazione. Ama il vetro veneziano, però, specie quello di Murano, e vorrebbe comprarne qualcuno per la sua collezione. Prenderò il mio blocco degli schizzi e mi siederò sulle sponde di un canale, mentre lei va a fare shopping."

"Bene. Vengo a prenderti domani sera alle sette, allora."

Riattaccò e si passò le dita tra i capelli. Come diavolo avrebbe fatto a mantenere il suo rapporto con Fern a un livello di mera amicizia? Non era mai stato solo amico di una ragazza in passato, e non era mai riuscito a impegnarsi davvero con nessuna. Con Fern era diverso, però, e non era solo perché lei era inglese. *Porca miseria!*

La sera seguente, si fermò davanti alla casa di Susan e suonò il campanello. Fern aprì la porta. Indossava una camicetta di cotone verde chiaro in stile zingaresco, che metteva in risalto i suoi occhi verde smeraldo. Era contento che non avesse scelto lo stile formale che molte donne che conosceva avevano adottato, e che avesse eliminato le onnipresenti spalline imbottite scegliendo abiti semplici. Come qualcuno potesse trovare bello un certo tipo di abbigliamento, andava oltre la sua comprensione.

Fern salutò la zia e salì sull'Alfa. Luca prese la strada che usciva da Asolo, verso il villaggio di Monfumo, dove aveva prenotato un tavolo nel piccolo ristorante che si affacciava sulla piazza. Si sedettero sul balcone, il sole calante gettava un bagliore roseo sulle colline circostanti. Frutteti di pesche e pere abbracciavano le alture, e alcune case coloniche spuntavano tra le fronde, in parte granai e in parte abitazioni sormontate da tegole di terracotta. L'aria della notte era calda, quasi afosa, e il sudore imperlò il labbro superiore di Luca. Si asciugò con il tovagliolo.

"C'è una cosa che vorrei chiederti," disse dopo che avevano ordinato un piatto di prosciutto e melone e una caraffa di vino rosso della casa. "Ieri sera ho parlato con mia sorella. Non riesco a farla ragionare e penso che non ci riuscirò mai. Dovrà rendersi conto da sola che Federico non va bene per lei. Mia madre è fuori di sé dalla preoccupazione. Pensa che tu possa essere un buon esempio per lei e ti sarebbe davvero grata se tu provassi a fare amicizia con Chiara."

"Tua madre mi aveva già detto qualcosa di simile. Ho dimenticato di dirti che ho incontrato tua sorella e il suo fidanzato ad Altivole, l'altro giorno. Lui non mi è piaciuto molto." Fern si mangiò un angolo dell'unghia del pollice. "Mi ricorda qualcuno che conoscevo. Non è una bella persona." Fece un mezzo sorriso. "Farò del mio meglio. Cosa piace a tua sorella?"

"I suoi cavalli e Federico, naturalmente, per non parlare delle sue idee politiche. Oh, e dopo un grosso sforzo di persuasione da parte mia, hanno accettato di partecipare alla rievocazione della corte di Caterina Cornaro, alla fine del mese. Potrebbe essere un'idea." Luca sorrise. "Forse non ti dispiacerebbe unirti al nostro corpo di ballo? Non dovresti avere nessuna difficoltà con i passi."

Fern rise. "Se ancora me li ricordo. Perché no? Ogni quanto provate?"

"Una volta alla settimana, per ora. Quando saremo più a ridosso della rievocazione, ci incontreremo più spesso. La prossima prova sarà fra tre giorni."

"Bene. Zia Susan e io abbiamo deciso di trattarci bene e andremo all'Opera domani, alla Fenice. Passeremo la notte a Venezia e poi torneremo a casa dopo la prima colazione."

"Beata te," disse, invidioso. "Quale opera?"

"*I Capuleti e i Montecchi.* E, prima che tu dica altro, so che non è basata su Romeo e Giulietta, ma su un precedente lavoro che molti credono abbia ispirato Shakespeare a scrivere la sua opera più famosa."

Arrivò il primo, lasagna al ragù di cinghiale. Presero le forchette e la tagliarono, mangiando in silenzio. "Era deliziosa," disse alla fine Fern. "Sono pienissima."

"Caffè?"

"Ho già preso la mia dose di caffeina per oggi, ma tu prendilo pure. Oh, niente *ma* oggi, Luca. Insisto per pagare la mia parte."

La sua voce interiore gli disse di non contraddirla. "Che ne dici di andare a bere qualcosa al Caffè Centrale?"

"Bene."

Mezz'ora più tardi, ad Asolo, ordinò una grappa per sé e Fern chiese un limoncello. Si sedettero a un tavolo sulla terrazza esterna con vista sulla fontana.

"Mi parleresti della tua famiglia?" chiese lui, appoggiandosi allo schienale della sedia. "Ci potrebbe essere qualcosa nella vostra storia familiare collegabile a Cecilia."

"Ti ho già detto che ho trascorso la mia prima infanzia a Nicosia, come lei?"

"Sì."

"È l'unico collegamento che mi viene in mente, a parte l'arte, ovvio."

"Non mi hai raccontato niente dei tuoi genitori."

"Papà è un militare in congedo che si è ritirato in anticipo per mettere su un'attività di design paesaggistico. Ora che è in pensione, lui e la mamma passano il tempo a dedicarsi al giardino che abbiamo vicino Chepstow e a giocare a bridge."

"Niente fratelli?"

"Ho sempre desiderato un fratello o una sorella, ma la mamma ha subìto un'isterectomia dopo la mia nascita dovuta a complicanze derivanti dal parto."

Il loro ordine arrivò e brindarono.

"Sono entrambi inglesi?" chiese Luca.

"Papà è gallese, naturalmente, ma mamma è per metà greca da parte di madre. La sua famiglia è a Londra da un paio di generazioni, però. Non sarebbe straordinario se fossi parente di Cecilia in qualche modo?"

"Non c'è modo di scoprirlo, temo," disse lui posando il bicchiere sul tavolo.

Una voce familiare proveniente dalla sua sinistra gli diede un tuffo al cuore. Che diavolo ci faceva lì Francesca?

La bionda appariscente avanzò impettita fino al loro tavolo, spalline in primo piano, e gli rivolse uno sguardo gelido. "Buonasera, Luca. Come stai?"

"Bene, grazie." Presentò la sua ex a Fern, che rispose allo sguardo gelido con un sorriso a trentadue denti.

Francesca si avviluppò al braccio dell'uomo brizzolato e dall'aria gentile che lei mostrava come un trofeo. "Il mio fidanzato, Gabriele," disse sottolineando il fatto che fosse il suo fidanzato. Rifiutarono l'offerta di Luca di bere qualcosa insieme dicendo che dovevano tornare a Treviso, poi, a braccetto, uscirono praticamente danzando dal Caffè.

"Chi era?" chiese Fern.

"La mia ex," disse lui non volendo approfondire. Diede un'occhiata al suo Rolex. "È meglio rientrare."

Mentre guidava verso Altivole, teneva un occhio al volto di Fern. Non era bella in senso stretto, ma in confronto al fascino fasullo di Francesca e quello delle altre donne con cui era uscito in passato, la sua naturalezza era molto più affascinante. Sospirò.

Luca si svegliò improvvisamente, le lenzuola intrise di sudore erano aggrovigliate intorno alle gambe. Si liberò e accese la luce sul comodino. *Maledizione, sono le tre del mattino. Impossibile riaddormentarsi.* Faceva troppo caldo per dormire. *Dov'è il ventilatore? In cantina, probabilmente.* Non gli andava di scendere a quell'ora della notte. Che cosa lo aveva svegliato? Non sentiva nessun rumore. La strada sottostante era silenziosa e non sentiva nemmeno il gufo che a volte cantava sotto la sua finestra. *Cavolo!*

Chiuse gli occhi e cercò di scendere dal letto. Un lamento nella sua mente, poi una voce. Ora sapeva cosa lo aveva svegliato. Era il suo sogno ricorrente. *Troppo tardi! Troppo tardi! Troppo tardi!*

CAPITOLO 11

"L'isola di Murano era un susseguirsi di campi di ortaggi, vigneti e giardini," disse zia Susan leggendo dalla guida.

Fern era concentrata solo a metà, distratta dalla vista di Venezia attraverso la laguna. Centinaia di guglie di altrettante chiese. Le cupole di San Marco scintillavano al sole. Prese la macchina fotografica dalla borsa e fece un paio di scatti.

Il traghetto si mosse lungo il canale principale di Murano. Edifici color rosa pallido, crema e terracotta adornavano le sponde del canale che i turisti affollavano come formiche su un tavolo da pic-nic. Fern visitava quei luoghi, senza però riconoscere nulla.

La zia Susan, seduta accanto a lei sul ponte superiore, nascose una ciocca di capelli crespi e grigi sotto un enorme cappello da sole e continuò a leggere: "La reputazione di Murano come centro per la produzione del vetro nacque quando la Repubblica di Venezia, temendo il fuoco e la distruzione della città, costituita per lo più da edifici in legno, ordinò la demolizione di tutte le fonderie all'interno della città nel 1291." Diede una gomitata Fern. "Mi stai ascoltando?"

Il cuore di Fern accelerò alle parole *fuoco e distruzione*. Annuì.

"Anche se la Repubblica ordinò la demolizione delle fonderie, ne autorizzò e incoraggiò la costruzione al di fuori della città, e verso la fine del tredicesimo secolo, l'industria vetraria era concentrata sull'isola di Murano."

Fern annuì di nuovo, un lontano ricordo dei calici utilizzati al Barco si affacciò.

"I vetrai divennero presto i cittadini più importanti dell'isola," continuò zia Susan. "Nel quattordicesimo secolo, furono autorizzati a girare armati di spada, godettero dell'immunità da parte dello Stato, e le loro figlie trovarono marito all'interno delle famiglie più ricche di Venezia."

"Immunità da procedimenti penali? Che strano!"

"Naturalmente c'era un problema: ai vetrai non era permesso partire. Molti artigiani accettarono di correre questo rischio, però, e creare forni per il vetro nelle città circostanti e anche località lontane come l'Inghilterra e l'Olanda, nonostante il pericolo di ritorsioni da parte del Consiglio dei Dieci, che voleva che Venezia avesse l'esclusiva."

Le orecchie di Fern si tesero. "Il Consiglio dei Dieci?" Ne aveva già sentito parlare. Era qualcosa che aveva letto? No. "Chi erano esattamente?"

"Il doge e altri membri della Signoria, i patrizi più influenti. Era segretissimo," disse la zia Susan, facendo una smorfia significativa.

I motori del traghetto ruggirono mentre faceva retromarcia, quindi si accostò al molo e si fermò. Fern sbarcò insieme alla zia.

"Sei sicura di non voler venire con me a visitare la vetreria?" chiese la zia Susan, tirando giù la larga t-shirt a coprire l'ampio ventre. "Non ci vorrà molto e possiamo pranzare da quelle parti."

"Se non ti dispiace, vorrei buttare giù qualche schizzo per poi trasformarlo in un dipinto quando torniamo a casa. Farò un passeggiata in cerca di un bello scorcio e poi farò qualche foto."

"Come faccio a sapere dove trovarti?"

"Fammi dare uno sguardo alla mappa." Fern fu attirata da tre parole, in particolare. "Palazzo da Mula." *Il posto è questo.* "Possiamo vederci lì," disse indicando in punto d'incontro. "Che dice la tua guida al riguardo?"

La zia Susan sfogliò le pagine, e poi lesse: "La residenza estiva della nobiltà. La facciata presenta grandi finestre gotiche e pannelli in stile veneto-bizantino dei secoli dodicesimo e tredicesimo. Uno dei pochi palazzi scampati la ristrutturazione dell'isola nel 1800." Guardò l'orologio. "Adesso sono le undici. Facciamo per l'una? Sono sicura che troveremo un ristorante nelle vicinanze."

"Mi sistemo sul lato opposto del canale, in modo da avere una buona visuale."

Fern baciò la zia sulla guancia, si mise la borsa in spalla, e si allontanò. Era bello sgranchirsi le gambe, poter camminare. Erano partite da casa più di tre ore prima, avevano guidato fino alla stazione di Treviso e poi avevano preso il treno per Venezia. Allungò il passo.

A un'edicola comprò una guida e una mappa. Dopo aver attraversato il Ponte Longo seguì le Fondamenta Venier, confidando che le sue visioni le avrebbero fatto capire quando fosse arrivata a destinazione.

Niente da fare, eppure il palazzo era evidentemente antico e spiccava tra gli altri edifici più piccoli e più recenti. Scattò un paio di foto, poi si sedette sul bordo del canale, tirò fuori il blocco degli schizzi, e tracciò alcune linee per delineare la prospettiva, buttando giù la struttura di base un attimo prima di iniziare a lavorare sui dettagli.

Le finestre gotiche con i loro archi ogivali erano complicate da dipingere, ma non impossibili. Una di esse era illuminata. *Bene, questo attirerà l'occhio dell'osservatore.* La sua matita 2B volò sul foglio, Fern era concentrata. Usando la grafite, iniziò a ombreggiare i segni lasciati dall'acqua alta prima di aggiungere colore ai muri di pietra.

Una barca a motore passò scoppiettando, producendo piccole onde che andavano a sbattere contro i bordi del canale, lacerando i riflessi grigiastri delle finestre del palazzo. L'edificio color cannella trasudava storia e le era decisamente familiare, ma Fern non riusciva a sentire la presenza di Cecilia. Forse si era sbagliata sul fatto che la storia della ragazza continuasse lì? Dorotea aveva sicuramente detto che quello era il luogo dove stavano andando con Caterina Cornaro. Un pranzo nella sua villa di Murano in onore della Marchesa di Mantova. Fern avvertì una fitta di delusione al petto. Si guardò intorno. Forse non era una buona idea, in ogni caso. Se fosse caduta in una delle sue *trance*, sarebbe potuta cadere nel canale. Continuò il suo schizzo.

Un suono di ciabatte che sbattevano sul selciato e la zia Susan si presentò camminando a papera, il viso arrossato e sudato. "Ho comprato un set di bicchieri da vino," ansimò. "Non vedo l'ora di farteli vedere, ma prima cerchiamo un posto dove pranzare. Sto morendo di fame."

Fern chiuse il blocco nello zaino e si alzò. Se non altro avrebbe avuto un dipinto da utilizzare per qualche incarico futuro;

dopotutto, quella giornata a Murano non si era rivelata del tutto inutile. Non vedeva l'ora di andare all'Opera quella sera.

Zia Susan aveva fatto una pazzia utilizzando parte dell'anticipo per il suo ultimo romanzo, e aveva prenotato in un hotel nel quartiere di San Cassiano proprio sul Canal Grande, di fronte alla Ca' d'Oro. Dopo aver ritirato i loro bagagli dal deposito della stazione, presero un taxi acqueo. "Non è lontano," disse zia Susan. "Quindi non ci costerà un occhio della testa."

Presero possesso di una sontuosa camera al terzo piano, arredata con mobili antichi, un lampadario in vetro e tende di velluto. I capelli sulla nuca di Fern si drizzarono quando sua zia parlò del palazzo risalente al quattordicesimo secolo, ma si disse che la maggior parte degli edifici di quella favolosa città erano altrettanto antichi, se non di più.

Tramite il servizio in camera ordinarono un'insalata caprese, poi fecero una doccia e si infilarono in quelli che la zia Susan chiamava i loro "abiti eleganti". Quello della zia era un vestito di poliestere simile a una tenda a fiori lungo fino alle caviglie, mentre Fern indossò un abito corto di lino bianco dalla linea molto semplice, legato in vita da una cintura – l'ennesimo abito da ufficio – che aveva portato in caso di necessità. Si sedettero nella parte anteriore del vaporetto a Rialto, mentre il sole al tramonto riempiva il cielo di bagliori dorati, irradiando i palazzi lungo il canale con un'aura color miele.

"Sai perché si chiama la Fenice?" disse zia Susan quando sbarcarono a Santa Maria del Giglio. Come ovvio, non aspettandosi alcuna risposta, continuò: "Perché come la fenice, è bruciato ma poi è stato ricostruito e riportato in vita."

Fern rabbrividì. "Spero che abbia un buon sistema antincendio, ora."

"Mi dispiace! Non pensavo. Sono certa che sia perfettamente sicuro."

Fern seguì la zia all'interno del teatro, e rimase a bocca aperta: era così sfarzoso. Centinaia e centinaia di foglie dorate cadevano dai muri, dai soffitti, dai lampadari e dagli specchi. Un po' kitsch forse, ma le piaceva. I loro posti erano nella platea centrale, e si intrufolarono tra le file di sedili cercando di farsi strada senza urtare troppo le ginocchia di chi era già seduto nella fila 17, dove si trovavano i loro posti. Il sipario si alzò, e Fern fu trasportata nella Verona medievale. L'opera di Bellini - strano come quel nome continuasse a saltar fuori - la toccò nel profondo. Giulietta era stata costretta a sposare un uomo che non voleva. Arrivò il momento dell'intervallo e la zia Susan le diede una gomitata. "Hai bisogno del gabinetto?"

Scuotendo la testa, Fern si alzò per lasciarla passare. Mentre aspettava, pensava a Cecilia. La storia di Romeo e Giulietta era basata su un'antica leggenda e forse lei la conosceva. Le era dispiaciuto non essere entrata in contatto con la sua nemesi quel pomeriggio. Sembrava che spettasse a Cecilia mettersi in contatto con lei. Quello metteva fine alla teoria di Luca. Non poteva era lei a possedere Cecilia; semmai, era il contrario.

Forse non ci sarebbero stati più episodi? Forse quello che le era successo poteva davvero essere stato solo il frutto della sua immaginazione?

Alla fine dello spettacolo, presero il vaporetto verso Rialto e camminarono fino all'albergo. "Sono esausta," disse la zia.

"Andiamo subito a letto." Susan si lavò i denti e si cambiò, poi uscì dal bagno in una voluminosa camicia di cotone bianca e il viso ricoperto di crema. "Puoi andare, cara."

Per quando Fern ebbe terminato di prepararsi, la zia stava già russando. *Come faccio a dormire in queste condizioni?* Frugò nel suo bagaglio e tirò fuori il libro della zia su Caterina Cornaro. Aveva già letto la prima parte della storia, fino quando la regina era stata "costretta" ad abdicare. Ora riprese la lettura, memorizzando la descrizione dell'arrivo di Caterina a Venezia, dove era stata accolta dal doge sulla sua magnifica imbarcazione ufficiale, il *Bucintoro*. "Come compenso per la rinuncia al trono di Cipro a favore di Venezia," leggeva Fern, "il doge le concesse il dominio assoluto sulle terre di Asolo, dove lei arrivò l'11 ottobre 1489, con un seguito di oltre quattromila persone accorse lì da tutti i territori circostante per salutarla.

"Presto Caterina avvertì la necessità di possedere un palazzo degno della sua posizione. Il luogo ideale dove costruire una "villa di delizie" risultò essere Altivole, ai piedi di Asolo." Niente di nuovo su quel fronte.

Il russare della zia Susan si trasformò quasi in una nenia dal ritmo delicato e Fern sentì le palpebre appesantirsi. La stanchezza s'impossessò di lei, e si ritrovò a pensare a Luca. L'attrazione c'era, nessun dubbio al riguardo. Ma solo da parte sua. Lui la trattava come trattava Chiara: come un fratello. Perché questo la infastidiva? Non voleva tradire Harry. Era morto a causa sua e lei gli doveva restare fedele.

Le lacrime le salirono agli occhi. Lei e Harry avevano intenzione di far visita alla zia Susan quando si era trasferita in Italia, poco dopo essere diventata un'autrice pubblicata, ma non ci erano riusciti. Che donna fortunata ad aver firmato con un grande editore. E che meraviglia che un buon anticipo le avesse permesso di andare in pensione anticipata dal suo lavoro di insegnante. I bollenti romanzi storici della zia avevano un enorme successo da entrambi i lati dell'Atlantico, e ben meritato, anche. La sua vita amorosa era stata distrutta quando il marito era scappato con la sua segretaria, cinque anni prima. Da quel giorno, lei aveva chiuso con gli uomini, sostenendo di preferire di gran lunga quelli che creava nei suoi romanzi a quelli della vita reale. Già!

E io sto facendo la stessa cosa? Fantastico su un uomo morto quasi cinquecento anni fa perché la realtà è troppo dolorosa? È questo il problema?

La mente cominciò a vagare, Fern si stava allontanando, ebbe la sensazione che qualcosa la tirasse e provò un desiderio che non aveva mai provato prima.

Mi sdraio sul letto, sono troppo eccitata per dormire. Muovo le mani sul mio corpo, immaginando che siano quelle del pittore. Mi tocco il seno e i capezzoli, duri contro il palmo delle mie mani. Scendo verso il basso, verso la mia fessura, quella parte segreta di me che non ho mai esplorato prima. Perché fremo così tanto quando Zorzo mi bacia? Ansimo e mi tocco, e allargo le dita in modo che il medio scivoli dentro di me. La punta di un dito sfrega contro un piccolo bocciolo di carne, e una fitta di acuto piacere mi scuote. Espiro bruscamente e mi tocco di nuovo. Lì.

Un calore sconosciuto mi attraversa il corpo. Che cosa ho scoperto? C'è qualche deformità laggiù? Tolgo la mano e subito quella sensazione deliziosa si spegne. Con delicatezza accarezzo la peluria che cresce tra le mie gambe. Non posso farne a meno, voglio scoprire di più.

Faccio scivolare due dita dentro di me, e cerco la mia verginità. Potrebbe essere quel bocciolo di carne che ho toccato prima? Non mi ci vuole molto per trovarlo di nuovo, e lo prendo tra le dita esercitando una leggera pressione per vedere cosa succede. La carne si gonfia sotto il mio tocco come il minuscolo pene di un uomo. Non sapevo che le donne nascondessero tale meraviglia tra le gambe.

Avvertendo un impeto di piacere intenso, gemo. Strofino un'altra volta il bottoncino di carne, ed ecco di nuovo quella sensazione potente e incontenibile che si scatena sotto le mie dita. Ancora e ancora e ancora. Gemo di nuovo, ma tutto finisce troppo in fretta e già quelle sensazioni mi mancano, le mie gambe sono deboli e la mia anima è come svuotata. Un senso di vergogna mi pervade; il piacere è un peccato, ne sono sicura.

Un grido, e Zorzo chiama da sotto la mia finestra. "Cecilia, vieni, non dobbiamo indugiare. Presto noteranno la tua assenza."

Alzo le dita verso il naso, e respiro il profumo di agrumi. C'è un lavabo in un angolo della mia stanza; verso l'acqua dalla brocca accanto ad esso e mi lavo la mano.

Zorzo ha sistemato il baldacchino con le tendine sopra il centro della sua barca, e io mi accomodo all'interno con indosso la maschera, nascosta al mondo. Sotto il mantello ho i capelli sciolti perché non ho avuto il tempo di prepararmi. Resto a testa bassa mentre lui mi aiuta a scendere a terra, non sapendo ancora bene perché l'ho seguito fin qui.

Nel suo studio, lo vedo e ora so. Questo è quello che voglio: la capacità di compiere magie sulla tela. Ha dipinto un autoritratto. Ha in mano un liuto, indossa una giacca rossa e sta appoggiato a una quercia; il verde scuro sfuma nel blu cupo della notte che si avvicina. Zorzo mi ha posto sull'altro lato della scena, appoggiata sul gomito destro, il mio viso rivolto verso di lui. La luce della mezza luna, appena visibile tra le nuvole grigio scuro, mi abbraccia le chiome. C'è uno spazio bianco di fronte alla quercia. Lo indico. "Che cosa ci andrà lì?"

"È il nostro compito per oggi."

"Il nostro compito?" Non oso sperare.

"Tu mi aiuterai. È abbastanza facile. Io comincerò e tu finirai quello che io ho iniziato, copiando la mia tecnica."

"C... c... cosa succede se faccio un errore?"

"È questo il bello della pittura a olio: posso cambiare tutto quello che non mi soddisfa. E, nel frattempo, tu imparerai. Non è per questo che sei qui?" dice, strizzandomi l'occhio.

Le guance mi vanno in fiamme. "Sei insopportabile."

"Se sono insopportabile, allora temo di non poterti insegnare." Sorride. "Un'allieva deve rispettare il suo maestro."

"Oh, tu sei il mio maestro ora, vero?" Mi inchino poi rido, la mia inquietudine è dimenticata. Il botta e risposta tra di noi è più facile da gestire rispetto all'eccitazione che mi pulsava tra le gambe ieri sera. Molto più facile. Lui non mi risponde; sta mescolando le tinte.

"Vedi com'è denso il colore sulla chioma della quercia? Dobbiamo fare lo stesso su questo lato della tela," dice indicando lo spazio bianco. "C'è un boschetto qui, e il blu notte si fonde con la semioscurità della notte che si avvicina."

Egli spande il colore con un coltellino. "Sai che ero un allievo di Giovanni Bellini? Ma è stato l'incontro con il grande Leonardo da Vinci a cambiare il mio modo di vedere l'arte. La sua tecnica dello *sfumato* è qualcosa che ho voluto sviluppare secondo il mio stile."

"*Sfumato*? Che cos'è?"

"Dove sfumiamo o ammorbidiamo le linee di contorno troppo nette fino a farle sparire, alcuni lo chiamano piumaggio. È quando una tonalità si fonde con un'altra, creando una nebulosità simile al fumo."

"Oh, sì, hai usato questa tecnica per mostrare l'arrivo della notte, lo vedo. Dà al dipinto un senso di movimento."

Zorzo mi prende la mano nella sua e mi consegna il pennello. Tenendomi il polso con tocco delicato, egli guida il mio tocco sulla tela e il mio cuore danza.

Anche se è lui che sta dipingendo, la mia mano impara dalla sua. Voglio che questo duri per sempre. Eppure, in un batter d'occhio, lui mi dice che dobbiamo andare. "Le ore di luce sono le migliori per questo tipo di lavoro," dice. "Puoi sottrarti ai tuoi doveri verso la regina domani?"

Zorzo non ha capito che lei è una chioccia, che ama tenere i suoi pulcini, come ci chiama, vicino a sé? Forse posso fingere di avere i miei dolori mensili per un altro giorno? "Ci proverò," dico io. "Vieni a prendermi alla stessa ora."

Torno a San Cassiano, striscio nella mia stanza. Dorotea è seduta sul mio materasso, un cipiglio le adombra il viso. "Dove sei stata?"

E così le racconto. Che altro posso fare? È coinvolta in quello che lei chiama il mio incontro galante, anche se mi avverte che non ne verrà niente di buono. Lei non capisce l'arte. Dorotea sa pensare solo ai piaceri della carne. "Lo avete fatto?"

Sorrido e non smentisco. Che creda quel che vuole.

La corte parte per Murano, dove la mia signora rimarrà fino a domani. Così mentre intratterrà la marchesa, la regina acquisterà del vetro. Ho un giorno e una notte davanti a me da trascorrere come mi pare. Be', non proprio come mi pare perché ci sono servi, qui, che mi spiano. Dorotea mi ha detto che dovrei mettere dei cuscini sotto le coperte in modo che sembri che sto dormendo. E questo è quello che faccio quando Zorzo chiama.

Nel suo studio, la mia mano trema mentre tiene il pennello. Come sono goffa, oggi. Lui copre la mia mano con la sua e la mia fiducia vola. Posso sentire il suo respiro contro il mio orecchio, morbido e caldo. Girandomi verso di lui, gli sfioro la guancia con le dita. Ho un sussulto e una scarica di piacere mi incendia il basso ventre.

Zorzo geme, ma non mi ferma quando muovo la mia mano verso la parte inferiore del suo corpo e incontro la sua eccitazione. Il suo sguardo sostiene il mio e mi sento come se sprofondassi in esso; oro liquido, bruciamo di desiderio. Quanto è diverso dal ferrarese. Non mi piace pensare a quell'uomo e lo scaccio dalla mente.

Il mio pittore si abbassa e mi scioglie i capelli, infatti oggi sono vestita in modo appropriato. Affonda le dita nelle mie trecce e mi attira a sé. "Dolcezza, sarai la mia rovina."

Alzo la bocca verso la sua e le nostre labbra si incontrano. La loro morbidezza mi fa tremare le viscere. Ci avviciniamo al letto in un angolo dello studio e ci stendiamo su di esso. Le nostre lingue danzano e tutto il mio corpo è in fiamme. "Sei sicura, dolcezza?"

Annuisco, la decisione è presa. Il passo che sto facendo altererà il corso della mia vita, ma non riesco a immaginare nessun altro destino per me che unirmi carnalmente a quest'uomo.

"Tu sei un'amazzone," dice sollevando le labbra dalle mie. "Il tuo imene sarà molto elastico, ma comunque ti penetrerò con delicatezza in modo che tu non senta troppo dolore."

Per un attimo, non so cosa fare. I nostri sguardi sono ancorati l'uno all'altro e sono così pieni d'amore che so che tutto questo non può essere sbagliato. Qualunque cosa dica la Chiesa, non siamo dei peccatori. Non abbiamo bisogno di parole. Ci sarà tempo per parlare, dopo. Alza la mia veste e io mi lascio sfuggire un gridolino mentre egli si spinge dolcemente verso di me, la mia vagina resiste solo momentaneamente. Una fitta, e poi iniziamo a muoverci all'unisono, e io mi perdo in queste meravigliose sensazioni.

Ma finisce tutto troppo presto. Zorzo sussulta ed esce da me, tirando un fazzoletto fuori dalla tasca e coprendosi il membro. "Sai come si concepiscono i bambini?" dice. "Non posso versare il mio seme dentro di te o avremo un bambino. La prossima volta che faremo l'amore, conoscerai anche tu il piacere che ho appena provato io, dolcezza. Dammi solo alcuni momenti per ritrovare la mia forza."

Si alza dal letto e va alla credenza dove c'è un fiasco di vino. Beviamo e sgranocchiamo biscotti, poi ci laviamo. E facciamo di nuovo l'amore. Non avevo idea che un uomo potesse far dimenare una donna nel modo in cui mi sto dimenando adesso. *Non provo proprio vergogna?* Sto distesa nuda con le gambe divaricate e la mano del mio amante mi sta facendo certe cose che mi fanno tremare tutto il corpo.

Sulla scia di quello che ho provato l'altra notte, sto per raggiungere l'acme di un piacere che cresce, cresce, cresce. Ma Zorzo si ferma. "Voglio starti dentro quando verrai. Il piacere sarà più intenso."

E ha ragione. Procurarmi piacere da sola non può essere paragonato con quello che sta accadendo ora. Lui entra in me e io mi inarco verso di lui. Mi piego e mi struscio contro di lui fino a quando una scintilla dentro di me divampa in un incendio di tale beatitudine, che mi perdo completamente in esso.

Fern si svegliò in preda ai brividi, la camicia da notte era calda sulla sua pelle. Barcollò fino al bagno, accese la luce, e si guardò nello specchio: la sua pelle era arrossata per via dell'orgasmo. Un orgasmo incredibile, da far tremare la terra. Usò il gabinetto, poi si rimise a letto e si rannicchiò su se stessa. Ecco, di nuovo il senso di colpa che le rivoltava le viscere, trasformando la sua gioia in angoscia. Girò la testa. *Oh mio Dio!* Sul comodino, illuminato dal bagliore della luna, stava il pezzo di legno bruciato.

Una voce sussurrò. *"Lorenza..."*

Fern urlò.

CAPITOLO 12

Luca incontrò Fern al Caffè Centrale, circa mezz'ora prima della prova. Lui le offrì una sedia e chiese cosa volesse bere.

"Solo un'acqua frizzante, per favore. Ho bisogno di tenere la testa libera per la danza."

"Com'è andata ieri?"

Gli raccontò del viaggio a Murano, dell'Opera e del suo sogno sulla visita di Cecilia a Zorzo. Quando Fern gli disse di quanto fossero stati intimi, le guance le si fecero scarlatte. "Ti risparmio i dettagli," disse. Poi gli raccontò che aveva svegliato la zia perché aveva urlato alla vista del pezzo di legno bruciato e dopo aver sentito quel sussurro spettrale.

Maledizione! "Che è successo dopo?"

"Be', naturalmente il legno è scomparso. Zia Susan pensa che io sia completamente fuori di testa e vuole farmi vedere da un medico. Le ho detto senza mezzi termini che non lo farò. È stato un tale choc vederlo a Venezia. Ho pensato che il fuoco fosse associato al Barco, ma ora non so cosa pensare."

Luca si grattò la testa. "Diversi quartieri di Venezia andavano sempre in fiamme nel Medioevo. La maggior parte delle case e dei ponti era di legno, a quell'epoca."

"So che questo è il motivo per cui i forni per il vetro soffiato sono stati spostati a Murano." Fern guardò oltre i tavoli verso la fontana al centro della piazza. "Peccato che non siamo in grado di saperne di più sulla vita di Giorgione. Ad esempio, se si è sposato. Il libro che ho comprato all'Accademia parlava per lo più dei suoi dipinti."

"Non ci sono registrazioni di un matrimonio, per quanto ne sappia. Si parla solo del fatto che gli piacessero molto le donne."

Fern aggrottò la fronte. "Oh."

Aveva davvero sentito una nota di gelosia in quel "oh"? Il mostro dagli occhi verdi aveva cominciato a divorarlo. Era pazzesco essere geloso di un rivale morto da secoli. *Rivale?* L'idea era completamente folle.

Luca sollevò lo sguardo e vide Chiara e Federico che si stavano facendo strada tra i tavoli.

Chiara si abbassò, aveva un'espressione imbronciata sul viso. "Non sono in vena. Questa danza rinascimentale non è proprio il mio genere."

"Come fai a saperlo se non hai provato?"

"Sono sicuro che sarà molto divertente," disse Federico. Si era seduto accanto a Fern, e la stava fissando in un modo che il sangue di Luca cominciò a ribollirgli nelle vene. "Abbiamo il tempo per un caffè?"

Luca fece un cenno al cameriere e ordinò un espresso per Federico e per sua sorella. Un silenzio imbarazzante calò su di loro. Chiara fissava la strada sotto le sue scarpe. Il suo ragazzo guardava Fern come se fosse un pezzo di torta che avrebbe voluto divorare, e lei sembrava che non vedesse l'ora che la terra la inghiottisse.

"Fammi prendere questi," disse Fern, prendendo la borsa quando Federico e Chiara ebbero finito i loro caffè. Prima che Luca potesse dire qualcosa, stava già marciando verso il bar.

"Così lasci pagare una signora," sorrise Federico.

"La signora insiste. I tempi stanno cambiando."

Federico scoppiò in una risata. "Giusto. Anche tua sorella paga per tutti e due quando andiamo fuori. Dopotutto, lei ha più soldi di me."

"Soldi che le dà mia madre."

"Ehi, smettetela di parlare di me come se non ci fossi. Questa cosa è tra mamma e me, Luca. Fatti i cavoli tuoi!"

Fern si avvicinò al tavolo, sorridendo. "Non vedo l'ora." E fu come gettare olio sulle acque agitate: tutti si calmarono. L'atmosfera era cambiata e sia Federico che Chiara le sorrisero. "Anch'io non vedo l'ora di ballare," disse Federico in tono untuoso.

Un gruppo rumoroso di persone si era radunato nella zona bassa ai piedi delle mura interne del castello. Il sindaco di Asolo, un giovane alto con capelli scuri e sopracciglia folte, stava parlando in un megafono, abbaiando le istruzioni su chi doveva andare dove e cosa doveva fare. Luca prese Fern per mano. Lei a sua volta teneva Federico e lui, Chiara. La sua mano fu poi presa dal sindaco mentre si univano al cerchio di danzatori.

I passaggi non erano difficili. Uno, due, tre in una direzione, una svolta sul tallone e uno, due, tre in direzione opposta. Lasciarono andare le mani, la faccia rivolta all'esterno del cerchio, e poi unirono di nuovo le mani. Sei passi, poi si lasciarono andare, e girarono per poi tornare all'interno del cerchio. Con le mani alzate, si riunirono al centro, quindi passarono di nuovo all'esterno per chiudere il cerchio. Una volta al centro, abbassarono le mani, volteggiarono su se stessi e formarono un cerchio più ampio. Passi a destra, passi a sinistra, rotazioni. Chi componeva il cerchio più piccolo teneva il braccio destro dritto in avanti verso l'interno, a disegnare i raggi di una ruota immaginaria. Poi giravano e facevano altrettanto con la mano sinistra. E così via.

I passi sembravano venire facilmente a Fern; poteva eseguirli a occhi chiusi. Luca sapeva cosa fare, avendo già fatto parte della rievocazione, ma Federico e Chiara stavano faticando, eseguendo malamente la sequenza e sbattendo contro gli altri ballerini. Federico sussurrò qualcosa all'orecchio di Chiara, ed entrambi abbandonarono il cerchio, che proseguì le danze senza problemi.

Quando lui e Fern ebbero provato due volte la danza, si unirono Chiara e Federico poi proseguirono verso il bar dove lui e Fern si erano seduti il primo giorno che l'aveva incontrato. "Birra per tutti?" propose Luca.

"Non ci calcolare," disse Chiara. "Rinunciamo, questa non è roba per noi." Guardò Fern. "Ricordati che hai promesso di venire a fare un giro con me."

Luca rivolse a Fern quello che sperava fosse uno sguardo incoraggiante e lei rispose con un cenno del capo. "Quando?"

"Che ne dici di domani pomeriggio alle quattro? Ti divertirai, te lo prometto."

"Bene," disse Fern. "Ci sarò. Grazie."

Luca guardò sua sorella e il suo fidanzato allontanarsi tra i tavoli, abbracciati. Lanciò un'occhiata a Fern. "Sei pronta per un po' di spionaggio?"

"Cosa intendi?"

"Dobbiamo essere veloci o li perdiamo," disse prendendola per mano. "Quelle birre dovranno aspettare."

Guidò Fern lungo la strada per il parcheggio. "La vecchia Lancia di Federico è inconfondibile per via del suo colore verde brillante." La indicò. "Per fortuna che sono troppo presi l'uno dall'altra per accorgersi di noi, e non dovremo perderli di vista o saranno casini."

"Dove pensi che stiano andando?"

"Dio solo lo sa, ma puoi scommettere tutto quello che hai, che non sarà un posto qualsiasi."

La Lancia verde brillante lasciò Asolo, prendendo la strada oltre l'ospedale. Luca fece in modo di tenersi almeno a due macchine di distanza. All'incrocio a T, Federico svoltò a destra, poi ancora a destra, verso le colline. Luca si tenne a distanza e, quando la Lancia si fermò in un paesino tranquillo più avanti, accostò al lato della strada. *Porco cane!* Federico e Chiara saltarono fuori dalla macchina e imbrattarono di vernice un cartello sul ciglio della strada.

Luca sussurrò a Fern: "Mia sorella ha imboccato una strada molto pericolosa."

Sentì un tocco sul braccio e si voltò verso Fern. Il suo viso era il ritratto della simpatia e il suo cuore si sciolse. Voleva disperatamente stringerla tra le braccia. Come mettersi in contatto con lei? *Caspita!* Il suo fidanzato era morto quasi due anni prima. Di certo era passato abbastanza tempo dalla sua morte perché lei potesse ricominciare una nuova vita. *O no?* Luca accese il motore. Chiara e Federico se n'erano già andati.

Si fermò davanti a un cartello stradale con su scritto "Paterno". Ma sua sorella e il suo ragazzo avevano cancellato la "o", perché si leggesse Padern.

"Dialetto veneziano," disse. "Omettiamo le ultime vocali della maggior parte delle parole italiane, ma è anche vero che abbiamo termini del tutto nostri per un sacco di cose. Per esempio, denaro in veneziano si dice *schei*."

"Accidenti!"

"La maggior parte delle persone non si rende conto che il veneziano è una lingua molto antica. In realtà, Cecilia, come la maggior parte degli abitanti della Serenissima, quasi sicuramente parlava in veneziano."

"È così infatti, ora che ci penso. Lo capisco e lo parlo quando mi trovo nel passato. Ma se mi chiedi di tradurre qualsiasi cosa per te ora, non ci riuscirei mai."

"Il nostro dialetto ha una storia più antica dell'italiano stesso. È più vicino al francese e allo spagnolo che non all'italiano."

"Qualcosa è appena affiorato nella mia mente. Come Cecilia, ho vissuto in un periodo in cui il toscano era stato adottato come lingua letteraria. Suppongo a causa di scrittori come Petrarca e Dante. E ha incontrato Pietro Bembo alla corte di Caterina Cornaro. Ho capito che usava il toscano nella sua scrittura. Ci sono stati scrittori veneziani?"

"Oh sì, molti. Goldoni seguiva la tradizione della Commedia dell'Arte e faceva parlare in veneziano la gente del popolo. È considerato uno dei più illustri autori teatrali italiani di tutti i tempi, e le sue opere sono rappresentate ancora oggi. Sono meravigliosamente divertenti." Fece una pausa. "Hai sentito parlare di Casanova?"

"Certo."

"Be', ha tradotto l'Iliade in veneziano. Così abbiamo una fiera tradizione letteraria."

"Puoi spiegarmi la logica che sta dietro a quello che Chiara e Federico stanno facendo?"

"Molti veneziani vogliono staccarsi del resto d'Italia."

"Perché?"

"Orgoglio, suppongo. Tu sai che siamo stati una Repubblica per più di mille anni? E una potenza mondiale nel quindicesimo e nel sedicesimo secolo?"

"Sì, ma non so perché sia decaduta."

"È successo alla fine del diciottesimo secolo. Dopo un lungo declino, Napoleone ha diviso il Veneto tra i francesi e gli austriaci. Infine, dopo l'unificazione italiana, siamo stati annessi all'Italia." Fece una pausa.

"Ora siamo una delle regioni più ricche, grazie al boom economico degli ultimi dieci anni. E tutti qui odiano pagare le tasse per finanziare la burocrazia a Roma. Gran parte del denaro è incanalato nel sud Italia. Presumibilmente per lo sviluppo, ma in genere viene divorato dalla corruzione."

"Credi che il Veneto potrà mai tornare indipendente?"

"Non nel prossimo futuro. Forse, un giorno, nel quadro di un'Europa integrata."

"Un po' come la Scozia e il Galles in Gran Bretagna, suppongo. È strano come a noi esseri umani piaccia appartenere a una particolare tribù. Non siamo cambiati molto da quando siamo usciti dalle caverne e abbiamo popolato il pianeta."

"In termini evolutivi, non abbiamo abbandonato le caverne poi da molto. La storia delle civiltà ha solo poche migliaia di anni. L'uomo ha trascorso la maggior parte della sua esistenza nelle caverne."

"Non l'avevo mai pensata in questi termini. Messa così, Chiara e Federico si comportano semplicemente come i loro antenati."

"Vorrei che fosse così semplice."

Fern gli toccò di nuovo il braccio. "Cercate di non preoccuparvi troppo per Chiara. Lei è solo giovane e piena di ideali."

"Se fosse solo Chiara, sarei d'accordo con te. Ma Federico è parte dell'equazione, e c'è qualcosa in lui che mi fa accapponare la pelle."

Un cipiglio corrugò la fronte di Fern. "Posso percepire una personalità oscura in lui. Chiara ha altri amici? Una persona di fiducia in grado di parlare con lei. So che ho detto che ci avrei provato, ma sicuramente qualcuno vicino a lei potrebbe avere più successo."

"Abbiamo tentato questa strada, credimi. Mia sorella ha una forte personalità, e i suoi amici non sono riusciti a farle cambiare idea. Sono all'università e sono concentrati sui loro studi, come dovrebbe essere lei."

"Va bene, allora. Farò del mio meglio."

Luca riavviò la macchina e guidò verso Altivole. Abbassò il finestrino. L'aria notturna profumava del caprifoglio che cresceva lungo le siepi, sul ciglio della strada. Avrebbe voluto scrollarsi di dosso la sensazione di presagio che gli si era annidata nel petto.

Dopo aver spento il motore davanti alla casa della zia, Fern allungò la mano e lo baciò sulla guancia. Girò un po' la testa e il secondo bacio, diretto all'altra guancia, lo colpì sul lato della bocca. Lei arrossì e mormorò: "Mi dispiace."

"Non c'è bisogno di scusarsi," disse Luca sporgendosi verso di lei. Lo sguardo di Fern si ancorò al suo e finalmente si baciarono sul serio. Le mani trovarono la strada verso i capelli di lei e affondarono nei suoi riccioli. Lei emise un gemito e si allontanò. "Buona notte, Luca," disse con voce strozzata.

"Buonanotte, Fern. A domani."

Tornando a casa da Asolo, Luca staccò una mano dal volante e affondò un pugno nell'aria calda della sera con un crescente senso di trionfo. "Sì!"

CAPITOLO 13

"Che pensi di fare oggi?" le chiese la zia Susan a colazione.

"Stamattina voglio dipingere un po', poi oggi pomeriggio andrò a cavallo con la sorella di Luca."

"Che bello, mia cara. Mi ricordo che montavi spesso quando eri un'adolescente."

"Chiara ha detto che è come andare in bicicletta, che è qualcosa che non si dimentica. Speriamo che abbia ragione." Fern si strofinò gli occhi stanchi. La notte precedente, non aveva praticamente dormito per pensare a Luca. Si toccò le labbra, ricordando il suo bacio, come la bocca di Luca si era aperta su quella di lei e come lei lo aveva accolto. La cosa inquietante, però, era che quando lei lo aveva baciato di nuovo, si era sentita Cecilia ed era stato come se avesse baciato Zorzo.

Sto diventando pazza? Come posso permettere a me stessa di sentirmi attratta da un uomo morto da quasi cinquecento anni?

Fern si scosse. Forse doveva davvero vedere un medico? Tutta quella situazione stava diventando troppo strana.

Andò in camera da letto e osservò la stampa de *La Tempesta*, che aveva fissato sul retro della porta con un nastro adesivo. La ragazza nel dipinto sembrava fissare proprio lei. C'era una somiglianza con Cecilia, e di conseguenza con se stessa. I capelli biondo scuro erano trattenuti in un copricapo, quindi era difficile dire se erano come i suoi. La ragazza era sicuramente una fanciulla formosa, a differenza di Cecilia che, fino a quel momento, si era dimostrata essere di corporatura media, come lei. Ma *La Tempesta* era un capolavoro dell'arte altamente sensuale, e a lei piaceva molto.

Aprì il libro su Giorgione che aveva comprato e fissò il suo autoritratto. Era così strano trovarsi lì nel ventesimo secolo con il suo amore del sedicesimo secolo. *No! Non è il mio amore, ma quello di Cecilia. Hai davvero bisogno di controllarti, Fern!*

Trascorse la mattinata lavorando al dipinto del palazzo che aveva abbozzato a Murano. Stava venendo bene. Aveva fatto sviluppare le foto che aveva scattato a Venezia, e le aveva attaccate a una bacheca in un angolo della cucina di zia Susan, dove aveva improvvisato il suo "studio". Stava usando colori acrilici, molto adatti all'immagine piatta e spigolosa dell'edificio che stava riproducendo.

Mentre lavorava, dipingendo ed dettagliando finestre e balconi, iniziò a concentrarsi sugli alberi e sul cielo, ricordando la capacità che aveva Zorzo di dare vita a una scena attraverso l'uso dello *sfumato*. Voleva mostrare l'arrivo della notte, così iniziò la sfumatura e ammorbidì i contorni netti sfumando gradualmente i toni uno nell'altro, creando la nebulosità tipica del fumo, come se avesse imparato da lui. *Che Cecilia ha imparato da lui.* Quindi, perché no? Un cielo tempestoso. Fern rabbrividì nell'attesa di vedere i risultati. Quella sarebbe stata uno dei suoi lavori migliori in assoluto.

Due ore dopo, mise giù il pennello, soddisfatta. Lasciò il suo dipinto ad asciugare vicino alla finestra e si prese una tazza di tè.

Fern si sedette al tavolo della cucina e chiuse gli occhi, pensando alla sua nemesi, come la chiamava Luca. Chi era Lorenza? Non aveva ancora detto niente a Luca, ma qualcosa le diceva che Lorenza era la chiave del mistero, del perché Cecilia si fosse manifestata a lei. Aggrottò la fronte cercando di ricordare i nomi di tutti i personaggi che aveva incontrato quando era nel passato. Nessuna Lorenza. Poteva essere stata una delle altre modelle di Giorgione? Fern pensò alla sua visita a Venezia. Cecilia era impetuosa, questo era sicuro. E stava sicuramente giocando con il fuoco. *Fuoco.* La parola le scampanellò nella mente come un allarme. Di nuovo chiuse gli occhi, e quella familiare sensazione di ronzio le riempì la testa.

La sala da pranzo del Barco è addobbata per le festività natalizie. La mia signora sta dando un banchetto, e festeggiamo fino quasi ad esplodere. Sono passati mesi dall'ultima volta che ho visto il pittore. Ha una commessa a Venezia da parte del Consiglio dei Dieci per dipingere un quadro per la Sala delle Udienze a Palazzo Ducale. Un grande onore, e cerco di non essere triste all'idea che sia questa ragione a tenerci separati. Anche se, ad essere onesta, avremmo poche possibilità di vederci lì. È difficile sottrarsi al controllo della mia signora.

Non siamo più stati insieme da quella prima volta, e trovo poco conforto a cercare il piacere sotto le lenzuola, mentre Dorotea russa. Dopo un paio di tentativi, ci ho rinunciato, perché la sensazione che ne traggo non può essere paragonata a quella che ho provato con Zorzo. Per quanto riguarda la mia arte, faccio quello che posso, cioè mi limito a disegnare. Come faccio a trovare i materiali giusti per dipingere qui, in mezzo alla campagna? E anche se riuscissi a trovarne, non ho moneta per comprarli.

Bevo un sorso di vino e guardo intorno, alla compagnia riunita. Ci saranno musica e balli dopo il pasto, ma il mio cuore non è qui. Gomiti sul tavolo, poggio il mento sulla mano. La parte posteriore del collo formicola. Qualcuno mi sta fissando. Giro la testa e il mio sguardo incontra quello del signor Lodovico. *Gesù bambino!* Lui si lecca le labbra sottili e sorride. Uno strano presentimento mi attanaglia, e sento la saliva che lotta per uscire dalla mia bocca.

Dopo l'ultima portata, ci prepariamo per le danze. So che aspetterà di ballare con me, e infatti è così. "Danzate con me, signorina," dice inchinandosi.

Mi lascio cadere in un profondo inchino, come dovrei, e inclino la testa, come dovrei. Per mesi ho cercato di convincermi che non lo avrei più rivisto ma ora lui è qui, in piedi fin troppo vicino a me. Grazie a Dio, il suo alito non sa più di pesce, o rovinerebbe il profumo di pino che proviene dalle decorazioni sempreverdi intorno alla sala. Forzo un sorriso, mentre tutto il mio essere grida: *Scappa via da lui!*

I musicisti stanno accordando gli strumenti e la corte si sposta al centro della sala. Come posso rifiutarmi di ballare con il signor Lodovico? Mi dico che non c'è niente che possa farmi qui in pubblico e inghiotto il mio disgusto. Lascio che mi prenda la mano. Al suo tocco, il mio stomaco si stringe e una sensazione di malessere gonfia nella mia gola. Ci uniamo un cerchio, tenendoci per mano, si muove da una parte e poi dall'altra. Il signor Lodovico si china verso di me e sussurra: "Mi scuso per il mio comportamento l'ultima volta che ci siamo incontrati. Mi avete stregato, signorina Cecilia. Non sapevo quel che facevo."

Il petto mi si stringe e faccio un passo indietro. I suoi denti bianchi e storti quasi mi abbagliano, e le sue labbra sottili sono umide di saliva.

La mia signora mi segnala che vuole ritirarsi. Un profondo sollievo mi infonde nuova vita. Faccio una riverenza al ferrarese, la cui fronte si arriccia in un cipiglio di delusione.

Il giorno dopo, ricevo la visita di mia sorella. Non la vedo da quando ha dato alla luce il suo bambino, alla fine dell'estate.

"Come sta il bambino?" chiedo, mentre passeggiamo a braccetto verso la fontana.

"Cresce sano e forte," dice sorridendo. "Ho deciso di chiamarlo Tommaso come nostro padre."

"E tuo marito? Anche lui sta bene?"

"E' afflitto da pustole in questo periodo."

"Oh, pover'uomo. In che punto del corpo?"

Fiammetta mi guarda di traverso. "Sul suo posteriore."

Mi tappo la bocca con una mano, cercando di non ridere. Impossibile. Scoppio in una grassa risata e mia sorella mi segue a ruota. Ci sorreggiamo vicenda e le lacrime ci rigano le guance. "Oh, come mi sei mancata, Cecilia. Tutti sono così soffocanti a Treviso. La famiglia di Rambaldo è pomposa, e mi ignora per non aver portato dote con il matrimonio."

"E la tua bella villa? Sicuramente la considererebbero una dote abbastanza importante."

"Eh! Sono ricchi, ma avidi. Dicono che è una dimora troppo piccola. E tu, mia dolce sorella?" Mi alza il mento e mi gira il viso da una parte all'altra. "Qualche uomo ha mostrato interesse nei tuoi confronti?"

Non ho mai avuto segreti con Fiammetta in passato. Tuttavia, so che non approverebbe il mio pittore. "No," mento incrociando le dita dietro la schiena. "Tutti mi considerano ancora una bambina."

Fiammetta resta indietro e mi guarda dall'alto in basso. "Sei più florida dall'ultima volta che ti ho visto. Non ci vorrà molto perché facciano la fila per averti."

Il sentiero risuona del rumore dei passi. Il signor Lodovico. Maria Santissima, mi libererò mai di quell'uomo? Facciamo le riverenze e io gli presento Fiammetta, avendo cura di sottolineare il suo nome da sposata.

I suoi occhi guizzano su di lei come se fosse un pezzo di carne succosa. Ieri sera, sono riuscita a sfuggirgli perché la mia signora ha deciso di ritirarsi presto per la notte. Se non altro, sono in compagnia di mia sorella adesso. Non c'è nulla che possa farmi qui. La guardo e, Madre di Dio, lei sta sbattendo le ciglia nella sua direzione e gli sta rivolgendo uno dei "suoi" sorrisi. Naturalmente, rispetto a Rambaldo, il signor Lodovico è un vero e proprio Adone.

Passeggiamo oltre la fontana verso gli alberi spogli nei frutteti, l'erba scricchiola sotto i nostri piedi per via del gelo. Mi avvolgo il mantello intorno al corpo, perché il freddo della giornata si è trasformato in gelo nel corso della serata.

Il signor Lodovico ci lascia, e mia sorella si pizzica la guancia. "Egli chiederà la tua mano, parola mia, Cecilia. Hai fatto una conquista formidabile e questo sarà un buon partito."

Le mie viscere si contraggono per il disgusto. "Lo pensi davvero? No, sono sicura che ti sbagli. Egli cercherà di fare di me la sua amante, e io rifiuterò. Quell'uomo mi ripugna."

Fiammetta mi prende la mano. "Dolce sorella, devi pensare al futuro. La regina sta invecchiando a dispetto del suo desiderio di credere il contrario. Ho notato una differenza dal giorno del mio matrimonio. Lo sai che non sta bene."

È vero. Dal momento del nostro ritorno al Barco da Venezia, la mia signora si è messa a letto sempre più spesso subito dopo la cena. Un tremito mi attraversa e mi aggrappo al braccio di Fiammetta. "Che ne sarà di me se lei dovesse morire?"

"Basta." Il tono di mia sorella è pratico. "Avrai bisogno di un protettore. È così che va il mondo, mia cara. Ho sentito parlare del ferrarese. La sua famiglia è ricca di terre e di denaro. Se lui non chiede la tua mano, dovrai diventare la sua amante. Il signor Lodovico ti elargirà doni e beni che conserverai per la vecchiaia."

"Io non sono una cortigiana," rispondo, sconvolta.

"No, certo che non lo sei. È diverso. Sarebbe l'unico uomo a cui concederti."

Incapace di dire a mia sorella quello che veramente penso, la distraggo da questo argomento di conversazione chiedendo di Tommaso. Fiammetta poi mi aggiorna dettagliatamente circa i primi tre mesi di vita del bambino. Mi chiedo che faccia a lasciarlo alla balia se stravede tanto per a lui. Per tutto il tempo che lei chiacchiera, incoraggiata da qualche cenno occasionale da parte mia, mi preoccupo del ferrarese. *Gesù bambino, risparmiami, ti prego!*

Terminato il giro dei giardini, torniamo alla camera della mia signora per aiutarla a prepararsi per il pranzo. Fiammetta si tratterrà per questa notte e tornerà a Treviso domani, in tempo per il Natale. Spero che la visita del signor Lodovico sarà altrettanto breve.

Dopo aver mangiato, la mia signora si ritira per un po' di riposo. Con un po' di tempo per me stessa, prendo i miei schizzi dalla cassapanca che sta in un angolo della stanza che condivido con Dorotea, e che stasera condividerò anche con Fiammetta. Srotolo la pergamena e fisso il disegno di Zorzo che ho fatto. Chinandomi, bacio le labbra di carbone. Una sensazione di tale desiderio mi attraversa e soffoco un singhiozzo.

"Dolcezza," arriva un sussurro. Mi volto.

"Dormi?" Una voce echeggiò nella sua testa. Aveva sognato un uomo che non poteva avere. Un amore impossibile. Zorzo a Venezia e lei, senza un soldo, dipendente dalla Regina malata.

"Fern?" ripetè la voce. "Svegliati!"

Aprì gli occhi, e la sua anima gridò di dolore. Non voleva essere nel ventesimo secolo. Voleva tornare nella stanza che divideva con Dorotea. Per scoprire se quel sussurro, *dolcezza*, fosse reale o meno. Si strofinò le tempie che pulsavano.

"Oh, sei tu, zia," disse scrutando la donna che stava toccando il braccio in preoccupazione.

Zia Susan aggrottò le sopracciglia. "Hai avuto un altro divertente turno?"

"Solo uno strano sogno. Che ore sono?"

"L'una in punto. Il pranzo prima. Poi si dovrebbe essere pronti ad andare a cavallo."

Fern si alzò in piedi. Un mucchio di patate se ne stava accatastato vicino al lavello. "Lascia che le sbucci per te."

Chiara aveva ragione. Era come andare in bicicletta. Inoltre il dorso di Magic era ampio e i jeans di Fern strusciavano contro le cosce. Aveva preso in prestito un paio di stivali e un cappello da Vanessa, che indossava la sua stessa taglia, ma per la tenuta da cavallerizza aveva dovuto arrangiarsi diversamente perché sia Chiara che sua madre erano molto più alte di lei.

Fianco a fianco, Fern e Chiara imboccarono il sentiero che serpeggiava tra i campi di grano, al trotto lungo la strada sterrata, il sole del tardo pomeriggio scaldava loro le spalle. Un cuculo chiamava disperatamente da un ciliegio alla loro destra, e ben presto arrivò la risposta del suo compagno. *Peccato che depongano le uova nei nidi di altri uccelli.*

"Vedo che sai quello che fai," disse Chiara. "Galoppiamo un po'." Era in sella a una bestia molto più vivace di quella di Fern. "Pegaso non può aspettare ancora a lungo."

"Pegaso?" ripeté Fern, sbigottita.

"Non molto originale, vero?" rise Chiara poi spronò la bestia in avanti. Con la schiena dritta, sembrava praticamente incollata alla sella.

"Andiamo, Magic!" Fern prese in mano le redini ed esortò l'animale ad avanzare. Aveva sempre amato galoppare e rilassarsi nel movimento, con le natiche tese. Era solo una coincidenza che il cavallo di Chiara avesse lo stesso nome di quello di Cecilia. Un nome abbastanza comune. Ma, anche così, i peli sulle braccia di Fern formicolavano. Fissò davanti a sé, tenendo Chiara in vista.

Spero che mi aspetti.

Chiara era scomparsa in una nuvola di polvere, ma il passo di Magic, anche se stava dando il meglio di sé, era molto più lento.

Dov'è finita? Non posso stare da sola se sto facendo qualcosa che Cecilia amava. Avrò un flash-back e cadrò da cavallo.

In fondo al campo, proprio dove il sentiero girava, c'era Chiara che era scesa da cavallo e stava esaminando la zampa anteriore destra di Pegaso. "Zoppica un po'," disse. "Mi dispiace, ma devo riportarlo indietro."

"Nessun problema," Fern smontò e affiancò Chiara. "Non mi dispiace camminare."

"Sei sicura? Non è divertente per te. Perché non torni indietro a cavallo? Se segui il sentiero non puoi sbagliare."

"Non ci penso nemmeno. Una passeggiata mi farà bene e poi possiamo farci una chiacchierata."

Chiara la guardò con sospetto. "Oh? E su che?"

"Niente di speciale. Posso raccontarti della mia pittura, se ti va."

Una scintilla di interesse balenò negli occhi di Chiara. "Che cosa dipingi?"

"Per lo più paesaggi, anche se ho provato a fare ritrattistica."

"È il tuo lavoro? Voglio dire, sei un'artista?"

"No. Di solito, lavoro in banca." Non avrebbe detto a Chiara della sua ambizione, di come l'aveva fuorviata, di come l'aveva quasi distrutta. Era una parte della sua vita che aveva sepolto. Aveva chiesto una retrocessione quando era tornata dal congedo per malattia, dopo la morte di Harry, e in quei giorni, si stava attenendo rigorosamente a quanto le era richiesto, lasciando che "i giovani rampanti", gli yuppies, lottassero e si distruggessero l'un l'altro nella scalata al successo. "Darei qualsiasi cosa per guadagnare abbastanza con la mia arte e potermici dedicare a tempo pieno."

"Perché non molli il lavoro e non tenti la strada dell'arte? Che cosa ti trattiene?"

"La paura di fallire, suppongo. Inoltre, ho un grosso mutuo da pagare." Harry non aveva fatto testamento, anche se erano fidanzati. Il ricavato della vendita del suo appartamento e tutti i suoi investimenti erano andati ai suoi genitori. I vecchi arpii non le avevano offerto nulla, e lei era troppo sconvolta per chiedere.

"Mi sono accorta che mio fratello è molto preso da te," disse Chiara. "Non l'ho mai visto così infatuato."

"Ma no, siamo solo amici."

"Quando le persone dicono sono "solo amici" di solito significa l'esatto contrario, per quanto ne so io."

Fern si lasciò sfuggire una risata imbarazzata. "Non nel nostro caso. Mi chiedo come mai non si sia ancora sposato..."

"Ha sempre fatto il playboy e ha sempre detto di non aver mai incontrato la persona giusta." Chiara le rivolse uno sguardo indagatore. "Io invece penso che l'abbia appena incontrata. Lui non ti considera un'amica, credimi. Tu cosa provi per lui?"

"Be', non si può dire che tu abbia peli sulla lingua, vero?" Fern rise di nuovo. "Lui mi piace molto. Ma ci sono problemi nella mia vita che ho bisogno di capire, di cui ho paura." *È ora di cambiare argomento.* "Dimmi di Federico. Come l'hai conosciuto?"

"Nel corso di una manifestazione organizzata dal Partito della Libertà Veneto. Alcuni miei amici dell'università mi ci hanno portato. Quando ho parlato con lui, ho solo capito che era il ragazzo per me."

"Oh? E com'è?"

"E' così appassionato di politica, della vita, di tutto." Il viso di Chiara s'illuminò. "Non credi che sia meraviglioso?"

"Be', è certamente diverso da molti altri."

"Vero? È diverso dai ragazzi con cui sono cresciuta. Tutti mammoni."

"Mammoni?"

"I cocchi di mamma. Luca e io siamo fortunati ad avere una mamma inglese altrimenti avremmo sofferto della stessa oppressione, come il resto di questa società matriarcale."

"Quella che state cercando di preservare?"

"Ah! Ah! Molto intelligente," ridacchiò Chiara. "A dire il vero, di recente abbiamo pensato di aderire al Partito anarchico."

"Oddio!" Fern serrò la mascella per impedire che crollasse. "Questo è un po' estremo, non credi?"

"Abbiamo deciso di opporci," disse Chiara in tono serio. "Troppo toscano. Sentiamo l'influenza di Firenze e Roma; in particolare di Roma è dannosa per il Veneto. E non siamo davvero comunisti."

"Non ne so molto ma so che ci sono troppi partiti politici in Italia."

"Su questo hai ragione. Prima il Veneto si staccherà dalla frenesia della corruzione e dalle leggi di Roma, meglio sarà."

Chiara sembrava come se stesse citando un dogma, ma Fern non voleva addentrarsi in una conversazione di stampo politico. Non ne sapeva abbastanza, e nemmeno voleva saperne. "Dimmi di più su Federico. Lavora?"

"È ancora uno studente. Almeno questa è la sua copertura." Chiara guardò da sinistra a destra e Fern dovette mordersi il labbro per trattenersi dal ridere. Tutta quella sciarada sembrava terribilmente infantile. *Scherzi di studenti, e nient'altro.* Come potevano Luca e sua madre essere così preoccupati? Poi ricordò le vibrazioni negative che Federico emanava e che lei aveva sentito, o il modo in cui lui aveva cercato di farsi notare da lei. Rabbrividì.

"Ci siamo quasi," disse Chiara. In pochi minuti tolsero le selle dai loro cavalli. "Tu va' avanti. Io devo fasciare la zampa di Pegaso. Luca tornerà presto dal lavoro, e mamma senza dubbio vorrà scoprire cosa ti ho raccontato." Lei sorrise. "Non sono stupida, sai. Ma tu mi piaci e ho davvero apprezzato il nostro giro, per quanto breve, e mi è piaciuto anche parlare con te."

"Anche a me è piaciuto," disse Fern, restituendole il sorriso.

"Allora, dobbiamo rifarlo. Quando la gamba di Pegaso starà meglio. Ti porterò più lontano la prossima volta. C'è una vecchia strada romana che conduce a un'antica cappella nascosta in una valle vicino alle montagne. Potremmo fare un picnic. A volte vado con Federico alla casa colonica vicina. Appartiene alla mia famiglia ed è il luogo ideale per stare da soli."

"Sembra fantastico."

Vanessa si alzò dalla sedia, in salotto, mentre Fern attraversava la porta. I due labrador, rilassati ai suoi piedi, alzarono la testa poi tornarono a dormire. "Com'è andata?"

"Bene," disse Fern. Era davvero difficile. Cosa si aspettavano da lei Luca e sua madre? Meglio parlare chiaro, pensò. "Senti, Vanessa. Sono felice di fare amicizia con Chiara. Lei è una ragazza adorabile. Il fatto è che ha capito cosa volevamo fare. Se riesco a guadagnarmi la sua fiducia, poi non posso fare la spia. Mi capisci?"

"Ma certo. Non parliamone più. Vai pure a rinfrescarti mentre io verso un po' di prosecco."

Fern s'infilò le scarpe da ginnastica, usò il gabinetto, e si lavò le mani. Controllò se i capelli erano in ordine, poi tornò dalla madre di Luca. Poteva sentire le loro voci mentre si avvicinava. Le voci di Luca e di Vanessa. Si fermò nel corridoio, non volendo intromettersi. "Sono innamorato di lei, mamma," diceva. "In tutti questi anni sono stato alla ricerca di qualcuno, non sapendo chi fosse quel "qualcuno". Tutti pensavano che stessi giocando. Non è stata una scelta deliberata, credimi. Ogni donna che ho incontrato sembrava sbagliata. Ma non è il caso di Fern. Per la prima volta, ho incontrato qualcuno che sento essere la persona giusta. Solo che lei non sembra volerne sapere di me."

CAPITOLO 14

Fern stava dando gli ultimi ritocchi al suo dipinto del Barco – non una rappresentazione della villa in rovina di oggi; l'aveva dipinta come era ai tempi di Caterina Cornaro. La zia Susan le aveva rivolto uno sguardo divertito quando lei le aveva mostrato il lavoro, ma non aveva detto nulla. Fern era stato sul punto di fare un altro tentativo di condividere la storia di Cecilia con lei, ma ci aveva rinunciato. L'incredulità di sua zia sembrava insormontabile. Strano, davvero, considerando che lei era una scrittrice e doveva avere una notevole immaginazione.

Sollevò lo sguardo dalla tavolozza, l'attenzione di Fern fu distratta da Gucci, il gatto. Tenendo una zampa tesa verso l'alto, si stava pulendo tra le dita dei piedi mentre giaceva ai piedi del suo cavalletto. Lasciò che i suoi pensieri vagassero. La notte prima, quando era tornata a casa, si era sentita così emotivamente svuotata che era andata subito a letto e aveva dormito senza sogni. Ora, però, non poteva smettere di pensare a ciò che Luca aveva detto a sua madre. Dopo aver ascoltato la sua dichiarazione, ed era tornata al bagno al piano inferiore. Poi aveva chiuso la porta

rumorosamente, in modo che pensassero che ne era appena
uscita.

Era andata a lui, troppo agitata per dire qualcosa più di un
mugugno. "Buonasera," aveva detto prima di sorseggiare il suo
prosecco. Ora le mancava il respiro. Non poteva più fingere,
negare; le piaceva stare con lui, troppo per considerarlo "solo un
amico". Quel bacio, quando aveva finto che fosse solo Cecilia
che baciava Zorzo. In realtà, sapeva benissimo quello che stava
facendo quando aveva aperto la bocca sotto quella di Luca.

Seduta accanto a lui nel salotto di sua madre, gli aveva guardato le mani immaginando le sensazioni che le avrebbero dato se le
avessero esplorato il corpo. Ma non era giusto. Doveva mettere
fine a tutto quello immediatamente. Prima che lui lo scoprisse.
Prima che lui sapesse. Prima che la verità si rivoltasse contro di
lei: la terribile verità su come aveva causato la morte di Harry.

Luca le aveva chiesto se stesse bene la sera prima quando lei
aveva lamentato un mal di testa e declinato il suo invito a cena.
"Sono solo stanca," aveva detto.

*Vigliacca! Avresti dovuto mettere un freno da subito con lui,
dirgli che non avresti potuto aiutarlo con sua sorella. Avresti
dovuto ringraziarlo per tutto quello che ha fatto per te, dirgli
che avresti voluto passare il resto della tua vacanza a dipingere
e continuare a stare da tua zia come se fossi ancora del tutto
sotto stress. Niente più danze rinascimentali. Niente più viaggi
a Venezia. E sicuramente niente più baci.*

Il labbro inferiore tremava, ma lei lo fermò; non avrebbe ceduto a quell'indulgente autocommiserazione. Ciò che è fatto è
fatto, e non può essere cambiato, la mamma diceva sempre. Fern
raddrizzò le spalle e asciugò il pennello. Esaminò il suo lavoro
da lontano. *Almeno questo sta venendo bene.* Avrebbe dovuto

pagare per i bagagli in eccesso quando avrebbe impacchetta-
to tutto per tornare a Londra. Sperava che ne valesse la pena.
Se avesse allestito una mostra, avrebbe potuto vendere i suoi
quadri, invece che fare affidamento sulle commesse della società
di biglietti di auguri. Il lavoro che aveva fatto finora in Veneto
era stato il migliore che avesse mai realizzato; non poteva fare a
meno di esserne compiaciuta.

Posò di nuovo il pennello sul piccolo tavolo che le aveva
procurato la zia Susan. La sua mano toccò qualcosa di ruvido,
e lei sapeva, lo sapeva, senza guardare, che cosa fosse. La puzza
di legno bruciato le assalì le narici e le pulsazioni del polso le
saltarono alla gola. Fern si preparò mentre Gucci scappava via.

Quando arrivò, sembrò provenire dal nulla. *"Lorenza,"* una
carezza sulla guancia, fredda e pregna di dolore.

"Cecilia? Che è successo? Chi è Lorenza?"

Ma, naturalmente, non ci fu risposta. Con il cuore che
martellava nel petto, Fern si sedette e aspettò.

"Dolcezza."

Mi giro e lui è lì, dietro di me, nella stanza che condivido
con Dorotea. Ha portato con sé una piccola tela. "Ho scurito
i capelli e ho reso il tuo viso più rotondo in modo che nessuno
ti riconoscerà."

Mi sento scoppiare di felicità nel vederlo. "Come stai?"

"Bene," risponde a bassa voce, lo sguardo fisso sul mio. "E
tu?"

"Bene." Mi prende una timidezza improvvisa e guardare il
mio ritratto mi fa arrossire. Mi ha ritratta a seno nudo e con
un'espressione pensierosa e triste. Tengo il collo di pelliccia
aperto sulla mia veste rossa ed espongo un capezzolo. Che cosa
può significare? Ha disegnato il mio seno mentre riposavo nel

suo studio? La mia pelle bianca è delicatamente ombreggiata e il mio seno è come un piccolo promontorio. Forse mi ricordava in quel modo? Nel dipinto, non sto guardando qualcosa in particolare; è come se io serbassi un segreto. Fissando attentamente la tela, noto che una piccola parte del fondale è incompiuta.

"Ti ho portato un regalo." Mi porge un pacco avvolto in un panno.

Con mani tremanti, snodo il legaccio e trovo una serie di pennelli e bottiglie di vetro di vernice già miscelata. Deve essergli costato una fortuna. Gli getto le braccia al collo e sollevo il volto per ricevere il suo bacio. Le nostre labbra si incontrano.

"È tempo per un'altra lezione," dice Zorzo ma poi mi bacia con tanto ardore che sento cedere le ginocchia. Prende un pennello.

"Sei sicuro?"

"Vedi quello spazio lì? L'ho lasciato volutamente incompiuto." Egli pone la tela sul tavolo, raggiunge nel suo sacco, e tira fuori una tavolozza. Poi mescola i colori, fino a ricavarne una tonalità così scura da sembrare nera.

Emozione e trepidazione turbinano dentro di me. Prendo il pennello, e non posso più dire se le vertigini che mi colgono sono causate dalla vicinanza del pittore o dalla sfida che quel dipinto rappresenta. Eppure, quando i colori ricchi e brillanti colano dal pennello sulla tela riempendo lo spazio bianco con la loro magia, i miei nervi si placano ma il mio polso accelera le pulsazioni. Quando incontro le foglie di alloro che formano una corona intorno alla donna – me – sono attenta e precisa. L'euforia mi attanaglia mentre il profumo di olio di lino mi riempie le narici, e mi sento come se potessi andare avanti per sempre.

Lavoriamo in silenzio, Zorzo mescola la vernice per me. Alla fine ho le dita intorpidite e devo fermarmi. "Ecco," dico. "Fatto." Lo guardo, col fiato sospeso. "Ti tratterrai a lungo?"

Lui aggrotta le sopracciglia. "Devo andar via questa notte. Mi hanno commissionato un lavoro nella mia città natale, una pala d'altare per Tuzio Costanzo. Solo pochi ritocchi. Ho una voglia di dare le tue labbra dolci al viso della Madonna. E c'è un affresco nella casa accanto che devo completare."

Le braccia di Zorzo mi avvolgono, e il desiderio sgorga come una sorgente calda tra di noi, mentre ci baciamo di nuovo. C'è un suono improvviso di voci femminili e la porta si spalanca. Fiammetta e Dorotea irrompono nella stanza, ridono; di colpo, si bloccano.

Con un balzo, mi allontano dal mio pittore, che afferra la tela. Troppo tardi. Fiammettagli si avvicina e fissa il quadro. "Sei tu?" chiede, indicando.

"Ovviamente no. Si vede che non sono i miei capelli, no?"

"Ha il tuo sguardo. Solo che non ho mai visto il tuo seno, quindi chi sono io per giudicare?" Si gira verso Zorzo. "Che cosa ci fate, di grazia signore, nella nostra camera?"

"Mi ha portato alcune vernici e mi sta insegnando alcune tecniche pittoriche," dico con voce ferma.

Mia sorella mi dà una rapida occhiata prima di dire a Zorzo: "Credo che sia giunto il momento di lasciarci. È sconveniente per voi restare."

Facciamo le nostre riverenze, e gli faccio un occhiolino d'intesa mentre si allontana.

Dorotea scoppia in mille risatine. "Oh, Cecilia! Sei incredibile. Nascondere i tuoi segreti a Fiammetta. Lei dovrebbe sapere cosa fai di notte a Venezia."

Afferro il braccio di Dorotea. "Hai promesso di non dire nulla."

"Questo era prima. Ma ora è meglio che sappia."

"Non c'è niente da sapere, Fiammetta. Dorotea sta immaginando cose che non esistono."

"Io immagino? Che mi dici delle volte che sgattaioli fuori di lì per incontrarlo? O di quanto hai finto i dolori del flusso mensile per uscire e andare a Murano?"

"È successo solo una volta. Non l'avevo più visto da allora."

Fiammetta incrocia le braccia. "Quindi ammetti di essere stata con lui? Grazie a Dio, non sei incinta! Ma cosa ti è saltato in mente, mia cara? È chiaro che non hai considerato le conseguenze. Il tuo pittore non può permettersi di sposarsi e nemmeno di avere un'amante. Egli può a malapena permettersi di mantenere se stesso, te lo garantisco. Staresti molto meglio con il signor Lodovico."

Batto un piede per terra. "Non voglio andare con quell'uomo. Mi disgusta."

"Ti stai comportando come una bambina," dice mia sorella.

Aiutiamo la mia signora a vestirsi, e, dopo cena, quando la regina si ritira, ho anch'io la scusa per abbandonare i bagordi. Sono contenta di non dover ballare con il signor Lodovico, ma l'ho colto a fissarmi per tutto il pasto, leccandosi le labbra sottili come se fosse pronto a divorarmi. La notte è fredda e io mi accoccolo contro mia sorella e Dorotea nel grande letto. Ben presto le mie compagne di letto cominciano a russare dolcemente. Io sospiro nell'aria gelida. Il sonno arriva lentamente perché sono preoccupata. Cosa accadrà domani?

La mattina seguente, subito dopo colazione, la mia signora mi manda a chiamare. "Ho notizie meravigliose per te, mia dolce fanciulla. Il signor Lodovico desidera sposarti."

È quello che temevo e, quando la regina mi guarda con i suoi occhi gentili e annuisce in segno di incoraggiamento, io non ho il coraggio di dire quello che penso davvero. Ingoio il macigno che ho in gola e gracchio: "Oh, davvero? Quando?"

"Lo deciderete insieme. Ti basti sapere che io vi do la mia benedizione. E, naturalmente, io ti donerò una cassa di corredo da sposa. Ho costruito una villa per tua sorella, Rambaldo ha insistito al riguardo. Il signor Lodovico non chiede nulla, ma io ti darò comunque una collana d'oro."

Mi piego in un profondo inchino, prima di spiegare che Fiammetta è in partenza per Treviso. "Posso dire addio a mia sorella?"

La mia signora mi saluta e io riesco a trattenere le lacrime fino a quando mi chiudo nella mia stanza. Fiammetta è sola, sta piegando la sua veste da notte. "Qual è il problema?", chiede quando vede la mia faccia. Le spiego e mi getta le braccia al collo. "Lo sapevo. Non te lo avevo forse detto?" "Ma io non lo amo. Amo Zorzo." "Per l'amor di Dio, Cecilia. Ed egli ti ama? Si è dichiarato?"

"Non ce n'è bisogno. Lo so dal modo in cui mi guarda."

"Quel pittore ti guarda con desiderio, non con amore. Non avevo intenzione di dire qualcosa, ma è necessario che tu lo sappia. Ci sono molte donne che lo incontrano nel suo studio. È un fatto ben noto. Tu non sei l'unica."

Mi manca l'aria e crollo sul letto. Tutto il mio corpo trema. "Come è possibile?"

"Questo matrimonio è una meravigliosa opportunità per te, Cecilia. È altamente improbabile che qualsiasi altro uomo di tale notorietà e ricchezza ti farà un'offerta del genere. Devi essere più cauta; la tua purezza non deve essere messa in discussione." Si ferma come se stesse cercando le parole giuste. "Il signor Lodovico Gaspare è un uomo d'onore e sembra essere molto preso da te. Una volta che il fidanzamento sarà stato annunciato, la sua famiglia e gli amici cominceranno a criticare la sua scelta per via del fatto che non hai una dote, te lo assicuro. L'unica cosa che puoi offrire è la tua reputazione. Se questo è corrotta, allora egli ti butterà via come uno straccio sporco. Non pensare che io sia crudele, carissima sorella! Credimi, so di cosa sto parlando. La mia signora ti ha promesso qualche *dono* di nozze?"

Mi sto ancora riprendendo dalla sua rivelazione su Zorzo, che a fatica capisco quello che mi sta chiedendo. Poi mi ricordo che la regina, parlando del signor Lodovico, ha detto che non chiede nulla. Lo riferisco a Fiammetta e aggiungo che la regina ha parlato di una collana d'oro che mi donerà.

"Come nostro tutore, dopo la morte di nostra madre e nostro padre, si è dimostrata generosa nei nostri confronti per la loro fedeltà a lei quando eravamo a Cipro."

Ci sono storie che ho sentito e che narrano di quello che è successo in quei tempi. Tanti complotti e intrighi per detronizzare la regina. Alla fine, il Consiglio dei Dieci ha imposto la sua autorità, dal momento che lei è considerata una figlia della Repubblica da prima del matrimonio. Ricaccio giù le lacrime e mi alzo dal letto. "Mi dovrai spiegare cosa fare quando i medici mi esamineranno e scopriranno che non sono più vergine."

Il suo viso è uno studio pittorico della sorpresa ma poi Fiammetta scoppia in una gran risata. "Forse dovrei dire alla mia signora del signor Zorzo. Ma prima, affronterò l'artista e scoprirò la verità." La mia voce è ferma, ma le mie viscere fremono. "È andato a Castelfranco, per cui è troppo tardi per rivederlo."

"Cosa risponderai al signor Lodovico?"

"Penserò a un modo per prendere tempo," dico con tutta la fiducia che riesco a raccimolare. Metto le mani sulle spalle di Fiammetta e le bacio entrambe le guance.

Uno strano suono riempie l'aria e i miei occhi saettano da destra a sinistra. Lo scampanellio è insistente e sempre più forte, fino a quando un ronzio mi riempie la testa e la mia vista si annebbia. Mi massaggio le tempie, e sbando verso mia sorella. "Aiutami!"

Si ritrovò stravaccata sul pavimento, il suono che le echeggiava nelle orecchie. Tremando si alzò in piedi. *Il telefono.* Aveva viaggiato di nuovo attraverso i secoli e, come sempre, dovette lottare contro la nausea. *Perché la zia Susan non risponde?*

Il suono continuava. Chiunque fosse non aveva alcuna intenzione di riattaccare. Fern barcollò per la stanza e sollevò il ricevitore. "Pronto?"

"Fern? Luca. Mi chiedevo se ti piacerebbe andare a Castelfranco domani. Devo andare da un cliente e ho pensato che ti avrebbe fatto piacere vedere la Madonna del Giorgione."

Fern prese il labbro tra i denti. Castelfranco? *Maledizione!* Il cuore le batteva quasi fuori dal petto. Che ne era del suo proposito di non rivedere Luca? Sentire la sua voce fu sufficiente a toglierle il respiro. "B... Be... Benissimo. A che ora?"

"Vengo a prenderti alle nove. E puoi offrire il pranzo, se ci tieni."

Rise e accettò. Un brivido improvviso e una folata d'aria entrò in cucina.

"Lorenza!"

CAPITOLO 15

La mattina dopo, la zia la vide uscire. "Divertiti."

"Anche tu." La zia Susan aveva finalmente deciso di fare qualcosa per i suoi capelli, e aveva prenotato un appuntamento dal parrucchiere ad Asolo. "Mi aspetto di vedere una nuova te, quando torno questa sera," disse Fern.

"Molto improbabile, ma ho bisogno di un taglio più corto per l'estate," disse la zia con un sorriso.

Fern la baciò sulla guancia, sentendo il profumo di cipria. "Posso portarti qualcosa da Castelfranco?"

"Hmm. Non riesco a pensare a niente, tesoro. Magari potresti provare a sorprendermi."

"Va bene."

"Sono andato alla biblioteca di Treviso ieri," disse Luca avviando il motore della sua Alfa mentre Fern si sistemava sul sedile del passeggero. "Volevo saperne di più su Giorgione. Lo storico dell'arte Giorgio Vasari, che ha scritto a metà del sedicesimo secolo, sosteneva che Zorzo avesse solo trentatré anni, quando morì."

"Sì, lo dice anche il libro che ho comprato all'Accademia. Così giovane! Che tristezza. La stessa età di Harry..."

"E mia," disse Luca con un cipiglio. "Giorgione morì di peste, a quanto pare. C'è una lettera datata ottobre 1510, scritta da Isabella d'Este, Marchesa di Mantova, e che è giunta fino a noi, chiedeva a un amico veneziano di acquistare un dipinto di Giorgione per la sua collezione. La lettera ci fa capire che lei lo credeva morto."

"Ah, questo è interessante. Ha poi acquistato il dipinto?"

"No. C'è una lettera di risposta dove la marchesa diceva che il dipinto non era in vendita, a nessun prezzo."

"Hai trovato qualche riferimento a Cecilia?"

"Assolutamente no. In nessuna lettera si parla di lei, né lei era una grande grafomane. La maggior parte di quello che sappiamo sulla vita delle persone vissute nel passato ci viene dalla corrispondenza, lo sai." Fece una pausa. "Qualcun altro dei tuoi *episodi*?"

"Sì," disse e proseguì a raccontargli della visita di Zorzo in camera di Cecilia, seguita dalla proposta di matrimonio di Lodovico e tutto ciò che essa comportava. "Mi sento così triste per lei. È presa tra l'incudine e il martello."

"Credo che la sorella avesse ragione circa le donne di Giorgione. Pare che ne ebbe parecchie prima che comparisse sulla scena Cecilia, e anche dopo. Non tutti i dipinti le rassomigliano, d'altronde."

Fern si chiese nuovamente se Lorenza potesse essere una di quelle donne. Non poté evitare una fitta di gelosia. *Ridicolo!*

Restarono in silenzio per qualche minuto, poi Fern disse: "Ti sono davvero grata per essere qui per me, Luca. Non so come farei altrimenti."

Luca staccò la mano dal volante e gliela strinse per un momento. Era intensamente consapevole della sua presenza accanto a lei, delle sue lunghe cosce magre e delle spalle larghe. Guardò con determinazione fuori del finestrino la campagna che le scorreva davanti agli occhi, i paesi con le guglie delle chiese, le gelaterie e le caffetterie, intervallati da campi di grano, frutteti e vigneti. C'erano anche numerose fabbriche, e begli edifici moderni, testimonianza della ricchezza basata sulla produzione in quella parte operosa d'Italia. *Che posto incredibile.*

Luca trovò un parcheggio nella piazza principale di Castelfranco, appena fuori del fossato che cingeva il centro storico. Si sedettero sulla terrazza di un Caffè di fronte a un praticello dove era stata posta una statua del pittore. Un piccione svolazzò giù e si appollaiò sulla sua testa.

Fern rise. "Non è molto somigliante. Lo scultore lo ha reso bello, mentre Zorzo non era grazioso. La sua era una bellezza molto più virile."

"Ho visto la foto di un suo autoritratto, nel mio libro su Giorgione. C'è anche nel tuo, immagino."

Fern distolse lo sguardo. Meglio non parlare dell'effetto che la foto aveva su di lei, di come lei aveva passato le dita sulla sua bocca sensuale, e di come era annegata nell'espressione meditabonda di Zorzo. Si scosse. "A che ora è il tuo incontro di lavoro?"

"Appena prima di pranzo. Vogliamo visitare la cattedrale e guardare il capolavoro del Maestro?" disse Luca mettendo le monete sul tavolo per pagare i caffè che avevano preso.

"Da che parte si va?"

Lui le teneva la mano. Oltrepassarono l'arco sotto la torre dell'orologio e varcarono le mura della città vecchia.

La pala d'altare dominava le volte della cappella Costanzo, a destra della navata centrale della cattedrale. Un soldato in armatura scintillante abbelliva il lato sinistro della tela, e sulla destra era stato dipinto un monaco in abito francescano. La Vergine sedeva sul trono posto su un alto piedistallo al centro del quadro. Una sensazione di tristezza pervase Fern. *Da dove diavolo veniva?*

"Non sono sicura che questo dipinto mi piaccia," disse.

"Perché?"

"Sono tutti così infelici, sono praticamente sul punto di piangere."

"Credo che Giorgione volesse mostrare il dolore familiare."

"Anche il bambino sembra infelice. Non guarda nemmeno sua madre. Non è come il bambino de *La Tempesta*, che potrebbe vincere un concorso, tanto è adorabile." Una sensazione di nostalgia l'attraversò e rabbrividì.

"*La Tempesta* celebra la vita," disse Luca, afferrandole di nuovo la mano e stringendogliela. "Questo dipinto è il contrario. Sono in lutto per la morte del giovane Matteo, che è stato preso nel fiore della sua giovinezza. Era il figlio di Tuzio, generale di Caterina Cornaro a Cipro."

"Lo so. Solo lo trovo deprimente, ecco tutto." Fern tremò. "È ora dell'incontro?"

"Sì. Puoi andare a dare un'occhiata al fregio dipinto dal Giorgione che è qui accanto, se vuoi. E poi perché non mi aspetti al Caffè qui di fronte? Non mi ci vorrà molto."

"Suona come un programma prestabilito."

L'affresco sulla parete est della Casa Marta-Pellizzari era lungo quasi sedici metri, secondo il volantino preso all'ingresso della casa, ed era alto circa venticinque centimetri. Si trattava di una serie di strumenti musicali, cammei, libri e utensili utilizzati da un astronomo/astrologo (a quanto pare, le due figure coincidevano al tempo del Giorgione). Il capolavoro colpì Fern per via dei colori scuri. Provò la stessa tristezza che aveva provato nella cappella. La nausea le torse le viscere. *Respira!* Uscì dalla casa. C'era una panchina di pietra al lato dell'edificio e si sedette.

Conosceva quel luogo...

Arrivo a Castelfranco a metà mattina, dopo aver preso Pegaso alle prime luci dell'alba. Dopo una notte a girarmi e rigirarmi, mi sono convinta che questa è l'unica cosa da fare. Lo stalliere, corrotto con il pettine d'argento che la mia signora mi ha regalato per il mio ultimo compleanno, mi ha trovato un farsetto e delle brache da uomo. Raccolgo i capelli sotto un cappello, e mi avvolgo in un mantello per ripararmi dal freddo dell'inverno. Nessuno indossa maschere fuori Venezia, il che è un peccato perché la *bauta* completerebbe il mio travestimento.

Non mi ci vuole molto per trovare la casa accanto alla cappella Costanzo, perché è l'unica chiesa nella parte di città all'interno del fossato. Smonto, lego Pegaso alle ringhiere esterne, spingo per aprire la porta, e mi guardo intorno. Non c'è nessuno, allora salgo al primo piano. Zorzo sta in piedi su un ponteggio che corre lungo la parete. Lo osservo, conquistata da come è concentrato sul suo lavoro.

C'è qualcun altro nella stanza con lui, e io faccio un passo indietro per osservare. È un giovane uomo, più giovane di Zorzo. Ha la mia età, probabilmente. E mescola la polvere di vernice con pestello e mortaio. Zorzo lo chiama dall'alto con un bercio;

il giovane mi si avvicina e mi fa l'inchino. "Zorzone chiede il motivo della vostra visita."

"Ditegli che vengo dal Barco. Se è occupato, posso aspettare."

Il giovane va ai piedi dell'impalcatura e trasmette il mio messaggio. Zorzo mette giù il suo pennello e il suo apprendista, tale pensavo fosse quel giovane uomo, prende il suo posto. Mi alzo e guardo il mio pittore scendere agilmente dall'impalcatura. Naturalmente solo gli uomini possono fare queste cose. Come mai potrebbe una donna fare tali manovre con le sue gonne voluminose? Le mie speranze di diventare un'artista sono vane. Ho un solo, possibile destino; ora lo so.

Zorzo si avvicina a grandi passi, irritato per essere stato interrotto. D'un tratto, si ferma. "Cecilia! Perché sei venuta?"

"La mia signora ha ricevuto una proposta di matrimonio per me." Piego le braccia. "Pensavo che lo dovessi sapere."

"Da chi?" Lui inarca un sopracciglio.

"Il signor Lodovico Gaspare."

"E la mia signora ha accettato?"

"Sì. Ma lei non sa che io non sono più intatta."

"Dolcezza, questo non sarà un problema per una donna con la tua intraprendenza. Chiedi di indossare il velo durante l'esame, per proteggere il tuo pudore. Non dovrebbe esserti difficile trovare una cameriera che prenda il tuo posto."

"Non ti dispiace che mi sposi?" Sono così sconvolta che riesco a malapena a tenermi in piedi.

"Vorrei sposarti io stesso. Ti dissi che possedevi il mio cuore, no? Ma sarebbe impossibile. Sei abituata a una vita nel lusso, dolcezza. Con me, dovresti cucinare e pulire e avere a che fare con ogni sorta di cose che nemmeno immagini. È meglio che sposi un uomo ricco, e allora avrai la libertà. Possiamo ancora vederci, naturalmente."

Una parte di me sa che quello che dice è vero. L'altra parte sta urlando un *no* silenzioso! "E tutte le tue *altre donne*?" La domanda mi scivola fuori dalla bocca prima ancora che la pensi.

"Solo schermaglie amorose. E dal momento in cui ti ho incontrata, non c'è stata nessun'altra. Lo giuro sulla vita di mia madre." Fa una pausa, con un dito si tocca il naso. "Mi domando perché il ferrarese chieda la tua mano, invece di prenderti come sua amante."

Il mio mento si alza. "Pensi che non sia degna di essere sposata?"

"Lo sei fin troppo per lui, dolcezza, ma mi domando quali altre ragioni abbia."

"Quali ragioni?"

"Niente di cui preoccuparsi, ora." Il suo sguardo sostiene il mio e lui mi prende la mano. "Sei estremamente seducente in queste vesti, ma non inganneresti nessuno. Non posso permetterti di tornare al Barco da sola."

"Vuoi accompagnarmi? E il tuo lavoro?"

"Qualche ora non farà molta differenza. In primo luogo, riposiamoci nel mio alloggio. Scommetto che devi ancora mangiare. I proprietari della casa sono via. Siamo soli ad eccezione di Tiziano al piano di sopra, e lui sa che non deve interromperci."

"Il tuo apprendista?"

"Più che un apprendista, è un amico."

Zorzo mi porta giù per le scale verso una camera al piano terra. C'è un letto in un angolo, che cerco di non guardare. A lato c'è un tavolo con un vassoio pieno di vino, pane e un vaso di miele. Mi versa un calice e me lo offre prima di versare altro vino per sé. Beviamo, e i nostri occhi si incontrano. Poi spezza il pane, ne intinge un pezzo nel miele, e me lo dà. Mordo quella dolcezza e mastico. I nostri occhi si incontrano di nuovo, e ora trovo difficile deglutire. Maria Santissima, quest'uomo mi fa un tale effetto.

Sorseggio il mio vino, e tossisco. Un rivolo di liquido mi bagna il mento. Zorzo si appoggia e mi bacia, leccando il vino dalle mie labbra e io sento ogni nervo del mio corpo fremere; ho bisogno di lui. Le sue mani scendono sulle mie natiche, e il suo respiro si accorcia in rantoli. Non può essere sbagliato, quello che stiamo facendo, e lo voglio così tanto che le mie gambe cominciano a cedere.

Cadiamo sul letto insieme. In pochi secondi, mi toglie le brache e mi sbottona il farsetto. I miei seni fuoriescono dalla fasciatura in cui li avevo stretti. Zorzo afferra il mio seno destro con una mano e fa scivolare l'altra tra le mie gambe. "Ah, dolcezza, sei pronta per me."

Gli tolgo la camicia e gli accarezzo il petto, facendo scorrere le dita sui suoi muscoli. Lo aiuto a liberarsi delle brache e restiamo entrambi nudi. Sentire il suo corpo duro contro le mie curve morbide mi emoziona ancora di più, e sono alla disperata ricerca di lui.

"Cerchiamo di assaporare tutto questo," dice. "Perché non saremo in grado di giacere insieme per qualche tempo."

La sua lingua mi circonda il capezzolo, inturgidendolo tanto da farlo svettare orgoglioso dal mio seno e inviandomi onde di piacere in tutto il corpo. Zorzo succhia come un bambino goloso, e io mi lascio sfuggire un gemito. Egli mi prende la mano e la pone sul suo membro. Non so cosa fare, ma il mio istinto prende il sopravvento; lo afferro e lo massaggio in su e in giù, sentendolo ingrossarsi così tanto che mi chiedo se sarò in grado di ospitarlo tutto dentro di me.

Zorzo mi allarga le gambe e mi bacia lì in mezzo, la sua bocca è dove prima erano le sue dita e io ansimo mentre l'apice si avvicina. Si ferma di colpo, lasciandomi debole e piena di desiderio. Ma solo per un attimo. Zorzo si spinge dentro di me e diventiamo una sola carne. Si muove con delicatezza, portandomi di nuovo all'apice, ed eccola: la gioia di quel piacere così intenso che solo lui sa darmi.

"Ti amo, Zorzo."

Lui geme. "E io amo te."

Ci baciamo, profondamente e lentamente, prima che lui prenda un panno dal secchio di acqua calda che sta sul fuoco e me lo porga perché io possa lavarmi. Rabbrividisco ora nel freddo improvviso, abbiamo fretta di rimetterci addosso i vestiti. "Che cosa dobbiamo dire al Barco?" chiede. "Come puoi giustificare la tua assenza per tutta la mattina?"

Certamente non posso inventarmi una scusa qualunque. La mia natura impetuosa ha avuto ancora una volta la meglio su di me.

"Stai bene?" La voce veniva dalla sua destra. Una voce familiare, ma non era quella di Zorzo. Di chi era? E dove si trovava lei? Poi si ricordò. Era a Castelfranco. Fissò l'uomo seduto accanto a lei. Era Luca.

"Sto bene. Dammi solo un paio di secondi per raccogliere i pensieri."

"Sei stata nel passato?"

"Sì." Si alzò in piedi, il suo corpo era languidamente rilassato. La tensione che aveva provato in precedenza si era dissipata, e ora era in grado di afferrare la mano di Luca senza voler fare l'amore con lui. Perché quello era ciò che aveva desiderato fare, solo ora se ne rendeva conto. Un improvviso senso di irrealtà. *Sei completamente fuori di testa, Fern. Desideri Luca ma scopi con Zorzo.*

"Vieni, lascia che ti offra il pranzo," disse. "Sto morendo di fame. E poi mi piacerebbe prendere un pensierino per la zia Susan. Una borsa, credo. Quella che ha cade praticamente a pezzi."

CAPITOLO 16

Le cose sono andate come aveva previsto Zorzo. Ho corrotto una sguattera, che ha la mia stessa corporatura, perché indossasse i miei vestiti e il velo per preservare la mia modestia. La cameriera è stata dichiarata intatta, così potrò andare all'altare come una sposa "pura".

Un mese dopo il mio ritorno da Castelfranco, quando il mio pittore mi ha accompagnato fino alle porte del Barco e mi ha lasciato proseguire da sola perché mi intrufolassi nelle stalle e mi cambiassi rapidamente d'abito, ho capito che il mio flusso mensile è in ritardo. Sì, sono incinta, e mi sposerò portando in grembo il bambino di Zorzo. Il pensiero mi terrorizza e, al tempo stesso, mi riempie di gioia. Nessuno sa. Né mia sorella. Né Dorotea. Né il padre del bambino. Lodovico penserà che il piccolo è suo e che arriverà prima del tempo, spero. Era felice quando ho accettato la sua proposta di matrimonio, e ancora di più quando ho chiesto che ci sposassimo subito perché presto sarà Quaresima.

Domani è il giorno in cui ci scambieremo i voti nella chiesa di Santa Caterina ad Asolo. La mia signora mi ha sollevato dai miei compiti perché possa preparare tutto. Finora, l'unico segno della mia gravidanza è il ritardo del flusso e una particolare morbidezza del seno. Nessun malessere, a differenza di Fiammetta, che mi ha raccontato di essere stata malissimo per mesi.

Sto lavorando a un dipinto, utilizzando gli olii che mi ha dato Zorzo. È un ritratto di Pegaso, così lavoro senza pensare, perché non riesco a sopportare i troppi pensieri. Il futuro sarà come sarà, sono come una foglia in balìa del vento del destino. Nelle ultime settimane, Lodovico è stato un cavaliere perfetto, il che mi ha incoraggiato a pensare che tutto andrà bene. Ho imparato a non evitarlo quando mi si avvicina; ho imparato a non desiderare la vicinanza del mio pittore durante le lunghe e fredde serate invernali, quando la mia signora mi voleva vicino a lei mentre soffriva di coliche; e ho imparato a non desiderare di sposare Zorzo.

Non permetterò a me stessa di pensare agli sguardi incandescenti del mio vero amore che mi mandano in fiamme la pelle, né al suo tocco che sprigiona scintille nella mia intimità. Questi pensieri non sono appropriati per una vergine in procinto di sposarsi con un altro uomo. Non mi dilungherò su come Zorzo faccia cantare il mio cuore e come, quando dipingo con lui, io senta di contare qualcosa in questo mondo. E non voglio cedere al tormento che mi consuma sotto la superficie della falsa felicità che manifesto.

C'è molto per cui debba mostrarmi riconoscente. Il signor Lodovico ha comprato una casa ad Asolo. La sua famiglia a Ferrara è così contraria al nostro matrimonio che lui ha deciso di non sottopormi agli intrighi e ai pettegolezzi dei suoi congiunti.

Una parte di me non può fare a meno di sentire che lui non si sottometterà. Invece, vivremo all'ombra del castello della mia signora e lei ha promesso che saremo sempre i benvenuti nella sua corte.

Metto giù il pennello ed esamino il mio lavoro. Certo, non è un capolavoro, ho ancora tanto da imparare.

Più tardi, dopo aver cenato con la mia signora nelle sue stanze, mi preparo per andare a letto. Mi è stata data una stanza per conto mio per questa notte, in modo che possa riposare. Tolgo i fermagli dai capelli e li agito perché si sciolgano prima di spazzolarli. Poi mi spoglio e indosso la veste da notte. Il letto è freddo e io salto per scaldarmi un po'. Come posso dormire con questi pensieri che in nessun modo riesco a togliermi dalla testa? Chiudo gli occhi e quando li riapro è mattina. Devo aver dormito.

La giornata passa in un lampo e prima che me ne renda conto, Lodovico e io siamo marito e moglie, il banchetto è finito, ed è già ora che inizino le danze. Siamo arrivati nella sua casa di Asolo, dopo aver camminato in processione fino alla collina da Santa Caterina, vestiti a festa per farci vedere da tutta la città. Ora siamo nella sala da pranzo dove i servi di Lodovico hanno spinto i tavoli da una parte e i musici stanno preparando i loro strumenti: liuti, tubi e tamburelli. Balliamo un *saltarello*, e percepisco l'entusiasmo degli ospiti, mentre formano una fila.

Mio marito – *mio marito!* – mi saluta e io mi piego in un profondo inchino. Le sue labbra sottili si schiudono su una chiostra di denti bianchi, mentre mi prende per mano e mi guida negli intricati passi della danza. Riesco a sentire il mio viso coperto da una maschera, la maschera di una sposa felice. Non ho bisogno di una *bauta* veneziana perché la mia spavalderia è una maschera bastante. Ho un nodo alla gola e un grande peso sul petto, ma non voglio cedere all'autocommiserazione. Non permetterò a nessuno di accorgersi che sono infelice. Devo pensare al mio bambino. Lui o lei nascerà in una casa ricca; Lodovico non dovrà mai sapere che non è suo figlio. Questa notte, lui crederà che io sono la sua sposa vergine. Ho ridotto in polvere della noce moscata e me la sono spinta dentro; Dorotea mi ha assicurato che servirà allo scopo.

Il ricevimento è stato degno della mia signora, poiché ella era la nostra ospite d'onore. Antipasto di insalate seguito da lasagne, risotti e ravioli. Poi fagiano arrosto, vitello, rombo e carpa, quindi capponi e maialini da latte. Ho guardato Lodovico divorare tutto con la sua bocca sottile, mentre io ho mangiato poco.

Quando sognavo di sposare un bel corteggiatore – *è stato solo un anno e mezzo fa?* – non avrei mai immaginato che il mio banchetto di nozze sarebbe stato come quello di oggi. Il rumore, l'abbondanza di cibo, e il tintinnio dei piatti. Ho mantenuto la mia maschera per tutto il tempo, sorridendo e annuendo e sorridendo e annuendo, e masticando cibo che sapeva di segatura. Mi si rivolta lo stomaco e inghiotto il vomito. Tutta colpa del bambino...

Dorotea era invidiosa mentre mi aiutava a vestirmi. "Ti dissi che ti voleva," esordì. "Fin dal primo momento. Grazie a Dio, hai usato il buon senso con quel pittore. Speriamo che la polvere di noce moscata funzioni." Mi appuntò i capelli con i fermagli. "Il signor Lodovico è entusiasta di te, Cecilia. Non deluderlo e ti manterrà bene."

È per il mio bambino, mi dico.

Ora sto ballando con lui, la mia mano nella sua. Mi solleva in aria come previsto dal ballo. La mia maschera è saldamente in posizione mentre Lodovico ed io facciamo un salto di lato, e io sorrido e annuisco e sorrido e annuisco. In realtà, sono terrorizzata. Ho paura di ciò che accadrà questa notte. La farò franca? Perché se Lodovico scoprirà che non sono vergine avrà il diritto di scacciarmi. Dal suo letto. Da questa casa. Da questa città. E io finirò i miei giorni a mendicare, se non peggio.

Salto e danzo con le guance in fiamme e le chiome che si muovono con me, racchiuse in una lunga retina. Un brivido di tristezza mi coglie al ricordo di come Zorzo faceva scorrere le dita tra le mie trecce e poi se le portava alle labbra. O quando insisteva perché lasciassi liberi i miei riccioli, mentre lui dipingeva. Perché sto pensando a lui? *Rimettiti la maschera, Cecilia.* Così annuisco e sorrido, e annuisco e sorrido.

Lodovico sorride e sussurra: "È tempo che andiamo in camera nostra."

Mi piego in un inchino e mi ritiro. Mentre percorro il corridoio, mi sento intorpidita. Dorotea mi cammina accanto e facciamo le riverenze alla regina. "Dio vi benedica, ragazze mie," dice. "Dolce Cecilia, oggi mi hai resa orgogliosa di te. Vi auguro ogni felicità."

Dorotea mi lascia davanti alla porta della camera da letto che si affaccia sulla valle sottostante, e la cameriera che Lodovico ha impiegato per prendersi cura di me mi aiuta a spogliarmi. Non posso crederci, ho una cameriera tutta per me! Marta, una contadina con l'alito che puzza d'aglio, mi sgancia la collana d'oro che mi ha donato la mia signora, e la poggia su una cassapanca nell'angolo. Poi mi aiuta a mettermi la veste da notte e m'intreccia i capelli.

Quando se ne va, resto sola e posso togliermi la maschera invisibile. La mia bocca si strugge, mentre attendo nel grande letto. Sento delle voci fuori dalla porta, sono gli amici di Lodovico fanno scherzi da ribaldi; così indosso di nuovo la mia maschera, ma la sento tanto rigida che temo che il mio finto sorriso si crepi.

Mio marito entra in camera. Si ferma e si sfrega le mani. "Ah," dice, e le mie viscere tremano. Va al baule e si toglie il farsetto, gli brillano gli occhi alla luce delle candele, mentre mi prende le misure come fossi un cavallo da torneo che ha appena comprato.

Posso sentire le voci dei nostri ospiti che ridono e ballano, ora che ci hanno visto andare in camera, ma io voglio strisciare sotto le coperte e non uscirne più. *Comportati da donna, Cecilia. Non sei più una bambina.* Così mi siedo sul letto e abbasso il lenzuolo, scoprendo la mia nudità.

Mio marito è sopra di me, mi tiene ancorata al letto con il peso del suo corpo, e spinge dentro di me senza neanche un bacio o un tocco gentile. La mia vagina è secca per via della polvere di noce moscata, e fa male. Fa veramente male. Fa così male, che grido.

"Shhh," dice. "È solo la vostra verginità. Restate giù e lasciatemi finire." Provo un momentaneo sollievo, ma poi lui riprende a spingere dentro di me, e spinge, spinge, spinge, facendo scricchiolare le corde del letto e sbattere la testiera contro il muro. Mi sdraio e fisso il soffitto fino a che lui non geme e crolla su di me.

"Non male, come prima volta. Andrà meglio. Ah, moglie mia, ho atteso così a lungo questo giorno. Sapevo che avrei dovuto sposarvi per avervi nel mio letto." Esce da me e, senza nemmeno darmi la buonanotte, si gira e si addormenta. Metto la mano tra le gambe, e quando la ritiro c'è sangue sulle mie dita.

Oddio, oddio, oddio, ho perso il bambino. Non un'altra volta, non posso sopportarlo. Si svegliò di soprassalto, le lacrime le riga-

vano il volto. Alzò la mano. Niente sangue. Si girò nel letto e fissò il lenzuolo. Bianco.

Non era incinta; lo era Cecilia. Ma quello aveva riportato tutto in superficie: la vergogna per quello che aveva fatto ma anche il terrificante, angosciante senso di colpa.

Quando aveva scoperto che lei e Harry avevano concepito un figlio, lo aveva rifiutato. Non si era riguardata, aveva lavorato tutte le ore che Dio aveva mandato e, quando le era venuta l'influenza, non era nemmeno andata dal medico. L'infezione e la febbre alta le avevano provocato un aborto spontaneo, a quanto avevano detto i medici. Ne era stata contenta, in un primo momento, perché non voleva quel bambino. Era troppo presto, non erano ancora sposati, e voleva che la sua carriera si stabilizzasse prima di mettere al mondo dei figli.

Si ricordò di essersi infuriata con Harry perché quella volta non aveva usato il preservativo. Era stato dopo una festa, ed erano tornati a casa un po' brilli. Forse avrebbe dovuto continuare a tenere la spirale anche dopo che avevano iniziato a stare insieme. Ma la faceva sanguinare così tanto, che aveva deciso di toglierla. Poi, si era a malapena accorta di aver saltato il ciclo perché era stata troppo impegnata con il lavoro.

Ma poi il ciclo era saltato anche il secondo mese e aveva cominciato a stare malissimo la mattina, così aveva comprato un test di gravidanza. Quando il test aveva dato esito positivo, aveva pianto e per una settimana non lo aveva detto a nessuno. Poi lo aveva rivelato a Harry che aveva accolto la notizia con grande entusiasmo, suggerendo di anticipare la data delle nozze. Lei si era opposta. Dopotutto, la chiesa e il luogo per il ricevimento erano stati prenotati per l'estate successiva. E il bambino sarebbe nato prima.

Nel frattempo, avevano deciso di non dirlo a nessuno fino a quando la gravidanza non avesse cominciato a vedersi. Fern aveva insistito al riguardo, per non compromettere la sua carriera. Quanto era stato egoista da parte sua!

Poi, vedere una madre con il suo neonato in carrozzina al supermercato, le aveva fatto tornare tutto alla mente. Quel piccolo le era sembrato così vulnerabile e, al tempo stesso, così pieno di vita. Aveva desiderato cullare il figlio dell'altra donna tra le sue braccia e sussurrargli che le dispiaceva, come se fosse stato il suo bambino.

Harry ne era rimasto sconvolto. Non lo aveva mai detto apertamente ma Fern era sicura che, in fondo, la ritenesse responsabile di quell'aborto. Lo aveva capito dal fatto che aveva iniziato ad essere meno affettuoso con lei; aveva cominciato a toccarla sempre meno di frequente. Di conseguenza, si era ributtata nel lavoro, dicendo a se stessa che gli sarebbe passata.

Ma dentro, in fondo al cuore, il senso di colpa l'aveva tormentata come una ferita aperta. Era sicura che la morte di Harry fosse una qualche forma di punizione per quello che aveva fatto. Anche quando quella vocina nella sua testa le diceva di non essere ridicola perché il castigo divino non esisteva, non poteva fare a meno di sentirsi responsabile. Lei non era degna di essere amata da un uomo. Lei era contaminata. Harry la stava aspettando nell'atrio della stazione di King's Cross e lei era in ritardo. Se per Fern non fosse stata tanto importante la carriera, avrebbero lasciato entrambi la stazione prima che scoppiasse l'incendio. Ora avrebbe pagato il prezzo del suo egoismo per il resto della sua vita.

Le sfuggì un lamento mentre sedeva sul suo letto a casa della zia Susan, con le lacrime che le rigavano il volto. Qualche colpetto alla porta, e la zia fece capolino. "Qual è il problema, tesoro?"

"Lei... lei... ha perso il suo bambino."

"Chi ha perso il suo bambino?"

"Cecilia."

La zia Susan avvolse Fern nel suo abbraccio e la cullò dolcemente. "Ssssht. Hai avuto un altro incubo. Su, su. Va tutto bene, ora."

Non andava affatto bene, ma non avrebbe detto nulla alla zia. Quella parte di sé sarebbe rimasta nascosta per sempre. Fern non era più la donna dura e ambiziosa che aveva causato la morte di Harry e del loro bambino. Quel terribile senso di colpa non l'avrebbe mai abbandonata. E ora anche Cecilia aveva perso il suo bambino. Non poteva più tornare nel passato perché il dolore sarebbe stato insopportabile.

"Zia," disse Fern. "So che tu pensi che io soffra ancora di nervi e che sia impossibile che veda il passato. Forse hai ragione. In ogni caso, non riesco a smettere di mia spontanea volontà."

"Allora penso che tu debba ricorrere all'aiuto di un medico," disse zia Susan accarezzandole un braccio.

"No, questo no. La madre di Luca ha detto che potremmo chiedere al parroco di benedire questa casa. Cosa ne pensi?"

"Hmm. Questi riti strani non mi convincono ma se ti fa sentire meglio, va bene."

"Grazie," disse Fern baciando la zia sulla guancia.

"Che ne diresti di una bella tazza di camomilla e un biscotto al cioccolato? Ti aiuterebbe a riaddormentarti."

Fern seguì la zia giù per le scale, ma si fermò a metà strada. C'era ancora una volta quell'odore, l'odore di legno bruciato, così forte che quasi si sentì male. Si strofinò il naso con il dorso della mano e fu colta da un brivido che le fece drizzare i peli delle braccia.

"*Lorenza,*" le sussurrò la voce vicino all'orecchio.

Fern lanciò un urlo.

CAPITOLO 17

Luca mise giù il telefono, scettico. Fern lo aveva chiamato proprio mentre stava uscendo per andare al lavoro. Qualcosa l'aveva sicuramente spaventata, ma a che cosa serviva un prete? Cecilia non la cercava solo a casa della zia Susan, ma anche altrove. E perché Fern aveva all'improvviso cambiato idea?

Quella sera si fermò alla villa. "La benedizione della casa è un rito abbastanza comune," disse la madre con il suo solito senso pratico. "Lo sapresti se avessi coltivato la fede per cui sei stato battezzato." Sorrise. "Vedrò cosa posso organizzare. Il sacerdote potrebbe consigliare un esorcismo completo se dovesse percepire la presenza di uno spirito maligno o di un demone. Ma non credo che abbiamo a che fare con questo genere di cose, comunque."

Luca scoppiò a ridere; non riusciva a credere che stesse discutendo di demonologia con la madre. Erano nel suo piccolo studio sul retro della villa, la ricerca genealogica sparsa sulla sua scrivania. "Come va con le ricerche?"

"Be', sarebbe meglio se la famiglia avesse ancora uno dei suoi palazzi a Venezia. Gli archivi del quindicesimo e sedicesimo secolo sembrano essere andati perduti."

Luca le accarezzò la spalla. "Peccato." Ogni volta che uno dei suoi antenati si era trovato in difficoltà finanziarie nel corso dei secoli, aveva venduto una delle loro proprietà veneziane e oggi non ne era rimasta nessuna. Certo, ce n'erano diversi che portavano il nome Goredan, ma la famiglia non aveva diritti su di essi da almeno 200 anni. Tutto quello che avevano era quella villa e la vecchia casa colonica su una collina ai piedi del Monte Grappa.

"Dovrei andare a Venezia a visitare la biblioteca di San Marco," continuò la madre. "Ci sono registrate nascite e morti di secoli e secoli fa."

"Perché non lasci che ci pensi io?"

"Potresti portarci Fern, per vedere di nuovo Venezia prima di tornare a Londra. Un interludio romantico potrebbe essere quel che ci vuole."

Le parole di sua madre lo colpirono con ferocia. Fern avrebbe lasciato l'Italia di lì a una quindicina di giorni, e lui aveva scacciato il pensiero della sua partenza dalla sua mente. "Non arriverei da nessuna parte col romanticismo," disse. "È impossibile competere con i rivali, anche se sono morti entrambi."

La mamma lo avvolse nel suo abbraccio. "Pensi che Fern stia facendo la cosa giusta?"

"Che vuoi dire?"

"Cercando di bloccare Cecilia. Quella donna sembra essere uno spirito molto determinato. Troverà un modo per passare, sono sicura che lo troverà."

"Fern è irremovibile; non vuole più avere niente a che fare con lei. Non ha voluto dirmi il motivo ma sembra che abbia a che fare con il fatto che Cecilia ha dovuto sposare qualcuno che non ama."

"Era abbastanza comune all'epoca. Credevo che Cecilia avesse accettato il matrimonio di buon grado, soprattutto considerato che significava sicurezza economica."

"Lei era profondamente innamorata del pittore, ma lui non poteva mantenerla nel lusso a cui lei era abituata, anche se sono convinto che Giorgione fosse soltanto un donnaiolo a cui piaceva provarle tutte. Cecilia sembra aver accettato questa soluzione alternativa abbastanza facilmente, da quello che mi ha detto Fern. Non so perché lei trovi la cosa così sconvolgente."

"Figlio mio." Lo abbracciò di nuovo. "Vedo quanto la ami e mi si spezza il cuore a sapere che lei non ti ricambia."

"Anche a me," disse. "Anche a me." Lui la voleva con ogni fibra del suo essere.

Il giorno seguente, guidò verso Altivole. Il prete locale era in piedi davanti alla porta di Susan. Si presentò come don Mario e aveva circa dieci anni più di lui, con dei capelli ondulati e scuri che gli donavano un'aria di grande carisma.

"Buongiorno," disse Luca. Ringraziò il sacerdote per la disponibilità a venire a casa così in fretta.

Susan li accompagnò in cucina dove Fern li stava aspettando con un'espressione preoccupata sul viso.

"Posso offrirvi un caffè?" chiese Susan, toccandosi i capelli appena tagliati, una versione più corta della sua abituale zazzera crespa.

Luca e Don Mario declinarono l'offerta, e il sacerdote aprì lo zaino.

"Vi lascio in sua compagnia," disse Susan rigidamente. "Devo uscire a fare un po' di spesa." Prese la borsetta che Fern le aveva comprato a Castelfranco, nientemeno che una Fendi, e andò verso la porta.

Luca si strinse nelle spalle. Fern gli aveva parlato dell'incredulità della zia.

La benedizione fu un rito abbastanza semplice, a quanto le parve. Don Mario prese una bottiglia di acqua santa e un crocifisso dalla borsa, e passò dalla cucina alla camera da letto e su al piano superiore nello studio di Susan, alzando il crocifisso e spruzzando l'acqua in ogni angolo, mentre benediceva la casa in nome di Cristo e dei suoi angeli.

Quando raggiunsero la stanza di Fern, tuttavia, i suoi occhi assunsero di nuovo quell'espressione da coniglio spaventato. "Non mi sento bene," sussurrò. "Quanto manca ancora?"

Luca le prese la mano e gliela strinse; la sentì fredda e umida. "Penso che abbia quasi finito."

Pallida come un cencio, Fern lasciò cadere la mano e si girò di scatto. "Per favore, digli di fermarsi," disse con voce tremante. "Ho cambiato idea."

Luca rabbrividì. Il calore del mattino si era trasformato in un freddo tagliente.

"Lorenza!"

Aveva sentito; aveva realmente sentito quella voce. Incredibile. Con il cuore impazzito, Luca guardò il prete, ma Don

Mario, apparentemente ignaro, intonò: "Visita, Signore, te ne preghiamo, questa abitazione e questa tua creatura, respingi via da lei tutte le insidie del nemico; in essa abitino i tuoi santi angeli Michele, Gabriele e Raffaele, che la custodiscano in pace dagli spiriti immondi."

Il freddo le stava divorando le ossa. Il suo viso era diventato rigido e gli occhi inespressivi. Stava per ricadere in una delle sue *trance*? Le mise un braccio intorno e sentì il suo corpo tremare. "Sto per vomitare," disse.

L'elettricità crepitò nell'aria. Don Mario poteva di certo sentirla.

"La tua benedizione sia sempre su di noi. Per Cristo Nostro Signore. Amen," disse il prete con calma, sollevando il crocifisso. "Ho finito."

"Oh, grazie a Dio, grazie a Dio, grazie a Dio," disse Fern, tenendo la testa tra le mani. "Pensavo che il mio cervello fosse sul punto di esplodere. La voce di Cecilia era nella mia testa, e ripeteva *Lorenza*, in continuazione. Non lo sopportavo più."

"Ho sentito," disse Luca.

Fern lo fissò, a bocca spalancata.

Don Mario si fece il segno della croce sulla fronte, intonando la benedizione del Padre, del Figlio e dello Spirito Santo. Tuttavia, quando il sacerdote alzò la mano per benedire Fern, lei scartò di lato, e borbottò qualcosa circa il dover andare in bagno.

Luca ringraziò il sacerdote e gli diede cinquantamila lire come offerta per la chiesa. Come fu sulla porta, disse: "La pace sia con voi, e con la signorina. Spero che la mia preghiera oggi sarà sufficiente a mantenere il *fantasma* lontano da lei."

"Lo spero anch'io." Così Don Mario aveva percepito la presenza di Cecilia. Certo che sì; era un sacerdote, no? Trattava con il soprannaturale in continuazione...

"Grazie per aver fatto gli onori di casa," disse Fern quando Luca tornò in cucina. Si era seduta al tavolo, ma aveva ancora un aspetto terribile – aveva il volto pallido e gli occhi accesi. "Non ero all'altezza."

"No, posso capirlo. Forse non è stata una buona idea."

"Sentivo l'infelicità di Cecilia, sai, più chiaramente che mai." Prese la mano di Fern. "Mi puoi dire perché, tutto a un tratto, hai deciso che non volevi più avere nulla a che fare con lei?"

La fronte di Fern si aggrottò e lei ritirò la mano. "Non posso dirtelo. Non ancora. Lo farò, però," disse esitante. "Presto."

"C'è ancora odore di legno bruciato qui?"

"No. Pensi che il sacerdote sia riuscito a mandare via Cecilia? Una parte di me lo vorrebbe tanto ma un'altra parte di me, la parte che le è legata e che vuole sapere cosa è successo, è preoccupata all'idea che se ne sia andata per sempre."

"E allora perché hai voluto il sacerdote?"

"Non posso dirtelo." Ebbe la grazia di apparire turbata e gli strinse la mano. "Sei un uomo adorabile, Luca, e mi piaci davvero tanto."

"Lo so," disse mentre le sue braccia l'avvolgevano. Sollevò la bocca e lo baciò. Lui rispose al suo bacio, a lungo e con passione; l'amava così tanto da star male. Le sue mani si fecero strada tra i suoi capelli, poi le prese il viso e il seno sodo, quindi le mani scesero sulle natiche di Fern e l'attirarono contro il suo corpo.

Fern fece un passo indietro e si tolse la maglietta. Con le mani, raggiunse il gancetto del reggiseno e lo sganciò, senza staccargli gli occhi di dosso. Si liberò dei jeans e rimase solo con le mutandine. Dopo avergli slacciato la cintura dei pantaloni, mise le mani sotto la sua camicia e le fece scorrere lungo il petto di Luca. *Oddio, oddio, oddio*. Un bacio rapido e sbottonò la camicia.

Erano frenetici, le labbra vagarono sulla bocca, sulla gola, dietro l'orecchio, e di nuovo sulla bocca. Insieme, si tolsero la biancheria intima e lui la sollevò sulla sua erezione. Fern gli strinse le gambe intorno alla vita, mentre lui si appoggiava al tavolo, spingendosi in lei, mentre la sua anima esultava.

Si trattenne fino a quando Fern non si lasciò sfuggire un sospiro e il suo corpo non si contorse, poi si perse dentro di lei. Le abbassò le gambe delicatamente e la rimise a terra, e lei lo guardò con i capelli che le dondolavano in avanti a coprirle i seni.

"Luca, sono così confusa," disse.

"Che vuoi dire?"

Fern si chinò a recuperare i loro vestiti. Gli consegnò la sua camicia, i pantaloni e i boxer, poi disse: "Non voglio che tu ti faccia un'idea sbagliata."

"Quale sarebbe questa idea sbagliata?"

"Che possiamo stare insieme. Ci sono cose che non sai di me, e sono cose che non voglio che tu sappia. Non ora. Non ancora. Qualcosa mi sta bloccando, vedi. Forse quando sarò andata a fondo del mistero di Cecilia." Sospirò. "Non lo so."

"Dolcezza, possiamo procedere alla velocità che vorrai. Una cosa che voglio che tu sappia, è che sono intenzionato a impegnarmi a lungo termine."

"Che cosa hai appena detto?"

"Che sono disposto ad aspettare."

"No. Come mi hai chiamata?"

"Dolcezza."

"Preferirei che non mi chiamassi così," le disse in tono incerto.

La sua dichiarazione fu come uno schiaffo in faccia. Luca si vestì in fretta e non disse nulla, tenendo gli occhi bassi.

"Perdonami, non volevo essere così diretta. Penserai che sono una donnaccia ma vedi, è così che Zorzo chiamava Cecilia."

"Oh, va tutto bene, allora," disse con una nota di sarcasmo nella voce. "Il tuo amante morto da tempo può chiamarti *dolcezza*, ma io non posso."

Fern gli toccò il braccio. "Non è il mio amante. È l'amante di Cecilia."

"Certo. Che stupido. Ti prego di non far caso a quello che ho detto." Lui la baciò sulla guancia e si diresse verso la porta. "È meglio che vada al lavoro. E c'è la prova per la rievocazione di questa sera, non dimenticartelo. Oh, e andrò a una conferenza a Vienna per cinque giorni; parto domani. All'ultimo minuto. Qualcun altro in ufficio doveva andarci, ma gli è venuto l'herpes zoster. Prima di andare, però, vuoi farmi vedere il tuo ultimo dipinto?"

Si fermò di fronte al suo acquerello del Barco e la pelle gli formicolò. *Pazzesco!* "È bellissimo."

Quando lo ebbe visto salire in macchina e dopo che fu rientrata in casa, Luca se ne restò seduto per un momento. La desiderava così tanto che si sentiva come tagliato in due. Per tre volte, sbatté la testa contro il volante.

CAPITOLO 18

Fern si concentrò sulla pittura e fece qualche giro turistico del luogo. Nessun contatto da parte di Cecilia. La benedizione della casa doveva aver funzionato. Visitò la città di Treviso, dove passeggiò sotto i portici della piazza che riecheggiavano alle grida entusiastiche dei neolaureati, che festeggiavano nei *wine bar* con corone di alloro e canzoni goliardiche.

Restandosene alla larga, si diresse verso il Canale dei Buranelli, per scattare foto e buttare giù qualche schizzo. Non a caso, Treviso era conosciuta come "la piccola Venezia", e Fern la trovava affascinante. Si stava comportando come una qualsiasi turista, interessata al passato ma senza il desiderio di riviverlo. Eppure il suo cuore soffriva per Cecilia e cominciò a rimpiangere di averla scacciata dalla sua vita.

Il giorno seguente, andò a Marostica, nella vicina provincia di Vicenza. Lì, gettò lo sguardo verso le antiche mura che circondavano la fortezza in cima alla collina; sembrava che il forte dispiegasse le sue lunghe braccia verso il basso e cingesse la città sottostante in un rigido abbraccio di pietra.

Fern passeggiò fino alla piazza principale, dominata dal castello inferiore dove ogni due anni, nel mese di settembre, giocavano agli scacchi viventi con pedine umane. Sarebbe stato interessante potervi assistere, un giorno.

Si sedette al bar con vista sulle lontane montagne e pensò a Luca. Alla prova della rievocazione, la sera prima, si era tenuto a debita distanza da lei. Fern sapeva di essere stata ingiusta con lui. Quando avevano fatto l'amore, lei lo aveva desiderato così tanto. Pensò alla forza che sprigionava il suo corpo, al modo in cui le sue mani l'avevano toccata, alla sensazione che le avevano dato le sue labbra. Ricordava la scarica potente che le aveva dato il contatto dei loro corpi, della sua pelle su quella di lui, e un calore fin troppo familiare le scaldò l'intimità tra le cosce.

Luca non era il tipico, disinvolto, simpatico italiano, uno di quei maschi latini stereotipati che si leggono nei romanzi rosa e che, da quanto aveva visto, nella realtà non esistevano. Le tornò in mente il ghigno feroce di Federico. Luca era un bell'uomo, doveva ammetterlo, ma non se ne vantava. C'era in lui una sensibilità e una gentilezza che la toccavano nel profondo. Chiara aveva detto che era stato un donnaiolo, e Luca stesso lo aveva ammesso con sua madre. Fern non riusciva a immaginare che fosse come Zorzo.

Perché non riusciva ad aprire il suo cuore a Luca? Era come se avesse un sasso nel petto. E ora lui era andato a Vienna e le mancava. Pagò il conto e se ne tornò verso casa.

Quel pomeriggio, andò a cavallo con Chiara. Cavalcarono fino ad Asolo, sulle strade sterrate che si snodano tra i poderi e i vigneti. Al rientro in villa, Fern prese una tazza di tè con Vanessa. Parlarono della ricerca genealogica della contessa. La famiglia Goredan discendeva dal doge veneziano che era in carica al tempo di Caterina Cornaro, e che era eletto come al solito dall'aristocrazia della città. *Che retaggio!*

Chiara fu di poche parole, ma Vanessa rimase fedele alla sua parola e non chiese a Fern di raccontarle quello di cui avevano parlato durante il tragitto. Non c'era molto da dire in ogni caso perché non c'era stata occasione di chiacchierare dal momento che Chiara aveva preso il comando e si era lanciata al galoppo davanti a Fern, proprio quando nuvole scure e cariche di pioggia avevano cominciato ad addensarsi sopra le montagne.

In serata, cenò a casa della zia. Mentre sparecchiavano, il rombo di un tuono le fece fischiare le orecchie. "Prendi le candele," disse Susan. "Da un momento all'altro andrà via la luce."

Un fulmine zigzagò attraverso le finestre aperte. Fern aiutò la zia a chiudere tutte le persiane, a pulire i piatti e a rigovernare. Poi, prese una candela e le augurò la buonanotte. Era stanca e non c'era abbastanza luce per leggere. Era anche arrivato il ciclo e con esso un dolore stranamente più intenso del solito. Si mise a letto e chiuse gli occhi. Iniziò una serie di tuoni che si mescolarono ai fuochi d'artificio sparati per rompere i chicchi di grandine. Una cacofonia senza precedenti. Sarebbe mai riuscita a dormire?

"Fallo smettere," urlo. Un'altra fitta di dolore mi coglie e mi fa contorcere. Sono seduta sul duro legno di una sedia da parto che ha un buco al centro, per consentire alle dita della levatrice di frugare dentro di me. Il mio travaglio è iniziato all'alba e ora è sera. Non ce la faccio più. Tra una contrazione e l'altra, ho quasi perso i sensi, vinta dalla spossatezza ma poi l'arrivo di una nuova contrazione, che diventa sempre più dolorosa fino quasi a uccidermi, mi riporta drammaticamente alla realtà. E ricomincio a urlare. C'è un temporale in corso fuori, una vera e propria tempesta.

Mi inarco, colpita da un'altra contrazione, e un fiotto di sangue schizza sulla paglia posta sotto la sedia da parto. Sto morendo, ne sono certa. Stringo le pieghe della mia veste, urlo di nuovo, poi sento l'odore dolciastro dell'olio di mandorle che la levatrice mi ha strofinato sulle parti basse. "Per ridurre lo strappo," dice.

Fiammetta e Dorotea sono entrambe qui per aiutarmi. Non sanno che porto in grembo il figlio del pittore e credono che abbia appena iniziato un travaglio precoce. Per fortuna, la mia pancia è rimasta piccola e nessuno sospetta. Un'altra fitta di dolore mi squassa. I lampi squarciano il cielo là fuori, e io urlo. "Aiutatemi!"

Fiammetta mi asciuga la fronte. "Dolce sorella, devi essere coraggiosa e sopportare il fastidio. Il bambino arriverà presto e potrai tenerlo in braccio. Tutto andrà bene."

"Questo non è fastidio. Questo è quello che si deve provare all'inferno." Dorotea si torceva le mani e frignava impotente. Era di aiuto tanto quanto uno straccio bagnato nel mezzo di un temporale.

Mia sorella mi asciuga di nuovo la fronte mentre un altro spasmo quasi mi annienta. Mi sento come se fossi trapassata da un masso che si allarga e mi lacera. Poi un irresistibile desiderio di spingere s'impossessa di me e spingo, spingo, spingo fino a quando il *masso* scivola fuori di me, emettendo un gemito sottile.

C'è fermento e un gran movimento di gonne. Il luccichio di un coltello quasi mi abbaglia, quando la levatrice taglia il cordone. "È una femmina," dice Dorotea. "Molto piccola."

"Per favore, posso vederla?"

Me la mettono in grembo, ancora ricoperta di sangue e di una sostanza giallastra; la bambina è paonazza e furente per essere stata strappata al calore del mio grembo. In un attimo, dimentico il dolore mentre l'amore per mia figlia – *mia figlia!* – mi pervade con una tale forza, che mi lascia senza fiato. "È bella," dico io. Ed è vero. I suoi occhi sono di un colore blu-nero e ha lunghe ciglia scure; il naso è piccolo e la bocca è come un bocciolo di rosa.

Fiammetta chiede: "Come la chiamerai?"

Non ho pensato affatto a un nome femminile perché Lodovico era assolutamente convinto che avrei partorito un maschio. Voleva chiamarlo Federico, come suo padre. Per qualche ragione insondabile, il nome mi ripugnava e sono contenta di aver avuto una figlia, invece. I mesi di attesa sono finalmente finiti. La mia paura di perdere il bambino la prima notte di nozze è stata di breve durata, grazie alla Santa Vergine, perché l'emorragia è stata solo momentanea. Ho sopportato il rude modo di fare l'amore di mio marito per le prime settimane, fino a quando ho potuto usare la scusa della gravidanza per evitare che mi penetrasse. Questa notte è a Ferrara, sia lode a tutti i santi. In questo modo, non dovrò subito affrontare la sua delusione. Invece, posso gioire della mia nuova maternità e godermi la bambina senza il suo sdegno.

Guardo la faccia rugosa della mia piccola e mi lambicco il cervello per trovarle un nome. Un nome per una donna che sarà saggia e abile, e un'amante della bellezza. Un nome per una fanciulla che cresca forte e indipendente. Un nome per una donna che nella vita realizzerà quei sogni che io devo ancora realizzare. C'è un nome che mi affiora alla mente, come il soffio gentile della brezza marina. Ecco, ho trovato! "Lorenza." Le bacio la testolina vellutata. "Si chiamerà Lorenza." Un tuono squarcia il silenzio.

Fuori, la tempesta non sembrava placarsi, c'era il rischio che spaventasse la bambina. Si chinò a baciare di nuovo la testa di Lorenza, ma le braccia erano vuote. Il panico l'attanagliò. Chi aveva preso la sua bambina? Un grido le salì alla gola. Poi l'odore di bruciato le riempì le narici, provocandole un conato di vomito. Riconquistò il controllo delle sue reazioni e respirò a pieni polmoni fino a quando il battito cardiaco tornò regolare. Un lampo, e vide il pezzo di legno bruciato sul comodino. Cercò a tentoni la scatola di fiammiferi e accese la candela. Non era Cecilia; lei era Fern.

Si sdraiò sul letto, con le braccia doloranti per il desiderio di tenere la bambina; il suo corpo era indolenzito e pieno di lividi. Le lacrime scorrevano lungo le guance e Fern gridava chiamando la bambina perché una parte di lei non c'era più. Il seno le faceva male e incrociò le braccia a coprirsi. *Dio mio!* La parte superiore della sua camicia da notte era bagnata.

Fern corse in bagno, si tolse l'indumento e lo lasciò cadere a terra. I suoi seni erano enormi e disegnati da insolite venature blu. Dal capezzolo sinistro colavano gocce di uno strano liquido biancastro.

Si trascinò fino al letto, tormentata dal dolore. Si accoccolò su se stessa e pianse per Cecilia, per Lorenza, e per il suo bambino mai nato. Poi si asciugò le lacrime, perché odiava perdere il controllo. Anche quando era morto Harry, si era tenuta tutto dentro.

Inquieta, si addormentava e si risvegliava in continuazione. Arrivò il giorno e la tempesta si placò. Dopo la doccia, Fern si vestì e si imbottì il reggiseno di stoffa per evitare che si bagnasse.

Vide la stampa de *La Tempesta* sul muro e le gambe non la ressero più. La bambina nel dipinto era Lorenza. Nessun dubbio al riguardo. Fern si mise a sedere sulle coperte, in stato di choc.

"Lorenza!"

Devo restare a letto. Fiammetta è tornata a Treviso e Lodovico è rientrato da Ferrara con il fratello Giovanni. Mio marito non è contento che io abbia dato alla luce una femmina. Gli sorrido dolcemente. "Ne avremo altri." Mi costa dirlo, ma devo proteggere la mia creatura e l'unico modo per farlo è entro i confini di questo matrimonio.

Lodovico grugnisce e curva le labbra sottili in un modo che mi fa accapponare la pelle. Dovrà aspettare che sia condotta in chiesa prima di poter di nuovo giacere con me, come so che desidera. Il suo rude modo di fare l'amore ricomincerà. Se solo potessi stare con Zorzo. Non l'ho più visto da quando abbiamo concepito la nostra bambina, e la mia anima lo anela.

Tengo Lorenza tra le braccia e lei succhia avidamente dal mio seno; il mio latte arriva con tale rapidità che le cola dal mento. Lodovico ha un sussulto. "Dovremmo prendere una balia. È sconveniente che allattiate il bambino voi stessa."

"Ho chiesto in giro, ma non c'è nessuna disponibile." Mi sdraio. Non voglio che nessun'altra allatti Lorenza. Lei è mia. È tutto ciò che mi è permesso amare e, Maria Santissima, la terrò con me.

Il giorno dopo, la mia signora viene in visita con Dorotea. La regina prende Lorenza tra le braccia. "È proprio come te, una vera bellezza." La bacia sulla fronte, poi la restituisce al mio abbraccio. "Sarò la sua madrina."

"Sono onorata, domina," dico io. Mia sorella sarà l'altra madrina di Lorenza, e il fratello di Lodovico ha accettato di essere il suo padrino. Il battesimo si terrà domani nel duomo di Asolo.

La mia cameriera porta le vivande per il rinfresco: vino dolce e torte. Come sempre, la regina spizzica con grazia, ma io ho fame e così Dorotea. Presto la caraffa è vuota e sulla tavola non restano altro che briciole. La mia signora mi bacia sulle guance e dà un buffetto a Lorenza sotto il piccolo mento. Mia figlia sembra sapere che non deve piangere, e osserva la sua regina con un'espressione solenne.

Finalmente sola, mi compiaccio della mia bambina. Le carezzo la guancia morbida, lei mi guarda negli occhi e io sento il mio cuore scoppiare d'amore. La sua manina mi stringe il dito. Farei qualsiasi cosa per lei. Qualsiasi cosa. Sono stanca, ma non oso addormentarmi perché, se mi addormento, come farò a controllare che Lorenza respiri regolarmente? L'ho distesa nella culla accanto al mio letto e guardo il suo piccolo petto che si alza e si abbassa al ritmo del suo respiro.

Il giorno successivo partiamo a mezzogiorno, ed è un bene lasciare la casa e respirare un po' d'aria fresca. Inspiro i profumi di Asolo, mentre camminiamo su per la collina. Un cespuglio di rose cresce sul muro del fornaio e il loro profumo si fonde con quello fragrante del pane appena sfornato. Passiamo oltre la bottega del fabbro e un puzzo acre di ferro fuso mi solletica le narici. Poi, c'è l'olezzo di letame di cavallo e devo spostarmi di lato per evitare di affondare un piede nello sterco. Penso a Pegaso. È rimasto nelle scuderie della mia signora negli ultimi otto mesi, da quando mi sono sposata. Chissà quando potrò montare di nuovo...

Rubo uno sguardo a Lodovico, che sta portando in braccio Lorenza. Egli marcia rigidamente, non avvezzo a tenere un simile, prezioso fardello. Il fratello procede a grandi passi al suo fianco. Sono così simili che potrebbero essere gemelli: bassi, magri, con i capelli quasi neri. L'unica cosa che distingue Giovanni dal fratello è che non ha il volto sfregiato da una cicatrice, come quello di Lodovico. Mio marito mi ha detto che se l'è procurata durante un combattimento, mentre si esercitava per la cavalleria del Duca di Ferrara. Vorrei che tornasse lì e mi lasciasse in pace. Camminiamo in fretta, perché fa freddo. La mia bambina è al caldo, però, avvolta in spesse coperte di lana, ed è profondamente addormentata.

All'interno della chiesa, l'atmosfera è illuminata dalle candele. La luce del sole filtra attraverso le finestre e sento il profumo dell'incenso. La regina è già qui, così come Dorotea e Fiammetta. Dopo la messa, ci riuniamo intorno al fonte battesimale, dono della mia signora al popolo di Asolo, e il prete, un uomo robusto e chiaramente appassionato di pasta, intona la formula di rito mentre versa l'acqua santa sulla fronte di Lorenza e le fa il segno della croce. "Lorenza, te baptizo ego in nomine Patris, et Filii, et Spiritus Sancti."

Le parole risuonano nella mia testa come se le sentissi per la prima volta e la mia bambina, tra le braccia di Fiammetta, si lascia sfuggire un urlo tremendo. "È il demonio che la sta abbandonando," sentenzia la mia signora, e a me viene da ridere un attimo prima di rispondere: "Amen."

Procediamo verso il castello, dove la regina ha ordinato che fosse preparato un pranzo appositamente per noi. Mi sento una creatura benedetta, mentre saliamo dalla chiesa alla piazza. Nessuno sospetta che Lorenza non è figlia di Lodovico, tantomeno mio marito. Se solo il suo vero padre potesse conoscerla. Ma la conoscenza stessa potrebbe rappresentare un pericolo per la sicurezza della mia creatura. E poi come potrebbe Zorzo non amarla e non desiderare di averla vicino?

Il mio seno congestionato dal latte abbondante che gocciola e bagna la mia camicia. Lorenza sarà affamata e io sono ansiosa di allattarla, cullarla dolcemente mentre ciuccia e baciarle la testolina dolce. Le mie dita prudono dalla voglia di strapparla a Lodovico e tenerla tra le mie braccia. Passiamo di nuovo la bottega del fabbro ma in quel momento il mio passo vacilla, e una sensazione di terrore mi attanaglia. Il calore della fucina mi investe e i peli delle braccia si drizzano. L'orrore mi pervade, metto un piede in fallo e inciampo sui ciottoli. Un fumo acre mi fa lacrimare gli occhi e l'aria sembra essermi risucchiata dai polmoni. Ansimo in preda ai conati di vomito e inizio a barcollare.

"Cecilia!" Il viso di mia sorella è una maschera di preoccupazione. "Che ti succede? Ti senti male?" Lei mi prende tra le braccia e l'affetto che ha per me bandisce il demone, perché è questo che mi affligge tanto, ne sono sicura. Non avrei dovuto ridere del diavolo prima in chiesa.

"Sto bene," dico. "È stato solo il calore della fucina."

Procedo accanto a mio marito, il mio respiro vacilla. Lui mi guarda, i suoi occhi mi studiano. E di nuovo la paura mi attanaglia.

Sussultò. La luce del sole entrò dalla finestra; era giorno. *E io sono di nuovo Fern, naturalmente.* Erano accadute così tante cose quando era nel passato – erano passati giorni interi – che una volta tornata al presente si sentì fortemente scossa, spaesata. Le ricordò la sua prima e unica corsa sulle montagne russe: la folle corsa lungo i binari, il precipitare dai giri della morte, il brusco stop finale che l'aveva sbalzata all'indietro lasciandole una sgradevole sensazione di disorientamento e di nausea. Non era più stata sulle montagne russe da allora, e non intendeva farlo in futuro.

Il seno le formicolò di nuovo. Perdeva un'altra volta latte, e il desiderio di stringere Lorenza divenne insopportabile. Spinse il pezzo di legno bruciato sul comodino. Inutile buttarlo via; sarebbe sparito in base alla sua spettrale volontà. Rabbrividì e imbottì il reggiseno con altra stoffa, poi telefonò alla mamma di Luca. "Va bene se vengo a trovarti?"

CAPITOLO 19

"La lattazione spontanea è rara," disse Vanessa versando un bicchiere di prosecco che poi porse a Fern. "Ma non impossibile. Ho letto un articolo di una madre che aveva adottato un bambino e poi aveva iniziato a produrre latte. Ma quello di cui soffri tu è qualcosa di estremamente raro, credo."

Fern sorseggiò il prosecco. "Mi fa male il seno. Non c'è qualche medicinale che possa prendere?"

"Solo il paracetamolo. La lattazione cesserà in un paio di giorni al massimo perché è chiaro che non stai allattando davvero. Mi dispiace tanto, cara." Vanessa massaggiò le orecchie del labrador ai suoi piedi. "Che cosa strana!"

Fern sentì d'un tratto un gran bisogno di confidarsi, di liberarsi da quel peso ormai insopportabile. Lentamente, con cautela e poi con maggiore sicurezza, raccontò a Vanessa della sua gravidanza di due anni prima, di come aveva cercato di ignorarla e di come aveva perduto il bambino. "Ed ora è come se lo avessi perso di nuovo," disse incapace di arrestare le lacrime calde che le rigavano le guance.

Vanessa si alzò dalla sedia e l'abbracciò. "Povera ragazza."

"Quando ho creduto che Cecilia avesse abortito, non volevo più tornare nel passato."

"È per questo che hai chiesto il prete?"

Fern annuì. "E ora non vedo l'ora di tornare da Cecilia e rivedere Lorenza. Mi sento come se avessi perso la mia bambina."

"Immagino che sia naturale. Hai vissuto la nascita come se avessi partorito tu stessa."

"Ho paura, però. Cecilia ha avuto una premonizione su un incendio. Sono sempre più convinta che il fuoco sia stata la causa della sua morte, e non riesco a sopportare l'idea che Lorenza sia morta con lei. Sarebbe come perdere di nuovo il mio bambino."

"Posso capire la tua preoccupazione." Vanessa le prese la mano. "Ti dà angoscia l'idea di tornare nel passato e te ne dà se non torni."

"Cosa mi consigli? Dovrei tornare a Londra prima del previsto?"

"Temo di non poterti dare consigli, mia cara. Dev'essere una tua decisione. Forse dovresti venire a stare qui per un paio di giorni. Ti darà un po' di sollievo da Cecilia, e avrai la possibilità di riflettere. Mi hai detto che ti contatta solo quando ti trovi in luoghi legati a lei, giusto?"

"Giusto. È molto gentile da parte tua. Sei sicura che non sarà un fastidio?"

"Niente affatto. Ne sarei felicissima. Puoi restituire la cortesia con uno dei tuoi acquerelli. Luca mi ha detto che sei tanto brava."

E così fu deciso. Fern tornò dalla zia per preparare il bagaglio. Zia Susan fu alquanto felice che lei andasse a stare dalla contessa per un po'. "Ma torna tra un paio di giorni al massimo," disse. "Altrimenti penserò che mi vuoi abbandonare."

Ah, zietta, sei sempre così schietta!

"La madre di Luca vuole che dipinga un acquerello della villa," disse Fern. Era una buona scusa. "Non mi ci vorrà molto." Lasciò volutamente la stampa de *La Tempesta* nella sua stanza.

Ci vollero tre giorni perché il seno di Fern tornasse in condizioni più o meno normali. Trascorse il tempo ad aiutare la contessa con la sua ricerca genealogica, portando i cani a passeggio, andando a cavallo con Chiara, e dipingendo.

L'albero genealogico della famiglia Goredan aveva così tanti rami che a Fern girava la testa, mentre dava una mano a rovistare nella miriade di scatole da scarpe piene di appunti. Chiara montava con lei la mattina, ma dopo pranzo se ne andava per passare il resto della giornata con Federico, e tornava solo alle prime luci dell'alba del giorno successivo. Vanessa aveva rinunciato a insistere perché sua figlia rientrasse entro mezzanotte, ma era ferma sulla sua volontà che la ragazza rientrasse a casa a dormire. "Fino a quando sono io a mantenerti," disse, "seguirai le mie regole."

A letto, di notte, mentre Fern giaceva in attesa di addormentarsi, sentiva il fantasma del suonatore di liuto strimpellare una melodia secolare. E, come la contessa le aveva detto quando si erano conosciute all'Hotel Cipriani, il suono non era affatto spaventoso. Al contrario, era molto rilassante.

Luca era ancora alla conferenza di architettura, e Fern ne era contenta. Un problema di meno da affrontare. E se avesse visto le macchie bagnate sulla sua camicetta? Per fortuna, le perdite avvenivano quasi sempre di sera, quando Chiara era fuori; Fern le avrebbe trovate impossibili da spiegare. Con il passare del tempo, era stato necessario sostituire la stoffa bagnata sempre meno spesso e adesso i suoi vestiti erano quasi asciutti.

Ogni volta che pensava a Lorenza, si costringeva a pensare a qualcosa di diverso, proprio come aveva fatto quando aveva perso il suo bambino. La mente era uno strumento potente...

Luca tornò da Vienna l'ultima sera di Fern alla villa. "Fammi vedere il quadro," disse dopo aver salutato la madre. Anche a lui avevano raccontato la stessa scusa che giustificasse la visita di Fern. Lui la seguì nella parte coperta del patio, dove aveva improvvisato il suo studio. Il suo acquerello stava su un cavalletto, in un angolo. Si era concentrata sulla parte centrale dell'edificio, che ricordava un tempio romano con le sue colonne ioniche. "Che cosa ne pensi?" gli chiese.

"Meraviglioso. Non so perché tu voglia tornare a lavorare in banca. Hai un enorme talento, Fern. Dovresti concentrarti sulla tua arte."

"Lo farei, ma ho un mutuo da pagare."

"Affitta il tuo appartamento a Londra e usa il denaro ricavato per vivere qui. Sai che quello che dico ha un senso. Gli affitti a Londra sono molto più alti di quelli di Asolo. Probabilmente riusciresti a coprire il mutuo e ti rimarrebbe abbastanza per vivere mentre ti sistemi qui."

"Hmm, la cosa mi attira." L'idea era allettante, ma non era il momento giusto per realizzarla. Meglio cambiare argomento. "Com'è andata a Vienna?"

"Benissimo. Dobbiamo andarci insieme, un giorno." Si fermò quando vide il cipiglio di Fern. "L'ho fatto di nuovo, vero?"

"Temo di sì. So che lo fai con le migliori intenzioni, ma tu *sei* un po' uomo delle caverne."

Lui rise. "L'evoluzione non è stata raggiunta in epoca moderna. Ricordi la nostra discussione?"

"Circa gli istinti tribali. Sì." Lei intrecciò le dita nelle sue. "Mi sei mancato."

"Be', questo è un sollievo, perché mi sei mancata anche tu."

Fern si guardò attorno. Erano soli. Strinse le braccia intorno alla sua vita e le sollevò il mento. Quando la sua bocca scese su di lei, sapeva quello che lui stava per dire. "Posso portarti fuori a cena domani sera? C'è qualcosa che ho bisogno di dirti."

La sala da pranzo dell'Hotel Cipriani risuonava del brusio delle voci dei clienti. Fern e Luca erano seduti a un tavolo accanto alla vetrata che si affacciava su quello che doveva essere uno dei più bei panorami del mondo. Gli antichi edifici di Asolo marciavano lungo la cresta della collina, in direzione di una villa imponente che sembrava appollaiata su delle palafitte, la loggia al piano terra e cipressi dritti e affusolati ai suoi lati le facevano da sentinella. Il tramonto aveva sorpreso le nuvole tingendole di rosa, e le montagne lontane si alzavano come angeli custodi, spiegando le loro ali sul paesaggio sottostante.

Luca passò a Fern il menù. "Evito qualsiasi suggerimento o mi accuserai di nuovo di essere un cavernicolo."

"Consigliami, invece, visto che conosci questo ristorante."

"I taglierini con il prosciutto sono eccellenti, e anche il pesce. Potremmo prendere la pasta e poi passare a una grigliata. E innaffiare il tutto con un ottimo Pinot Grigio ."

"Perfetto," disse Fern, abbassando lo sguardo verso il seno. Per fortuna, sembrava tutto a posto da quelle parti.

Il cameriere arrivò e versò un Bellini ciascuno prima di prendere il loro ordine. Fern si lasciò sfuggire un sospiro. "Tutto questo mi mancherà così tanto quando sarò tornata a Londra."

"Allora rimani."

Lei gli lanciò un'occhiata di avvertimento e lui alzò le mani. "Mi dispiace!"

Mentre mangiavano, Luca le raccontò altri dettagli sulla noiosa conferenza e sull'affascinante città di Vienna. Fern provò un senso di inquietudine. Forse era meglio non dire nulla a Luca del bambino che aveva perso perché avrebbe potuto odiarla. Finì il suo bicchiere di vino e il cameriere si precipitò a riempirlo.

"Dolce?"chiese Luca quando ebbero finito la portata principale. "Il Tiramisù qui è incredibile."

"Perché no?" disse chiamando per ordinare un altro bicchiere di vino.

Era delizioso, ma allo stesso tempo troppo ricco e ora Fern aveva la nausea. "Non posso mangiare un altro boccone né bere un altro sorso."

"Vogliamo andare a fare una passeggiata in giardino? Possiamo prendere il caffè sulla terrazza. Così puoi raccontare cosa ti preoccupa tanto... è tutta la sera che stai sulle spine."

Fern si tenne al braccio di Luca; si sentiva un po' frastornata. Lui la guidò verso una sedia accanto al muretto che impediva ai clienti di volare giù nella valle. "Vado a prendere un po' d'acqua minerale."

"Mi dispiace," disse in imbarazzo. "Ho bevuto troppo."

Guardò Luca che attraversava il giardino a grandi passi, poi volse lo sguardo verso il castello.

Un grido d'angoscia le invase la testa.

"Lorenza!"

Mi siedo nel frutteto della mia signora ad Asolo, e guardo mia figlia che gattona verso di me. Una grande felicità riempie ogni angolo vuoto della mia anima. È una bambina solare, con gli occhi scuri come quelli del suo vero padre... e come quelli del suo finto padre. È una fortuna che entrambi abbiamo gli occhi dello stesso colore. La sua indole è come la mia, però: impetuosa e sempre nei guai. Solo ieri, ha afferrato uno dei miei pennelli, lo ha immerso nel mio blu oltremare e lo ha spalmato sulla tela su cui stavo lavorando a un suo ritratto. Il primo compleanno di Lorenza sarà la prossima settimana e ho disegnato e dipinto ogni tappa della sua crescita. Alla fine, sono stata in grado di studiare un nudo, anche se quello di un bambino. Osservando e ritraendo mia figlia, ho imparato molto.

Oggi, ho portato Lorenza a visitare la mia signora. Avevo bisogno di toglierla a Lodovico. Suo fratello è in visita, e né lui né Giovanni hanno alcuna pazienza con la bambina. Come possono non amarla? Tutti gli altri stravedono per lei – dalla regina, a Dorotea, a mia sorella. E io sono innamorata di lei; per me, Lorenza è la perfezione. Apro le mie braccia e lei corre da me, ridendo mentre l'abbraccio. La morbida guancia di mia figlia è come una pesca e io le do un grosso bacio. Strofina il nasino contro il mio seno; è affamata.

La corte sta riposando. Mi guardo intorno per controllare se siamo soli, poi mi slaccio la veste e tiro fuori la mia camicia, che drappeggio intorno alle spalle. Allatto ancora Lorenza, una o due volte al giorno. L'ho messa vicino a me, sollevata sulla mia gamba, e la sua bocca è ferma sul mio capezzolo. Un leggero solletico mentre il latte scende, poi mia figlia succhia avidamente.

"Dolcezza,"dice una voce da dietro l'albero di ciliegio.

Sobbalzo e il mio polso accelera. "Zorzo! Cosa ci fai qui?"

"Ti cercavo e la tua cameriera mi ha detto che eri qui."

Faccio una mossa per coprire la mia nudità.

"Non farlo," dice. "La tua bambina non ti sarebbe grata, se smettessi di nutrirla." Fruga nella borsa e tira fuori una pergamena arrotolata e un bastoncino di carbone. Poi tira fuori una tavoletta di legno e vi fissa su la pergamena. Con colpi veloci inizia a disegnare. "Mi è stato commissionato un dipinto da un nobile veneziano, e sono andato alla ricerca della giusta Madonna da dipingere. Avrei dovuto rendermi conto che non avevo bisogno di cercare lontano."

Il mio cuore scoppia di felicità nel vederlo; per troppo tempo siamo rimasti divisi. La sua teoria secondo la quale avrei avuto una maggiore libertà da donna sposata si è rivelata sbagliata per via della gravidanza e della maternità. Tuttavia, non mi sono pentita di aver avuto Lorenza, neppure per un momento; lei è tutto per me.

Lo guardo mentre lavora. Sono ingrassata dall'ultima volta che mi ha visto. Non sono più una giovane nubile, ma una donna che porta i segni del parto. Cerco di abbassare la camicia ma Zorzo mi dice di non coprirmi.

"Dolcezza," dice lui, e io mi perdo nei suoi occhi e tra le note della sua voce suadente. "Sarei venuto ad Asolo prima, se il lavoro non mi avesse trattenuto. Il tuo Zorzo è molto richiesto negli ultimi tempi."

Il mio Zorzo!

"La bambina è deliziosa," aggiunse. "Nascosta dietro la gamba, nessuno capirà che non è un maschio. Un Gesù bambino cherubino."

Dopo un po', ho bisogno di far cambiare seno a Lorenza, ma ormai lo schizzo di Zorzo è terminato e ha iniziato ad abbozzare un disegno del mio viso e del mio corpo. "Non ho bisogno di passare molto tempo sul tuo viso, perché è nel mio cuore e nella mia anima."

Quando la bambina si è saziata, si stacca da me e osserva suo padre. Né lei né lui sapranno mai la verità, l'ho giurato a me stessa, ma vederli insieme mi fa sentire orgogliosa di entrambi. Gliela metto tra le braccia perché lui me la tenga mentre mi rivesto, e Zorzo la solleva in aria. "Guardati! Sei lo specchio di tua madre."

Lui la gira sopra la testa, facendola scoppiare in un fiume di risate.

"Credo che sia più simile a suo padre," dico sorridendo a me stessa.

"A proposito, ti tratta bene?"

"Abbastanza bene." Non voglio dirgli di come sia aggressivo a letto, dei numerosi lividi che ho dovuto sopportare. Per fortuna, negli ultimi tempi, si preoccupa poco di venire da me la notte. Credo che abbia un'amante a Ferrara. Vi si reca sempre più spesso, presumibilmente su ordine del duca. "Anche se mi chiedo perché abbia voluto sposarmi," dico. "Non c'è amore in lui."

"Diamine, sei la donna più bella alla corte della regina, ma ho i miei sospetti circa la posizione di Ferrara rispetto all'alleanza tra il Papa e l'imperatore Asburgo."

Ricordo la breve visita di Massimiliano al banchetto, quando fu presentato a Lodovico. "Lui guarda ai territori veneti con invidia," disse la regina in quel momento. Mio marito non ha mai fatto mistero del fatto che lui è un ferrarese, prima di tutto. Forse mi ha sposata per via della mia vicinanza a Caterina Cornaro? Lei non si lascia coinvolgere troppo nella politica ma suo fratello, Giorgio, è il Provveditore Generale all'Armata, responsabile dell'esercito veneziano.

Si guardò intorno in cerca di Zorzo, ma era scomparso insieme alla bambina. La testa girava e lei si sentiva male. Un uomo si stava avvicinando con un bicchiere e una bottiglia di qualcosa in mano; aveva già visto quell'uomo.

"Questo dovrebbe aiutarti." L'uomo si bloccò e fissò i suoi seni. "Fern! La tua camicetta è bagnata."

Sentì l'umidità attraverso la camicia. Solo che non era la sua camicia, vero? Era il suo abito da lavoro, quello bianco che aveva indossato per andare all'opera con la zia Susan, che aveva messo proprio per il suo appuntamento con Luca. *Maledizione!* Cecilia non doveva venire da lei lì. Quella villa non c'era ai tempi in cui lei era vissuta.

"Cecilia ha partorito," disse Fern. "E il mio corpo pensa che abbia partorito anch'io." Inspirò profondamente e lentamente espirò. "So chi è Lorenza."

"La figlia di Cecilia?"

Fern annuì. "E anche io ero incinta una volta."

"Davvero?"

"Ho perso il bambino."

Luca le prese la mano. "Mi dispiace tanto, Fern."

"Tutta colpa mia."

"Come può essere stata colpa tua?"

Glielo disse. Della sua cosiddetta carriera meravigliosa, della sua contrarietà verso quella gravidanza, del suo rifiuto di riguardarsi. Poi, gli raccontò del suo senso di colpa. Il terribile, inesorabile senso di colpa. E di come la morte di Harry fosse la sua punizione.

"Sei stata troppo dura con te stessa," disse Luca abbracciandola.

"No, no. Non capisci? È per questo che Cecilia ha scelto me. Lei non voleva abortire, ma ha perso Lorenza lo stesso. Credo che la stia cercando." Fern sentì tremare il labbro, ma riuscì a fermarlo. "Ho deciso di seguire la sua storia fino alla fine. Ho bisogno di sapere cosa è successo a Lorenza."

Lui le sfregò la mano fredda. "Si sta facendo un po' freddo qui fuori. Perché non andiamo a casa mia per quel caffè?"

Lei gli lanciò un'occhiata e lui sorrise. "Niente legami."

"Allora, va bene."

CAPITOLO 20

L'appartamento di Luca era a solo un paio di minuti a piedi dal Cipriani, al piano superiore di un antico palazzo di Via Canova. La vista dalla terrazza sul tetto si allungava fino alle Dolomiti, a nord, e alla pianura veneta, a sud. "È stupefacente," disse Fern. "È molto che vivi qui?"

"Circa un anno. Mi sono trasferito appena mi sono lasciato con Francesca."

"Volevo chiederti cosa fosse successo tra voi ma non volevo farti pressioni."

"Non c'era il giusto feeling. Qualcosa mi impediva di presentarla alla mia famiglia, tanto che non hanno mai saputo di lei. In ogni caso, non siamo stati insieme a lungo." Fece una pausa. "Sei pronta per questo caffè?"

"Hai qualche tisana?" Si strofinò le braccia; la sera era diventata fredda. "Ho già preso la mia dose quotidiana di caffeina."

"Andiamo in cucina."

Lo guardò riempire il bollitore, e ricordò quando avevano fatto l'amore. Non che lei volesse che succedesse di nuovo. Ma non poteva fare a meno di notare la forza nelle sue mani, mentre apriva il rubinetto, e ricordò la sensazione di quelle mani sul suo corpo.

Luca prese due tazze da una credenza, la camicia si sollevò e lei vide il suo ventre piatto. I jeans firmati Armani si stringevano intorno alle natiche. Deglutendo, Fern si costrinse a distogliere lo sguardo.

"Zucchero?"

"No, grazie," gracchiò lei.

"Va tutto bene?"

"Bene." Solo che non stava bene; bruciava dalla voglia di baciarlo, di fargli scorrere le mani sul petto e di sentirlo fare altrettanto. E, e...

No, Fern. No.

"Tornando a Cecilia," disse facendo uno sforzo per mantenere ferma la voce. "Ho letto il libro che zia Susan mi ha prestato su Caterina Cornaro. La regina era a Venezia quando il Barco è andato distrutto."

"Giusto."

"Il libro non fornisce molte informazioni sui perché e i percome."

"Cercherò di scoprirlo per te, se vuoi."

"Mi interessa sapere da che parte stava il ferrarese. Voglio dire, se il Duca di Ferrara sosteneva Venezia o l'imperatore."

"Più probabilmente il papa. E *lui* odiava la Repubblica di Venezia."

"Perché?"

"Perché la Serenissima aveva conquistato diversi territori dello Stato Pontificio."

"La Serenissima?"

"La Repubblica Serenissima. Venezia."

"E il Papa li voleva indietro?"

"Hai capito al volo," disse Luca.

"Zorzo ha detto a Cecilia che il Papa aveva formato un'alleanza con l'imperatore Massimiliano."

"Non a caso, era chiamato Sacro Romano Impero."

"Credevo che l'Impero Romano fosse caduto da tempo."

"Questi imperatori erano tedeschi, ma a loro piaceva pensare che avessero ereditato il potere supremo dagli imperatori dell'antica Roma."

"Perché *Sacro*?"

"Perché dal decimo al sedicesimo secolo gli imperatori romani furono incoronati dal Papa."

"Sto cominciando a capirci qualcosa."

"Sì," disse Luca.

"Anche se, naturalmente, non sarò in grado di avvertire Cecilia."

"Una cosa è certa. Non possiamo cambiare il passato."

"Non come *Ritorno al futuro*, allora?" disse Fern con una risata nervosa.

"Assolutamente." Luca guardò l'orologio. "È ora di tornare a casa, penso." Fece tintinnare le chiavi della macchina.

Seduta accanto a lui sull'Alfa, mentre guidava verso Altivole, Fern si chiese se Luca si fosse pentito di aver fatto l'amore con lei. Il fatto di aver mantenuto le distanze, mentre erano nel suo appartamento, l'aveva dilaniata. Da un punto di vista fisico, lei lo avrebbe voluto disperatamente. Ma se avesse fatto la prima mossa, sarebbe caduta tra le sue braccia, nonostante la sua precedente decisione. Eppure, allo stesso tempo, non aver fatto quella prima mossa le dava sollievo.

Forse aveva avuto un ripensamento dopo che lei gli aveva detto di aver perso il bambino? No. Non poteva essere. Aveva detto che era stata troppo dura con se stessa. Ed era così, sapeva di esserlo stata. Solo che non poteva farne a meno. Faceva parte della sua personalità, pensò, anche se per tutta la vita le era stato detto di sdrammatizzare e di prendere le cose più alla leggera.

"Un penny," domandò Luca, mentre fermava la macchina davanti alla casa della zia Susan.

"Scusa?"

"Per i tuoi pensieri. Un penny per i tuoi pensieri. Una delle espressioni preferite di mia madre. Sei stata così silenziosa."

"Sei sicuro di non odiarmi?"

"Perché dovrei?"

"Forse perché io mi odio da un sacco di tempo." Ecco, l'aveva detto; aveva dato voce al buio che aveva dentro.

Lui le accarezzò la guancia, gli occhi fissi nei suoi. Lei scoppiò a piangere. Le baciò le lacrime e la avvolse tra le sue braccia. "Cara Fern," le disse tra i baci. "Ti amo così tanto che darei qualsiasi cosa perché tu mi ricambiassi. Ma non puoi farlo, vero?"

"Vorrei poterlo fare, davvero."

"Devi prima imparare ad amare Fern. Non lo capisci?"

"Che vuoi dire?"

"Accettati per quella che sei. Accetta il bello, il brutto, e tutto il resto."

Si strofinò contro di lui. Perché il suo terapeuta non le aveva mai detto niente del genere? Poi si ricordò di non aver detto al terapeuta che aveva perso il bambino.

"Un passo alla volta, Fern," disse Luca. "Credo che stasera tu abbia fatto il primo passo."

"Lo spero." Lo baciò sulla guancia, e sentì il profumo del suo dopobarba. "Ci vediamo domani?"

"Ci sono le prove, non te lo dimenticare."

"Certo."

In piedi davanti alla porta, lo guardò andar via. Già, le mancava. Come avrebbe fatto a resistere una volta tornata a Londra?

La casa era silenziosa; zia Susan doveva essere già andata a letto. Fern si lavò i denti e indossò la camicia da notte. Scivolò tra le lenzuola fresche e chiuse gli occhi.

Guardo mio marito mangiare, le mascelle masticano rumorosamente come quelle di una lucertola, mentre tritura la carne con i denti. "Ho ricevuto una lettera del duca oggi," dice lui, bevendo un sorso di vino. "Vuole acquistare un dipinto di Zorzone."

Sentire Lodovico pronunciare il nome del mio vero amore mi uccide, e le mie mani tremano per lo sforzo di non mostrare alcuna reazione. Zorzo è una parte di me che ho imparato a tenere nascosta al resto del mondo. Non ci vediamo da cinque mesi, dall'ultima volta che è venuto al castello. Ogni volta che penso a lui, in questi giorni, mi è difficile riconoscermi nella ragazza spensierata che si gettò su di lui senza pensare alle conseguenze.

"Oh." Mantengo il tono della voce su note di indifferenza. "Interessante. Quale dipinto?"

"Gira voce di un lavoro non commissionato che tiene nel suo studio. Un suonatore di liuto che fa la serenata a una donna al calar del sole."

La paura mi attanaglia. Se Lodovico dovesse vedere il dipinto, mi riconoscerà. "Volete andare a Venezia, allora?"

"Momentaneamente."

Finiamo il pasto in silenzio, come al solito. La conversazione tra di noi è sempre stata scarsa. Difficile da credere che siamo marito e moglie da due anni; anni pieni di dolore per via della lontananza da Zorzo e, al tempo stesso, di felicità per l'arrivo della mia Lorenza.

Lodovico si alza in piedi. "Stanotte verrò da voi, Cecilia. Tenetevi pronta per me!"

Mi piego in un inchino per nascondere la mia costernazione. Perché vuole farlo? Forse non ha più una donna a Ferrara? Sono passati mesi da quando io e lui abbiamo giaciuto insieme. Come se avesse letto i miei pensieri, Lodovico dice: "È ora che mi diate un figlio maschio, moglie."

Quando viene al mio letto, mi sdraio immobile con le gambe larghe e lui mi copre con il suo corpo. Scosto il volto dalla sua bocca piena di saliva. Afferra le mie braccia con una tale forza che sono sicura che mi lascerà dei lividi, poi Lodovico si spinge in me. Non sono bagnata e fa male. Finisce in fretta e si alza dal letto. "È come infilarlo in una bambola di legno. Non provate nessuna passione, Cecilia?"

Non per voi, marito. "Non è nella mia natura," mi sdraio.

Mi lascia e mi lavo le parti intime nella ciotola d'acqua che tengo accanto al letto. Devo sbarazzarmi del suo seme. Poi vado a controllare Lorenza, che dorme con la sua balia nella stanza accanto alla mia. Sta distesa su un fianco, con il pollice in bocca. Accarezzo la guancia morbida, e sussurro: "Cuore del mio cuore. Farò qualsiasi cosa per te, per tenerti al sicuro. Dormi bene, bambina mia, e domattina visiteremo la mia signora."

La balia di Lorenza russa leggermente, mentre esco dalla stanza in punta di piedi. Mia figlia è svezzata ora, e così vivace che Lodovico ha insistito che assumiamo una bambinaia per lei.

Certo, così sarei in grado di passare più tempo a dipingere, ma vorrei poter tenere la bambina con me ogni ora del giorno.

La mattina dopo, mi sento malconcia e dolorante. Questa è l'ultima volta che mi sottoporrò alla brutalità di Lodovico, lo giuro a me stessa. Tra le mie spezie ho della valeriana essiccata che mi ha regalato Fiammetta. "Io li uso con Rambaldo," mi disse una volta. "Se non mi sento in vena di "tu sai che cosa", le mescolo nel suo vino della sera e dorme fino a mezzogiorno." Me l'aveva data con uno sguardo d'intesa.

Dopo colazione, prendo Lorenza per andare a trovare la mia signora, che è in visita ad Asolo. Scopriamo che c'è un gran fermento nel castello della regina; i servi si avvicendano imballando casse e preparando bagagli. Dorotea afferra mia figlia e le dà un bacio. "Dobbiamo andare a Venezia. Anche tu e tuo marito. La regina insiste."

"Perché?"

"C'è stata una battaglia. Il fratello della mia signora ha sconfitto l'imperatore Massimiliano. E Giorgio Cornaro ha anche preso Pordenone e Gorizia per la Repubblica. Torna a casa e fai i bagagli. Partiamo domani."

Il mio cuore canta al pensiero di andare nella città dove vive Zorzo; lui prenderà parte ai festeggiamenti, ne sono sicura. Eppure, sono preoccupata. Se Lodovico troverà il dipinto che cerca per il Duca di Ferrara, tutto sarà sicuramente perduto. E come farò senza Lorenza? La regina non permette ai bambini di andare con la corte a Venezia. Sarà impossibile portarla con noi. "Dov'è la mia signora?" chiedo, pensando che potrei chiederle un permesso speciale.

Dorotea mi consegna mia figlia. "La regina è la domina di Asolo, no? C'è carestia in campagna e lei ha importato grano da Cipro. Mette sempre avanti gli interessi della sua gente, e sta distribuendo farina a tutti."

"È vero. Non c'è nessuno attento e gentile come la mia signora; viviamo tutti alla sua ombra." Mi congedo da Dorotea e corro a casa.

Lodovico passeggia su e giù per il corridoio. Si acciglia quando mi vede. "Ci viene comandato di andare a Venezia."

"Non vi fa piacere?"

"Bah, l'Imperatore è stato umiliato."

"Una buona cosa, non credete?" Porgo Lorenza alla balia e mi tornano alla mente i sospetti che ho su mio marito. Sicuro che Lodovico sia dalla parte della Repubblica?

Lo fisso, ma la mia visione sfuma. È come se vedessi me stessa dall'alto. Una sensazione di terrore mi attraversa e, Maria Santissima, mi sento mancare. Le mie gambe cedono e mi accascio sul pavimento.

Fern aprì gli occhi. Era già mattina. Aveva sognato? Sì, sicuramente era stato un sogno. Di cosa si trattava? Si sentiva la testa confusa e aveva la bocca asciutta. Aveva bisogno di bere. Scese dal letto. Le parti basse dolevano. Probabilmente era dovuto alle molte cavalcate che aveva fatto durante i giorni che aveva trascorso alla villa.

In cucina, la zia Susan alzò lo sguardo dal suo manoscritto; aveva una penna rossa in una mano e una tazza di tè nell'altra e Gucci se ne stava raggomitolato sul tappeto ai suoi piedi. "Dormito bene?"

"Molto profondamente. Ora mi sento un po' stordita, però." Afferrò un bicchiere dallo scolapiatti e lo riempì dal rubinetto.

"Siediti, cara. Sei pallida. Hai avuto un altro dei tuoi *simpatici momenti*?"

"No, non credo, anche se qualcosa ho sognato. Ma non riesco a ricordarmi cosa, ad essere onesta."

"C'è una busta di *brioches* nella dispensa."

"Grazie." Fern si versò una tazza di tè, aggiunse del latte poi mise una *brioche* in un piatto.

"Qualche progetto per oggi?"

Fern trasalì. Posò la tazza, il tè le inacidì in bocca. Era come avere un film nella testa. *Povera Cecilia!* Fern si mosse sul posto per alleviare il disagio tra le gambe. Poteva ricordare la sensazione del peso di Lodovico su di lei, la sua lingua bavosa, la sua stretta.

Un pensiero improvviso. *C'è un posto dove ho bisogno di andare.*

"Penso che tornerò di nuovo a Venezia. Mi piacerebbe passeggiare da sola e buttare giù alcuni schizzi."

"Per me va bene." La zia Susan si sistemò gli occhiali sul naso. "Ma pensavo che avessi una prova con Luca stasera. Tornerai in tempo?"

"Oh no! Me n'ero dimenticata!"

"Perché non gli fai uno squillo? Sono sicura che non gli dispiacerebbe se non andassi."

Fern andò al telefono e compose il numero di Luca, ma prima che potesse dire qualsiasi cosa, lui disse: "Sono così preoccupato per Chiara. È caduta da cavallo e si è rotta una gamba. Ora la stanno operando."

"Oh mio Dio! Arrivo subito."

"Mamma è con lei e io sto andando in ospedale. Possiamo vederci più tardi?"

"Certo. Stavo per andare a Venezia. Ma ci andrò un'altra volta."

"Perché ci è andata Cecilia?"

"Per celebrare la vittoria di Venezia sull'esercito di Massimiliano."

"Credo che dovresti andare. Solo, sta' attenta a trovare un luogo sicuro per te. Appena torni, vieni a casa mia, ti prego. Ho bisogno di te stasera."

"Va bene, verrò. Mi dispiace per quel che è successo."

"I medici dicono che andrà tutto bene."

"Abbraccia tua madre e tua sorella da parte mia."

"Che peccato," disse la zia Susan quando lei le raccontò di Chiara. "Ma va' a Venezia, Fern. Potrebbe essere l'ultima possibilità di andarci prima di tornare a Londra."

Fern annuì.

CAPITOLO 21

Fern prese il vaporetto per Rialto poi, tenendo tra le mani la mappa che aveva comprato alla stazione, s'incamminò verso Campo San Polo. Sul libro che aveva preso in prestito da sua zia, aveva letto che Giorgio Cornaro, fratello della regina, una volta aveva vissuto in un palazzo in quella zona.

La piazza era calda e polverosa. Era quasi grande come quella di San Marco, ma non turistica. Camminò verso un Caffè sul lato destro, tenendosi lontana da un gruppo di ragazzi che giocavano a pallone. Incrociò un uomo e una donna che stavano portando a passeggio i loro piccoli cani. Trovò un tavolo vuoto sotto un ombrellone e prese posto.

Il cameriere arrivò e lei ordinò un cappuccino. Dov'era Palazzo Cornaro? Aprì la guida e lesse che era bruciato nel 1535. Un altro incendio. Rabbrividì. Al suo posto, era stato costruito un altro palazzo, che aveva un ingresso laterale in un angolo della piazza, e che affacciava su un piccolo canale. Fern era nel posto giusto.

Era imprudente andare in quel luogo e aprirsi a Cecilia?
No, l'incendio in cui era morta Cecilia era quello del Barco,
ne era sicura ormai. Quel pezzo di legno bruciato era apparso
a Venezia, era vero, ma gli incendi erano all'ordine del giorno
nel sedicesimo secolo. Però lei non aveva ancora visto la fine
della storia di Cecilia. Il cameriere portò il caffè. Lei lo girò,
lo sorseggiò, e poi attese. Avrebbe funzionato? L'ultima volta
che aveva deliberatamente cercato di contattare Cecilia, il suo
tentativo era fallito. Era stata a Murano, però, che si era rivelato
essere il posto sbagliato. Ora Fern sperava di non sbagliarsi.

Sono così tanti gli invitati, che i festeggiamenti si sono estesi
fino al campo, la piazza. Il fratello della mia signora sta dando un
ballo in maschera non solo per celebrare la vittoria, ma anche
perché è Carnevale. Ci sono parecchi bracieri di ferro, dove le
fiamme lambiscono la legna, sistemati perché possiamo riscal-
darci in questa gelida notte di febbraio. Sopra le nostre teste,
penzolano lanterne legate a funi e gruppi di musicisti si aggirano
in mezzo a noi, suonando i loro liuti e le viole. Il buffone della
regina, Zantos, si snoda tra i diversi gruppi, animando le loro
canzoni.

Sto indossando un *Volto* d'argento, la maschera, decorata con
una mezzaluna al centro e stelle spruzzate sui bordi. Lodovico
è mascherato da pavone e, Maria Santissima, se ne va in giro
impettito esattamente come quell'uccello tanto pomposo, in
tutta la sua raffinatezza. Siamo vestiti nei nostri abiti migliori;
mio marito non bada a spese quando si tratta di mantenere le
apparenze.

Indosso un abito smanicato di raso scintillante blu, cucito sul
davanti, sopra una veste color madreperla dalle lunghe maniche.
I miei capelli sono stati intrecciati in una *Coazzone*, con topazi e

diamanti legati tra le ciocche. L'attesa mi eccita; sono sicura che presto rivedrò Zorzo.

Intorno a noi girano i volti mascherati degli altri invitati. Nessuno in questa occasione indossa la semplice, bianca *Bauta*. Al contrario, gli invitati sono diventati gatti, giullari, leoni, tigri e colombine. "Dolcezza," mi sussurra una voce nell'orecchio. Mi volto e mi guardo intorno. Dov'è? Svanito. Mi volto. È dietro di me, in un farsetto nero e con un *volto* dorato. "Stai bene?" chiede facendo un inchino.

Annuisco con la bocca secca, e mi piego in un inchino a mia volta. "Mi conoscete?"

"Ah, dolcezza. Le tue splendide trecce sono ancora più belle quando sono legate da pietre preziose."

Arrossisco sotto la maschera e cerco di pensare a una risposta adeguata. Mio marito si avvicina, però, quindi non dico niente.

Due file di persone si riuniscono sul lato opposto del campo, e Lodovico mi vuole per danzare la *Moresca*. Mi porge un insieme di campanelli che ha raccolto da una cesta che era passata tra la folla, e me le lega ai polsi.

Scorgo Zorzo inchinarsi a un'altra donna, e la gelosia divampa in me. La donna non indossa una maschera, il che significa che è una cortigiana perché alle cortigiane è fatto divieto di indossare maschere. Ho sentito dire che Zorzo giace con loro, ma finora ho cercato di ignorare i pettegolezzi.

Con la coda dell'occhio, guardo il mio pittore. Mi sta guardando? *Sciocca, Cecilia. Non puoi pretendere che abbia vissuto in castità per tutto questo tempo.*

Lodovico e io ci uniamo a una catena di ballerini, danzando da una parte all'altra con le mani sulla testa e agitando i campanelli. Adesso sono davanti a Zorzo e uniamo le braccia nella danza. "Verrai da me domani, dolcezza?"

"Quando?"

"Nelle prime ore del giorno. Puoi fuggire da tuo marito?"

"Ho portato la valeriana. Gliene darò un po' e dormirà fino a tardi. Aspettami qui alle prime luci dell'alba." Ci allontaniamo e ci uniamo al cerchio.

La cena viene servita su lunghi tavoli sistemati per il campo. Vengono servite miniature di zucchero delle città di Gorizia e Pordenone. Lo stemma della famiglia Cornaro è su una miriade di dolci. "La Repubblica è ebbra della sua vittoria," dice mio marito. "Non dimenticate che l'orgoglio viene prima di una sconfitta."

Che cos'è questo terrore che mi stravolge le viscere? Ripenso alla sensazione di presentimento che avevo avvertito dopo il battesimo di Lorenza. Mi dico di non essere sciocca. La Serenissima esiste da oltre settecento anni e niente potrà mai distruggerla.

Dopo aver mangiato, guardiamo una commedia, *Menecmi* di Plauto. È stato allestito un palco sul lato opposto della piazza, ed è stato rivestito di velluto verde. Ci sono più di cento attori vestiti in stile classico, che indossano tuniche di seta finissima intessute con fili d'oro. Trovo difficile concentrarmi sullo spettacolo perché i miei pensieri sono rivolti al mio incontro con Zorzo.

Quando arriva il momento di ritirarsi, Lodovico e io ce ne andiamo nella camera che ci è stata assegnata, una piccola stanza (con grande dispiacere di mio marito) sul retro del palazzo. "Ci sono ospiti di gran lunga più importanti di noi," gli ricordo mentre gli verso il Vin Santo della sera. Di nascosto, metto la polvere di valeriana nel calice, mescolo e glielo porgo. "Alla vostra salute, marito."

Lui beve d'un fiato e comincia a spogliarsi. "Venite, moglie!"

Mi infilo nel letto accanto a lui, temendo il suo tocco. Cosa farò se le erbe non funzionano? Lodovico mi tocca un seno, e mi strizza il capezzolo. Quindi, lode alla Santa Vergine, tutt'a un tratto, lo sento russare sotto le coperte. Non oso addormentarmi per paura di non svegliarmi in tempo. Così mi alzo dal letto, mi butto il vestito sulle spalle e mi siedo al davanzale della finestra. Girandomi i pollici, attendo le luci dell'alba.

Dopo circa un'ora, Lodovico scende maldestramente dal letto e si lascia sfuggire un grugnito. Il mio morale crolla perché ora so che non riuscirò mai ad uscire. Va al vaso da notte e piscia, lanciando al contempo una scoreggia, e l'olezzo di urina e umori corporei mi assale le narici. Poi, dopo avermi rivolto uno sguardo annebbiato, torna a russare e io prego tutti i santi che se ne resti lì.

Farà mai giorno? Sbadiglio e mi stiro. Magari potrei dormire un po'. Chiudendo gli occhi, mi sento scivolare nel sonno. *No, Cecilia. Stai sveglia!* Mi alzo dal letto e metto i piedi per terra; le suole morbide delle mie scarpe non fanno rumore sul pavimento di pietra. Alla fine, una debole luce solare filtra attraverso i vetri; a quel punto, afferro la mia *bauta*, il mantello e il cappuccio.

Anche Zorzo indossa una maschera. "Sono solo pochi passi," dice lui, prendendomi la mano. Camminando accanto a lui, mi rendo conto di quanto sia grande rispetto a me tanto che sono costretta a correre per riuscire a stare al passo con lui. Se ne accorge e si scusa. "Non voglio perdere un solo attimo del nostro tempo insieme."

Nel suo studio mi libero del mio travestimento e cammino verso la tela posta su un cavalletto in un angolo. Vedo l'immagine di me che allatto Lorenza nel mezzo di un paesaggio ostile. C'è un'altra figura, una donna; anche lei è nuda e mi guarda. Mi somiglia, ma i suoi occhi sono verdi. In mezzo a noi, al centro del quadro, ci sono due colonne spezzate. So ciò che significano: morte. Un brivido mi attraversa.

Lo sfondo mostra una città, oltre la quale si sta raccogliendo una tempesta. L'uso dei verdi e dei blu in questo cielo minaccioso proietta una sensazione inquietante. Un fulmine trafigge le nuvole e, anche se provo brutte sensazioni, allo stesso tempo, sono piena di ammirazione per il talento di Zorzo.

C'è un piccolo uccello bianco sul tetto dell'edificio sul lato destro. Lo guardo meglio: è un airone che avvisa che c'è un incendio. Ho una paura tremenda, ma mi dico di non far volare troppo la fantasia, e ammiro invece il paesaggio meravigliosamente dettagliato con alberi, cespugli, fiori e persino un ruscello. La tavolozza di verde chiari, blu tenui e argento sottolinea la cupa atmosfera della tempesta che incombe sopra il ponte e la tranquillità che regna al di sotto di esso, dove io sto allattando Lorenza osservata dalla donna con gli occhi verdi.

"Chi è?" chiedo, indicando la signora che mi guarda, anche se sono sicura di averla già vista.

"Mi è venuta in sogno. Ho visto la sua aura intorno a te, dolcezza. Ma dovrò rimuoverla perché l'uomo che ha commissionato il dipinto ha chiesto una figura maschile così penso che dipingerò me stesso sulla tela."

"Io credo che questo sia il tuo capolavoro, amore mio. C'è un senso di minaccia, però. Cosa significa?"

"Lo sapevi che la Repubblica si è opposta alle richieste del Papa per la restituzione delle terre papali?"

"N... n... no," balbetto.

"Il Consiglio dei Dieci ha rifiutato la proposta di Massimiliano di un'alleanza contro la Francia." Zorzo va alla sua credenza e versa due calici di vino. "Ecco perché ha attaccato la Repubblica. Ora è stato respinto e costretto a firmare una tregua."

"Cosa pensi che accadrà?"

"Sospetto che l'Imperatore si alleerà con il Papa e il re di Francia. Egli non perdonerà questa umiliazione alla Serenissima."

"Quindi ci saranno altre battaglie," mormoro in preda all'ansia per l'incolumità di mia figlia.

"Sarete abbastanza al sicuro ad Asolo," dice Zorzo come se leggesse i miei pensieri. Mi porge un calice. "L'Imperatore è adirato con Venezia, non con la regina. In ogni caso, Massimiliano avrà bisogno di tempo per recuperare le perdite subite. Potreste non avere ulteriori problemi per un bel po'."

"Spero che tu abbia ragione." Prendo un sorso e incontro il suo sguardo.

"A quanto pare, siamo di nuovo nel mio studio in tempo per la colazione, dolcezza. Tuttavia, ti ho chiesto di venire qui a posare per me."

Che cosa mi aspettavo? Voleva sempre la stessa cosa. È il prezzo da pagare per la sua compagnia, mi rendo conto, ma non mi dispiace che la cosa possa volgersi a mio vantaggio. "A condizione che mi insegnerai," dico io. Il suo amore per me è soltanto carnale, lo so. Del resto, la nostra relazione è stata troppo breve per raggiungere il suo cuore.

"Ho bisogno che tu sia completamente nuda."

"Farai lo stesso quando sarò io a ritrarre te."

Gli occhi di Zorzo brillano e lui annuisce. "Attizzo il fuoco in modo non tu non senta freddo," dice, e lo fa mentre mi spoglio.

Accatasta dei cuscini sul letto e mi dice di stendermi e di allungare il braccio destro sopra la testa, nascondendovi dietro la mano. "Metti la mano sinistra sul pube, dolcezza, per preservare la decenza. Voglio che questo lavoro sia un inno alla bellezza delle forme femminili, che tu incarni, non qualcosa che invogli gli uomini."

La mia cameriera mi ha depilata completamente solo due giorni fa, cosa che fa per me tutte le settimane, secondo l'uso. Ho fatto il bagno ieri sera prima del ballo, e ringrazio la Santa Vergine di avere ancora un buon profumo mentre mi stendo sul letto. Fa caldo qui e mi sento tranquilla. Prima di rendermene conto, mi addormento.

Quanto tempo ho sognato? I miei sogni riguardano una strana donna. È vestita da uomo, ed è come me, ma ha la libertà di girare per la città in pieno giorno, senza la maschera. È la donna che Zorzo ha dipinto guardando Lorenza e me, ne sono sicura.

"Dolcezza, svegliati, ho finito." Sento la sua voce. "Lo schizzo è pronto e posso fare il resto a memoria."

Apro gli occhi e mi stiro, sentendomi riposata. "Che ora s'è fatta?" chiedo, alzandomi e raggiungendo i miei vestiti.

"C'è ancora tempo perché io posi per te," dice, togliendosi il farsetto e le brache. "No, non ti vestire! Vieni prima da me, dolcezza."

Ci baciamo, e il suo corpo è duro contro il mio, e tutte le intenzioni di ritrarlo spariscono dalla mia testa, mentre la sua mano si china e mi accarezza tra le cosce. Ossignore, come mi è mancato tutto questo.

Qualcuno bussa alla porta e noi smettiamo di baciarci. *Chi può essere?* I nostri occhi si spalancano, mentre tratteniamo il respiro. Un altro colpo. Poi la voce di mio marito riecheggia attraverso l'aria del mattino. "Signor Zorzo? Sono venuto per un vostro dipinto."

La sua testa si accasciò su un tavolo. Che ci faceva di nuovo nel *campo*? C'era una tazza di fronte a lei, piena di un liquido schiumoso marrone dall'odore amaro. Lo assaggiò, e il caffè la scaraventò di nuovo nel presente. *Accidenti! Che momento per lasciare Cecilia!*

Sperava che la sua nemesi fosse riuscita a nascondersi da Lodovico e, in seguito, dare una spiegazione credibile per la sua assenza. *Conosco Cecilia quasi quanto conosco me stessa. Sono certa che sia all'altezza della sfida.* Povera ragazza, non riuscì a giacere con Zorzo. Quasi certamente, aveva progettato di farlo spogliare con quell'intento.

Fern sorrise tra sé, ricordandosi di quando aveva fatto l'amore con Luca. *Luca!* Voleva vederlo. Era valsa la pena andare a Venezia per scoprire che Cecilia era stata la musa di Giorgione per la *Venere dormiente*? Lo aveva dedotto guardando la foto del dipinto nel suo libro sull'artista. Si ricordò che l'opera non si trovava più a Venezia, ma non riusciva a ricordare esattamente dove si trovasse. In Germania, forse? Si strinse nelle spalle.

Era straordinario che sia Zorzo che Cecilia fossero consapevoli della sua esistenza. La sua unica pretesa di fama: la donna misteriosa che il grande pittore aveva dipinto ne *La Tempesta*. Non che lei lo avrebbe mai detto a nessuno, ad eccezione di Luca, forse.

C'era un telefono pubblico sul lato opposto della piazza. Lasciò qualche moneta sul tavolo per il caffè e s'incamminò. Poi compose il numero di sua zia.

"Come va lo schizzo?" chiese la zia Susan.

"Male, non sono in vena. Penso di impacchettare tutto e riprendere il treno in anticipo. Ho promesso di vedere Luca. Ti chiamo dal suo appartamento."

CAPITOLO 22

Il treno era affollato di studenti universitari che venivano alla Ca' Foscari dalle città e dai paesi circostanti. Fern sedeva schiacciata accanto a una suora obesa che stava mangiando un panino al salame. L'odore del grasso le scivolò in gola e le diede la nausea. Prese l'ultimo romanzo della zia Susan dalla borsa; era quasi alla fine e avrebbe terminato di leggerlo per quando sarebbe arrivata a Treviso. Un'ora più tardi, stava suonando il campanello di Luca.

"Fern," disse spalancando le braccia.

E lei si lanciò nel suo abbraccio. "Come sta Chiara?"

"Ancora in ospedale." Lui la baciò. "Mamma è con lei. L'operazione è stata un successo, grazie a Dio. La gamba guarirà bene. La dimetteranno domani all'ora di pranzo."

"Che cosa è successo, esattamente?"

"A quanto pare, ha rotto con Federico. Avevano l'abitudine di incontrarsi nella vecchia casa colonica che abbiamo proprio ai piedi del Monte Grappa."

"Sì, me ne aveva parlato. Volevamo cavalcare fin lì per fare un pic-nic."

"Be', aveva cominciato a sospettare che Federico vedesse un'altra ragazza, così ha deciso di tendergli un tranello."

"Ah, sì?"

"Ha detto che non si sentiva bene e che non si sarebbero visti ieri. Poi è andata alla casa e li ha colti in flagrante."

"Che bastardo!"

"Già. Questa mattina è uscita a cavallo, galoppando a folle velocità per sfogarsi. Quando un corvo gli è passato davanti, Pegaso si è spaventato e l'ha fatta cadere."

Il cuore di Fern balzò nel petto. "Mi sono appena ricordata qualcosa. Qualcosa che ha dell'incredibile."

"Cosa?"

"La prima volta che Cecilia ha assunto il controllo della mia mente, è caduta dal cavallo, Pegaso."

"Che coincidenza!"

"Qualcosa di più di una coincidenza. È come l'eco del passato." Fern sentì che le mani le tremavano. "E mi fa paura."

"Ti piacerebbe restare qui con me, stasera?" chiese. "Come un'amica, naturalmente."

Lei sorrise, contenta che non sarebbe rimasta sola; aveva bisogno della sua presenza rassicurante. "Sarebbe meraviglioso. Chiamo mia zia."

Luca preparò gli spaghetti alla carbonara e, dopo aver mangiato, accese la televisione. "Se non ti dispiace, vorrei vedere il telegiornale, poi mettiamo un film."

Le notizie non facevano che parlare del massacro di Piazza Tiananmen in Cina. "Quanti morti," disse Luca dopo averle tradotto quanto diceva il telegiornale. Fern annuì e un sentimento di profonda tristezza si diffuse in lei. *La disumanità dell'uomo verso l'uomo.* Le venne in mente la solita frase, *Quanto dolore e quanta sofferenza.* Se considerato nel suo insieme, l'enorme numero di morti a Pechino era difficile da immaginare. Tuttavia, ogni persona aveva una famiglia, che ora era in lutto.

Pensò a Harry. Le circostanze terribili della sua morte e una vita stroncata nel pieno della giovinezza. Le sarebbe mancato per il resto della sua vita, naturalmente, e sapeva che avrebbe dovuto accettare quello che era successo, e anche il fatto che non era stata colpa sua. Nessuno poteva prevedere quello che sarebbe accaduto; era meglio vivere alla giornata, ma viverla in pienezza. *Non è facile, però.*

Luca prese il film. "Indovina cos'è?"

Fern rise. *Ritorno al futuro* sarebbe stato una piacevole distrazione.

Si sedettero a guardare il film, tenendosi per mano e sorseggiando prosecco.

Poi Luca disse: "Si è fatto tardi. Io dormo sul divano e tu puoi dormire nel mio letto."

"Non è necessario, Luca," disse guardandolo negli occhi. Arrossì. "Ho voglia di fare l'amore con te se anche tu lo vuoi, naturalmente."

Luca la avvolse tra le braccia, e, quando alzò la bocca in cerca della sua, la baciò. Fu come bere vino dolce mentre ricambiava il suo bacio aprendosi a lui, la lingua di Luca sulla sua. Quando si staccarono l'uno dall'altra fu uno strazio, allora ricominciarono subito a baciarsi.

La guidò nella sua stanza. Uno di fronte all'altra, Fern sollevò una mano verso il volto di lui, e seguì il suo profilo con un dito, guardandolo negli occhi. Poi, lentamente, Luca le sbottonò la camicetta e le tolse i jeans, abbandonandoli sulla sedia accanto al letto. Si tolse la maglietta e si slacciò i pantaloni, gettandoli sulla stessa sedia. Prendendole il volto tra le mani, Luca le baciò la punta del naso, gli angoli della bocca, l'arteria pulsante alla base del collo. Le sganciò il reggiseno e lo lasciò cadere a terra. Cingendogli la vita, lei dolcemente si strinse a lui e gli baciò il petto.

"Va tutto bene," disse pensando di doverlo rassicurare. "Il mio medico mi ha dato la pillola perché ho avuto il ciclo irregolare." Si lasciò sfuggire una risata imbarazzata. "Non preoccuparti. Non sono stata con nessuno dopo Harry."

"Non sono preoccupato," disse lui abbracciandola di nuovo.

La sollevò tra le braccia e la portò a letto.

Fecero l'amore lentamente, assaporando ogni momento, con baci lunghi e profondi, accoppiandosi senza fretta. In un tacito accordo, trassero conforto dal loro amore, fino ad arrivare insieme al piacere finale.

Luca si addormentò in fretta, ma Fern trovò difficoltà ad addormentarsi. La notte era calda e una zanzara le ronzava nell'orecchio sinistro. *Meglio mettere su un po' di repellente.* Si alzò dal letto e in silenzio andò in bagno. *Ce ne sono diversi, qui.* Fissò il suo riflesso nello specchio. Un improvviso calo della temperatura e l'immagine vacillò davanti ai suoi occhi.

"Lorenza..."

Cecilia era in piedi dietro di lei e un forte malessere le artigliò lo stomaco. Fern restò a guardare, mentre Cecilia sollevava la mano verso di lei. Poi l'immagine nello specchio oscillò di nuovo.

Sono tornata ad Asolo sei mesi fa con il cuore diviso tra mia figlia e il mio pittore. Bramo la sensazione delle labbra di Zorzo sulle mie, ma stamani non sono i suoi baci che mi godo, bensì quelli appiccicosi di Lorenza, che ha le labbra ancora sporche di zabaione. Il tempo trascorso lontano da lei, seppure si è trattato solo di cinque giorni, mi è sembrato un anno, e ho contato le ore durante il lungo e polveroso viaggio di ritorno da Venezia. Lodovico non mi ha persa di vista dopo la mia breve fuga il giorno seguente ai festeggiamenti dei Cornaro. Ricordando, sorrido.

Zorzo gridò attraverso la porta che era occupato, e disse a mio marito di tornare entro un'ora. Non riuscivo a credere alla mia stessa audacia: nonostante la situazione pericolosa, attiravo il mio pittore verso di me. Siamo caduti sul letto; il nostro amore è stato veloce ma appagante. Ho raggiunto il piacere in pochi istanti e così Zorzo. Ma lui è uscito da me, dunque non c'è alcuna possibilità di avere un altro bambino da lui, purtroppo. Un figlio maschio con gli occhi scuri sarebbe perfetto per me. "Non vendere a mio marito il dipinto che ci ritrae," l'ho pregato. "E non mostrargli le tele che mi rassomigliano."

"Non temere, dolcezza," disse Zorzo, rimettendosi le brache e il farsetto. Andò a *La Tempesta* e la coprì con un panno bianco. "Questo è già venduto, e il suonatore di liuto e il suo vero amore non lo venderò, a nessun prezzo. Lascerò entrare il signor Lodovico nel mio studio quando te ne sarai andata, ma gli dirò che il duca è sfortunato."

E così fece. Quando Lodovico tornò a Palazzo Cornaro, ero di nuovo nella nostra stanza. "Dove siete stata?" mi ha chiesto con voce tagliente.

"Fuori a prendere l'aria del mattino. Avevo bisogno di schiarirmi le idee."

"La vostra cameriera è venuta con voi?"

"Naturalmente," ho mentito pensando che poi avrei dovuto ricordarmi di corromperla.

Ho sopportato le *avance* di Lodovico ogni sera dal nostro ritorno ad Asolo, sdraiata a pensare a Zorzo. Che altro posso fare? Non sono incinta e devo lasciare che mio marito mi possieda, che le sue dita lascino lividi sul mio corpo. Stasera parteciperemo a un banchetto al Barco in onore del fratello della regina, che è qui in visita. Ci sarà una giostra prima di cena, e poi le solite danze. Sono felice perché so che ci sarà anche Zorzo.

Nel primo pomeriggio, Lodovico ed io partiamo per Altivole. Anche in questo caso dovrò stare lontana dalla mia bambina. Certo, lei non è più una bambina, ma una signorina di due anni. E sta imparando a dipingere. Nonostante la giovane età, è un prodigio e ha una sensibilità innata per i colori. Voglio convincere Lodovico a permettermi di trovarle un insegnante di pittura, quando sarà abbastanza grande. Mi auguro di cuore che Lorenza diventi l'artista io non potrò mai essere.

Una nube bassa avvolge il Monte Grappa e la nebbia abbraccia le valli tra le colline asolane e la pianura veneta. La villa delle delizie della mia signora è quasi completata, ed è meravigliosa da vedere. Numerosi affreschi adornano la maggior parte delle pareti esterne, i giardini sono rigogliosi, il parco per i giochi ferve di vita, e l'aria profuma di rose in fiore.

La luce del sole pomeridiano cattura le cime degli alberi di cipresso vicino alle porte del Barco, mentre la nostra carrozza si ferma all'esterno. L'autunno è arrivato presto quest'anno del Signore 1508, e le giornate si stanno accorciando. Raggiungiamo i nostri appartamenti, mentre i servi portano i bauli pieni di vestiti. Lascio che la mia cameriera tiri fuori i miei abiti ed esco con Lodovico verso l'area dove avrà luogo la giostra.

La regina non ha badato a spese per il torneo in onore di suo fratello. Ci sono drappi d'oro ovunque, dalle bandiere, alle tende, agli arazzi che drappeggiano la sua tenda. Anche i piatti e i calici in cui verranno servite le bevande sono d'oro. "Una grande occasione per festeggiare la Repubblica," dice la mia signora.

Lodovico e io facciamo le riverenze. Mi esibisco nel mio più profondo e più elegante inchino, e anche mio marito si piega in segno di deferenza. "Siamo onorati di essere vostri ospiti."

"Vostro fratello è già qui." La regina sorride. "Da qualche parte."

"Andrò a cercarlo," risponde Lodovico con un altro inchino.

La mia signora si alza in piedi e batte le mani, quando un cavaliere che indossa i colori argento e rosso di Lusignano galoppa attraverso il campo in groppa a un bel destriero nero. Sono i colori dell'ultimo stato crociato di Cipro, quello del suo defunto marito. L'avversario del suo campione veste i colori arancione e blu di Giorgio Cornaro. È solo una giostra amichevole, tuttavia, anche così non mi piace guardare, poiché io detesto ogni forma di violenza. Decido di defilarmi e andare a fare una passeggiata nel frutteto. Avvicinandomi alla siepe, sento delle voci. Sono Lodovico e suo fratello. Non ho alcun desiderio di salutare ancora Giovanni, così resto in attesa dietro la siepe.

"Hai novità per me da riferire al duca?" chiede Giovanni a mio marito.

"L'esercito veneziano è ancora a Brescia," mormora Lodovico. "Il duca è ancora deluso per il fatto di non essere riuscito ad acquistare per lui il dipinto di Zorzone?"

"Già dimenticato. Doveva essere un regalo per la duchessa. È occupato a fabbricare cannoni per la guerra imminente. È la prima volta nella storia che Venezia ha tanti nemici contemporaneamente." Giovanni si lascia sfuggire una risata. "La Repubblica è troppo sicura di sé."

"Il doge ritiene che l'imperatore Massimiliano sia troppo a corto di denaro per finanziare un esercito."

"Ah", dice Giovanni. "Lo riferirò al duca."

Gesù Bambino! Zorzo aveva ragione. Il mio cuore picchia selvaggiamente contro il costato e, girando sui tacchi, mi allontano in punta dei piedi.

Il torneo è ancora in corso; gli applausi dei cortigiani mi risuonano nelle orecchie. Dovrei dire qualcosa alla mia signora? Sì, dovrei. Ma quando? È seduta in tutta tranquillità e sorride così dolcemente a tutta la corte. Come posso distruggere la fiducia che ha in noi? La regina ne ha passate tante. All'età di diciotto anni è andata in sposa a un uomo che conosceva appena. Tutti dicono che lei lo amava e che era ricambiata. Che cosa terribile: è morto dopo soli nove mesi di matrimonio. Il petto mi si stringe al ricordo del secondo grande dolore della mia signora. La morte del suo bambino, all'età di un anno. Deve esserne rimasta devastata. Io so come mi sentirei se la mia Lorenza dovesse lasciarmi. Come poteva la regina aver sopportato il dolore immane di quella perdita?

Le trame e le cospirazioni per usurpare il suo trono devono esserle sembrate irrisorie in confronto, eppure tenne Cipro per quindici anni, e fu molto amata dal popolo. Nessuna sorpresa che tutti la amiamo. La sua fedeltà alla Serenissima è sempre stata inattaccabile, e lei sarà sconvolta quando verrò a sapere che Lodovico ha utilizzato la sua posizione a corte per spiarla.

Mi siedo per assistere alle giostre, guardando lontano ogni volta che un cavaliere viene disarcionato, e ascolto le chiacchiere eccitate di Dorotea. "La mia signora ha un ammiratore," dice.

"Chi?" chiedo sentendomi contenta per la regina. È stata senza amore per troppo tempo.

"Pandolfo Malatesta, signore di Rimini. Un grande cavaliere e condottiero. È al servizio di Venezia così non ci dovrebbero essere ostacoli. Se non che il suo orgoglio per essere stata la moglie di un re le ha sempre impedito di andare oltre."

"La mia signora merita di ritrovare la felicità. Se solo ci fosse qualcuno giusto per lei."

Dorotea sospira. "E per me. Presto sarò considerata una zitella."

Sbuffa e aggrotta la fronte, ma non mi dispiaccio per lei. Nella sua vita ha avuto troppi amanti e ormai la sua reputazione è macchiata. Sarà fortunata se riuscirà a trovare un protettore e diventare la sua amante prima che la sua giovane carne raggrinzisca. Forse sono troppo dura, e dovrei desiderare che trovi la felicità, se non con un uomo almeno avendo un figlio tutto suo come ho fatto io. "C'è tempo," dico dolcemente, accarezzandole il braccio.

Vorrei che Fiammetta fosse qui, ma ha avuto un altro figlio, una bambina. È stato un parto difficile e non si è ancora ripresa.

Fiammetta mi darebbe dei buoni consigli su come essere la sposa di un traditore.

Lodovico prende posto accanto a me; sembra innocente come il giorno in cui nacque, per quanto dubito che anche allora fosse innocente. Se avessi un temperamento violento e avessi un pugnale, glielo pianterei nel cuore.

Presto la giostra finisce e torniamo ai nostri alloggiamenti per riposare prima del banchetto. Quando Lodovico inizia a russare nel nostro letto, striscio fuori e in pochi minuti sono nella camera della mia signora. "Per favore, domina, vi prego di dedicarmi un momento in privato."

"Sì, mia cara, che cosa c'è?" chiede, ordinando alle signore di ritirarsi sul lato opposto della stanza.

Subito le racconto quello che ho sentito nel frutteto. "È un tradimento," dico io.

La mia signora ride. "Dolce Cecilia, non ti preoccupare! Mio fratello può contare su un esercito ben addestrato e le forze dell'imperatore non possono competere con le nostre. Se Massimiliano osa di nuovo attaccarci, sarà respinto ancora una volta. Per quanto riguarda tuo marito, è da tempo che sospetto di lui e mi dispiace che tu abbia confermato i miei sospetti."

"Che devo fare?"

"Puoi tenerlo sotto controllo? Riferiscimi se senti o vedi qualcosa di importante. Quattro occhi vedono meglio di due, sai."

"Sì, domina."

Vado a cambiarmi per la cena; indosso un broccato di seta ricco e di un rosso profondo. Lodovico mi ha chiesto dove sono stata e gli ho detto la verità. "A trovare la mia signora." Mi lascia alle attenzioni di Marta, la mia cameriera, che mi districa i capelli e mi mette una ghirlanda sulla testa per tenere le trecce lontano dal viso. Indosso la mia collana d'oro, e mi pizzico le guance per dar loro un po' di colore.

"Siete molto bella, signora," dice Marta, cadendo in un inchino profondo. Le infilo un paio di monete in mano e poi la lascio a riordinare la stanza. Marta è la mia migliore alleata, anche se non sono così pazza da garantirmi la sua lealtà pagandola regolarmente.

Zorzo è al banchetto. Lo vedo subito e lo studio con la coda dell'occhio. Sta seduto in fondo alla stanza, vestito con un farsetto di velluto viola; è così alto e bello. Incontra il mio sguardo, facendomi balzare il cuore nel petto.

Siedo alla destra di mio marito per la cena, che sembra interminabile: portata dopo portata. Sono troppo nervosa per mangiare tanto e, alla fine, ci alziamo da tavola e ci dirigiamo verso la sala da ballo, dove i musici stanno già accordando gli strumenti.

La mia signora e suo fratello raggiungono il centro della sala per dare avvio alle danze, e io suggerisco a Lodovico di invitare Dorotea a ballare. Non ho bisogno di sollecitarlo molto. Lei gli ha fatto gli occhi dolci tutta la sera, e quelli di mio marito hanno lasciato i suoi seni morbidi come cuscini solo durante il pasto.

Li guardo unirsi alla folla danzante e, in pochi secondi, Zorzo è al mio fianco. Si inchina: "Dolcezza."

Iniziamo la marcia esitante della *Pavana*, il profumo di olio di lino delle sue mani mi inebria, così come l'odore virile del suo sudore. "Come stai?"

"Abbastanza bene," dice. "E tu?"

Gli racconto della mia scoperta di questo pomeriggio, mentre lui mi fa girare al ritmo della viola.

"È come temevo, dunque."

"La mia signora non vuole che faccia molto al riguardo. Mi ha chiesto semplicemente di tenere d'occhio Lodovico. Devo spiarlo per lei."

"Mi raccomando, dolcezza. Ci sono problemi in arrivo."

"Sei sicuro?"

"La Repubblica ritiene che utilizzando la diplomazia, si possono separare alleati come il re di Francia e l'imperatore asburgico. Ma non funzionerà."

"Non si sono fidati gli uni degli altri per anni."

"Il loro odio per la Serenissima è di gran lunga superiore alla diffidenza degli uni verso gli altri."

La danza si conclude. Mentre facciamo i nostri inchini, sussurra: "Quando posso vederti da sola?"

"Non sarà facile. Mio marito mi tiene d'occhio. Ti trattieni a lungo?"

"Una settimana. C'è un affresco che devo completare nella cappella."

"Lodovico e io torniamo ad Asolo domani, dopo la caccia."

Mio marito si avvicina. Si inchina a Zorzo, che lo saluta. Poi lui si allontana e Lodovico dice: "Non mi piace quel tipo. Né il modo in cui vi guarda."

Reprimo una risata. Non ha forse fatto lo stesso con Dorotea, la donna che lui ha più volte definita tanto scostumata da "aprire la sua faretra ad ogni freccia"? Torniamo nei nostri appartamenti e Lodovico mi guarda mentre mi spoglio. Colgo il luccichio nei suoi occhi. "Sono stanca. Dobbiamo proprio?"

"Dobbiamo proprio?" ripete in tono beffardo. "La stanchezza non è di alcuna importanza. Tutto ciò che dovete fare è sdraiarvi, mentre io faccio tutto il lavoro." Alza la voce. "Se voi foste incinta, non mi disturberei."

"No," scuoto la testa, la mia decisione è presa.

"Sì," mi contraddice. "Questo è un mio diritto in quanto vostro marito e voi dovete fare il vostro dovere, moglie." Mi afferra per le spalle e mi spinge sul letto.

"Lasciatemi in pace!"

"Come osate dirmi cosa fare?" La sua voce è diventata assordante. Vorrei che qualcuno lo sentisse e venisse da noi, ma, allo stesso tempo, so che non accadrà. Sono la moglie di Lodovico e lui può trattarmi come vuole, perché ha *pagato* per avermi: vitto, alloggio e vestiario.

Lodovico mi divarica le gambe e mi penetra. "Madre di Dio! Fate in fretta a restare incinta, Cecilia. Non sopporterò a lungo questa situazione."

Nemmeno io.

Si gira e si lascia sfuggire un peto. Il fetore mi dà i conati di vomito. Aspetto, poi, non appena lui si è addormentato, striscio fuori dal letto e raggiungo il mio baule dove ho nascosto una bottiglia di aceto. Impregno il panno con il liquido e mi strofino le parti basse. Brucia, e devo fare uno sforzo per non gridare. Ma meglio questo dolore che il dolore di portare in grembo il figlio di Lodovico Gaspare.

Nel girarmi per tornare a letto, noto il mio riflesso nel vetro sopra il lavabo. Solo che non è solo il mio viso che vedo, ma quella della strana donna che ossessiona i miei sogni. I suoi occhi verdi si allargano per la sorpresa quando mi vede in piedi dietro di lei. Alzo il dito e lo punto ma poi il vetro si increspa. Mi ricordo che una cosa simile è già accaduta. È così strano! La signora nello specchio scompare e ora scorgo solo la mia immagine.

Decido che la mente mi sta giocando brutti scherzi, mentre mi infilo sotto le coperte accanto a Lodovico che russa. Chiudendo gli occhi, mi rannicchio su me stessa e, prima che me ne accorga, mi addormento ed è già mattina.

Dopo colazione, Giovanni avvicina furtivamente mio marito. "È arrivato un messaggero del duca. Siamo entrambi convocati a Ferrara."

Non riesco a credere alla mia fortuna. Godrò quasi di una piena libertà per almeno un paio di giorni. Ah, libertà, tanto rara e agognata! Vado a caccia senza mio marito, e il piacere di cavalcare ancora Pegaso supera di gran lunga il disagio causato dall'aggressività di Lodovico ieri notte. Zorzo galoppa accanto a me. "Conosco un posto dove possiamo restare soli," grida sopra il rumore di zoccoli. "Rallenta il cavallo e rimani indietro! Possiamo fingere che abbia perduto uno zoccolo e io dirò che siamo costretti a tornare al Barco."

Facciamo come dice. Smonto e cammino al suo fianco. "C'è una vecchia strada romana che arriva a un'antica cappella nascosta nella valle," dice. "Nessuno ci va più, ma io ci sono stato molte volte per dipingere il paesaggio."

Non appena il gruppo di caccia si è allontanato, rimontiamo in sella e seguiamo la strada dietro la collina. L'aria è pesante per l'umidità e un falco si libra in volo. I corvi gracchiano dalle cime degli alberi accanto a noi, mentre passiamo al trotto. "Vieni, Cecilia!" Zorzo spinge il cavallo al galoppo. "Non abbiamo molto tempo."

Nel cimitero, smontiamo e cadiamo uno nelle braccia dell'altra. Quando dico "cadiamo", intendo letteralmente, perché è esattamente quel che facciamo, diventando un'unica carne in pochi secondi tanto grande è la nostra passione. Non c'è bisogno di decoro, perché noi siamo le uniche persone in questa zona appartata della campagna. Se qualcuno ci osserva, sono solo gli spiriti dei romani che sono stati qui prima di noi, di guardia all'ingresso della valle.

Non ci prendiamo nemmeno la briga di spogliarci. Zorzo tira fuori il suo membro e mi solleva le gonne, issandomi su di lui, mentre si appoggia contro il muro dell'edificio. Sono pronta per lui, le mie gambe si avvolgono intorno ai suoi lombi, le mie labbra sono sulle sue, la mia vagina lo succhia avidamente, e oh è così... così meraviglioso e mentre raggiungiamo il piacere, dico: "Dammi un altro bambino, Zorzo!"

Fern si allontanò dallo specchio, le vertigini e il senso di spaesamento si mescolarono con qualcos'altro. Aveva già sentito menzionare la chiesa dove Cecilia era stata con Zorzo, ne era sicura.

Tornò nel letto di Luca, scivolò tra le lenzuola, e rotolò dalla sua parte, con il corpo languido. Strano come aveva vissuto l'amore di Zorzo insieme a Cecilia. Assolutamente strano, in effetti. Proprio come aveva vissuto il parto di Lorenza e il dolore della separazione da lei.

Dio, Fern, hai fatto l'amore con due uomini stasera. Osservò Luca che dormiva accanto a lei. Non doveva confonderlo con Zorzo. Il modo in cui la sua bocca si incurvava agli angoli le ricordava Zorzo. Ma questa era l'unica somiglianza, fatta eccezione per il modo in cui entrambi facevano l'amore. L'ultimo incontro di Cecilia con Zorzo era stato come quello tra lei e Luca la settimana prima. Un'altra eco del passato.

E quell'antica chiesa? Aveva sentito parlare di una chiesa molto antica. Chi gliene aveva parlato? Che fosse stata Vanessa? No, non Vanessa. *Chiara!* Era stata Chiara. Quella volta che erano andate a cavallo insieme e Chiara le aveva proposto di fare un pic-nic al casale. Poverina. Trovare lì Federico con un'altra donna doveva essere stato terribile.

Al mattino, Fern raccontò a Luca del tradimento di Lodovico e dell'incontro tra Cecilia e Zorzo. "Cecilia ha involontariamente rivelato a Zorzo che Lorenza è sua figlia."

"Dev'essere stato come lanciare un sasso in uno stagno."

"Penso di sì. Sono tornata al presente senza scoprirlo."

"Sono preoccupato per te, Fern." La baciò. "Cecilia non ti lascerà in pace. Stai arrivando alla fine della sua storia. E penso che sarai d'accordo sul fatto che sappiamo già cosa le è successo. Penso che il pezzo di legno bruciato sia un avvertimento."

"Sì, lo so, ma non c'è niente che io possa fare." Ci pensò un attimo. "Devi andare al lavoro, oggi?"

"No. Ho la giornata libera per aiutare mamma a riportare Chiara a casa dall'ospedale. Perché?"

"Mi piacerebbe visitare la vostra casa colonica, e confrontare la zona con quella che ho visto durante l'incontro tra Cecilia e Zorzo. Mi piacerebbe vedere se è la stessa chiesa. Solo per mettere la mente a riposo, se per te va bene."

"Non devo andare in ospedale fino a mezzogiorno."

"Chiamo zia Susan e le dico che sarò a casa per pranzo."

Un'ora dopo Fern era in piedi accanto a Luca di fronte al casolare, che si ergeva a metà della collina alle spalle una vecchia cappella. "La vista è incredibile," disse.

"Guarda sulla destra," disse Luca indicando le colline lontane, all'orizzonte. "Quelli sono i Colli Euganei, dietro Padova."

"E questa è la parte nord di Asolo." Fern indicò la catena più stretta di colline sulla sinistra. Sette di loro, ondulate come il dorso di un drago cinese, erano separate da valli boscose, e la Rocca troneggiava dal secondo crinale fino all'ultimo sulla destra. In mezzo, si estendeva la pianura veneta punteggiata di città e paesi, con i loro campanili che si stagliavano verso il cielo.

Guardò giù verso la chiesa, situata ai piedi della collina. Un'altra eco. Indicò. "Ai tempi di Cecilia non c'era il campanile e nemmeno quei cipressi, ma riconosco l'edificio."

"Duemila anni fa c'era una caserma romana lì, a quanto ne so. Proteggeva il passaggio verso la valle."

Fern pensò alla casa sul fiume Wye in cui era cresciuta. Era stato un rifugio per lei, dopo la morte di Harry. Aveva dovuto lasciare Londra quando i vicini avevano chiamato la polizia perché si era svegliata dai suoi incubi di fuoco e di morte urlando come una pazza. Fu allora che si era messa in aspettativa dal lavoro. In quella casa aveva iniziato a dipingere perché la rasserenava e la pittura era diventata per lei una terapia. In quella casa si era sentita al sicuro.

Forse doveva abbandonare tutto e trascorrere lì gli ultimi giorni delle sue vacanze? Sarebbe stata la soluzione migliore. Allontanarsi da quegli echi di un passato che non poteva cambiare. Fissò l'antica cappella.

"Lorenza!"

La voce le risuonò nella testa. Fern raddrizzò le spalle; doveva sapere quello che era successo alla bambina. E l'unico modo per farlo era quello di proseguire fino agli ultimi istanti di vita di Cecilia. Ma non ora. *Concentrati su qualcosa di diverso!*

Era una giornata così limpida che Fern era sicura di riuscire a scorgere Venezia guardando a sud. La Repubblica dei tempi antichi. Una lunga storia di guerra e di conquista. Aveva paura, ma era anche affascinata. Era rimasto così poco tempo prima della partenza. Il suo lavoro, la sua vita così come li aveva conosciuti fino a qualche settimana prima, e il suo futuro l'aspettavano a Londra.

E che dire di Luca? Lo amava? Sapeva che lui le sarebbe mancato terribilmente una volta lasciata l'Italia...

"Ti prego di cenare con noi stasera, Luca. Zia Susan mi ha detto al telefono che stava preparando uno dei suoi stufati gallesi."

"Ho già l'acquolina in bocca."

CAPITOLO 23

Fern guardò la zia sorridere mentre Luca le chiedeva una terza porzione. Gli prese il piatto e lo accontentò poi, a sua volta, si servì un'altra porzione.

"E tu, Fern?" chiese la zia Susan.

"È buonissimo, ma sono piena. Grazie."

Fern si appoggiò allo schienale e studiò Luca mentre chiacchierava con la zia. Chiara era tornata a casa dall'ospedale, ma era costretta a rimanere a letto per un altro paio di giorni sedata con antidolorifici. Federico continuava a chiamare, ma Vanessa gli aveva detto di non telefonarc più.

Luca continuava a parlare di parafulmini. *Parafulmini!* "Sono essenziali," disse. "Se un fulmine dovesse colpire questa casa durante una tempesta, verrebbe incanalato nell'asta e scaricato a terra."

"Sembra una buona idea," disse zia Susan. "Puoi prenderne uno per me? Anche se le probabilità di essere colpiti da un fulmine sembrano poche, meglio essere sicuri."

"Certo," disse Luca rastrellando lo stufato rimasto con un pezzo di pane. "Grazie per questa cena fantastica."

Fern si alzò dalla sedia. "Rilassati, zia, mentre noi sparecchiamo."

Zia Susan dondolò verso il televisore e lo accese. Iniziò a guardare un episodio della serie televisiva *California*.

"Ho pensato a come tenerti al sicuro," disse Luca, prendendo un piatto da Fern e mettendolo in lavastoviglie.

Lei gli lanciò un'occhiata e lui alzò le mani. "Non accusarmi di essere un cavernicolo, ma c'è un modo per convincerti a non andare fino in fondo a tutto questo?"

"Non ho molta scelta. Se sto da qualche parte che abbia avuto a che fare con Cecilia, lei mi trova sempre. Però stamattina, quando ero al casale, sono riuscita a bloccarla. Forse sto diventando più forte."

"O forse Cecilia sta diventando più debole..."

"Allora, che cosa dovrei fare?"

"Non credo che dovresti stare da sola. Se sei con Cecilia quando muore, potresti non riuscire a tornare al presente."

"È assurdo."

"Davvero? Assurdo come il legno bruciato che appare e scompare? Assurdo come sentire le doglie di una ragazza morta da secoli?"

"*Touché*. Che mi dici di quando dormo? Lei mi appare in sogno, a volte."

"Be', credo che dovresti stare alla villa. L'unica volta che hai avuto una visione di Cecilia è stato quando lei era fuori a caccia. Ne ho parlato con mia madre e lei è d'accordo che sarebbe una buona idea se passassi un paio di giorni con noi."

"Sei sicuro?"

"Assolutamente. E puoi darci una mano con Chiara."

"Ho ancora voglia di trovare Lorenza."

"Puoi venire a casa mia per questo, e ti terrò d'occhio. Mi assicurerò che non ti accada nulla di spiacevole."

"Bene. Lo dirò alla zia poi andrò a preparare l'occorrente per dipingere."

Quella notte, dormì con Luca. Il loro amore fu tenero come l'ultima volta. Lei ci si stava abituando. I baci lunghi e languidi, la sensazione del suo petto duro contro il suo seno. Il modo in cui egli le passava le dita tra i capelli, il modo in cui le prendeva le natiche, il modo in cui la portava all'orgasmo con una tale lentezza che quando raggiungeva il culmine era convinta di esplodere.

Quando si svegliarono la mattina dopo, Luca le ricordò che quella sera ci sarebbe stata la prova generale della rievocazione, prevista per l'indomani. Fern lo baciò. "Possiamo tornare al tuo appartamento dopo la prova?"

"Molto gentile a venire a darci una mano," disse Vanessa a colazione. "E credo che Luca abbia ragione. Probabilmente sei molto più al sicuro qui. Ti dispiacerebbe tenere compagnia a Chiara mentre io vado in farmacia?"

"Niente affatto. Può guardarmi mentre dipingo. Le persone lo trovano abbastanza rilassante. Per me è stato così, quando ho iniziato la terapia artistica."

La stanza di Chiara si affacciava sui vigneti a lato della villa. C'era una piccola chiesa in primo piano, e dolci colline punteggiate di boschi alle spalle. Un paesaggio perfetto per un acquerello. Aveva dipinto più nelle ultime settimane in Italia che non in mesi a Londra e si sentiva così orgogliosa del lavoro svolto. Avere Cecilia nella testa e guardare Zorzo doveva aver migliorato la sua tecnica. Non vedeva l'ora di mostrare la sua arte a un agente.

Chiara dormiva con la gamba sollevata su dei cuscini. Fern attraversò la stanza in punta di piedi, sistemò il suo cavalletto portatile, immerse il pennello nel bicchiere d'acqua che aveva portato con sé, e bagnò la carta. Vi mescolò il color verde giada e si mise al lavoro. Trasalì quando sentì Chiara dire: "Posso dare un'occhiata?"

Fern rimosse il quadro dal cavalletto e glielo portò.

"Molto bello," disse Chiara, accartocciando le lenzuola contro il petto, poi aggrottò la fronte. "Odio Federico per quello che ha fatto, sai. Mi ha presa in giro. Io non lo perdono." Scoppiò in un pianto convulso.

Fern l'abbracciò. "Sfogati," le disse. "Urla il tuo dolore, la tua frustrazione." E mentre glielo diceva, tutto quello che a sua volta lei si era tenuto dentro tracimò, e Fern si ritrovò a singhiozzare con Chiara, a piangere per Harry, per il suo bambino perduto e per il futuro che il piccolo non avrebbero mai avuto. E, mentre piangeva, sentiva che le lacrime stavano lavando via il suo senso di colpa.

Dopo un paio di minuti, Chiara disse: "Hai ragione." Sospirò. "Mi sento molto meglio, ma sono ancora molto stanca. Penso che me ne tornerò a dormire."

Chiara chiuse gli occhi. Sembrava così giovane, distesa sul letto, con i suoi lunghi capelli castano scuro sparsi sul cuscino. Fern attese che respirasse regolarmente poi scivolò via dalla stanza.

Vanessa era tornata dalla farmacia e stava aggiungendo del latte a una tazza di caffè, nel salotto. Sorrise quando vide Fern. "Come sta Chiara?"

"Ci siamo fatte un bel pianto. Il mio terapista mi raccomandava sempre di non tenermi dentro le emozioni. Ci vorrà un po' di tempo, ma penso proprio che Chiara ne uscirà."

Vanessa posò il caffè. "Ne sono sicura. Ora aggiornami su quello che sta succedendo con Cecilia."

Fern le raccontò la sua visita a Venezia, i festeggiamenti per la vittoria della Repubblica sull'Imperatore, e Cecilia in posa per la *Venere dormiente* del Giorgione. Poi le raccontò di come Lodovico faceva la spia per il duca di Ferrara.

"Mi sono appena ricordata di una cosa," disse Vanessa. "Luca mi ha chiesto di fare qualche ricerca in biblioteca per suo conto, per conoscere la posizione di Ferrara nei confronti dell'imperatore Massimiliano. Stavo per dirglielo, ma poi Chiara è caduta da cavallo e si è rotta la gamba, e mi è passato di mente. Solo un minuto, vado a prendere i miei appunti."

Vanessa andò alla scrivania sistemata in un angolo della stanza. Frugò in un cassetto, poi ne sparse il contenuto sul tappeto. "Il 10 dicembre 1508," lesse, "i rappresentanti del papato, della Francia, del Sacro Romano Impero e Ferdinando I di Spagna costituirono la Lega di Cambrais contro la Repubblica.

Il Marchese di Mantova e il Duca di Ferrara si allearono, isolando così Venezia."

Fern ebbe un sussulto.

La prova finale della rievocazione era finita, lei e Luca si avviarono a grandi passi lungo Via Canova verso il palazzo dove lui aveva il suo appartamento. Fu una notte calda, con l'onnipresente profumo di caprifoglio proveniente dai giardini della città, che addolciva l'aria. Salirono la grande scala in marmo, ed entrarono nel suo appartamento.

I In cucina, si versarono entrambi un bicchiere di prosecco. "Salute! Come ti senti?"

"Un po' nervosa, dato quello che tua madre mi ha raccontato sull'alleanza contro Venezia. Che cosa succede se Lodovico getta la maschera e porta Cecilia con sé a Ferrara?"

Luca bevve un sorso di vino. "Sei sicura di voler andare fino in fondo?"

"Assolutamente," disse facendo uno sforzo per sembrare ottimista.

"È un po' come una seduta spiritica." Fece un sorriso ironico. "Abbiamo solo bisogno di un tramite."

"Infatti," disse con tutto il suo ottimismo e la sua spavalderia sul punto di crollare. "Ti racconterò tutto quello che sto vivendo, così potrai provare a tirarmi fuori se qualcosa comincia ad andare storto."

"E se non succede nulla? Che facciamo se non entra in contatto?"

Fern rise. "È vero, potremmo sederci qui e fissare il vuoto per tutta la notte."

"C'è qualcosa che puoi fare per... oh, tu sai cosa voglio dire..."

"Forse se mi metto a pensare a lei, magari ti aiuto."

"Che succederebbe se ti rilassassi un po', ti appoggiassi allo schienale, e chiudessi gli occhi? ...Fern? ...Fern?"

Il fratello della mia signora è tornato in visita di nuovo e c'è il solito banchetto in suo onore. Almeno, in questa occasione, è qui solo con un piccolo entourage. Lodovico e io prendiamo posto a tavola. *Che onore!* Guardo mio marito che gira intorno a Giorgio Cornaro come una falena attorno a un fuoco. Lodovico riempie il calice del nobile Cornaro dalla caraffa sul tavolo. Perché non aspetta che sia il servo a farlo? Che rozzo che è, e a quale scopo, poi?

La primavera è arrivata anche quest'anno del Signore 1509, e i fiori di pesco riempiono i vasi che costeggiano i lati della sala dei banchetti. Anche il mio amore è qui; è la prima volta che lo vedo dopo il nostro incontro alla caccia. Zorzo strimpella il liuto e canta:

Pace non trovo e non ho da far guerra
E temo e spero; e ardo e son un ghiaccio;
e volo sopra 'l cielo, e giaccio in terra;
e nulla stringo, e tutto il mondo abbraccio.
Tal m'ha in pregion, che non m'apre né sera,
né per suo mi riten né scioglie il laccio;
e non m'ancide Amore, e non mi sferra,
né mi vuol vivo, né mi trae d'impaccio.
Veggio senz'occhi, e non ho lingua, e grido;
e bramo di perire, e chieggio aita;
e ho in odio me stesso, e amo altrui.

Pascomi di dolor, piangendo rido;
egualmente mi spiace morte e vita:
in questo stato son, donna, per voi.

È uno dei sonetti del Petrarca. Lo so, perché l'ho letto. Zorzo attira la mia attenzione e il mio battito cardiaco accelera al ricordo di quel giorno, lo scorso autunno, in cui l'ho reso padre di mia figlia.

Mi ha soffocato di baci e mi ha pregato di lasciargli vedere Lorenza prima del ritorno di Lodovico da Ferrara. Così l'ho portato a casa mia ad Asolo, e lui l'ha fatta volare in alto proprio come quando l'ha ritratta ne *La Tempesta*. Poi gli ho fatto vedere i suoi quadri, dove la mescolanza dei colori parla di una maturità e abilità speciali, sorprendenti in una bambina di quell'età. "Ha preso da te bellezza e talento," dice e io mi gonfio d'orgoglio.

Dopo cena, la corte balla il *Saltarello*. Saltando sulle punte dei piedi, sembriamo felici ma è una farsa. Papa Giulio ha emesso la scomunica contro Venezia, e ha scomunicato tutti i cittadini della Repubblica per la mancata restituzione dei territori pontifici. *Siamo tutti scomunicati!* Non possiamo più ricevere alcun tipo di sacramento e, quando moriremo, non andremo in paradiso. *Maria Santissima!* Questo è grave ed eccoci qui, a ballare come se non avessimo un pensiero al mondo.

C'è un'improvvisa confusione in fondo al corridoio. *Gesù Bambino!* Il fratello della mia signora è crollato a terra. Un brutto presentimento mi attraversa e lancio un'occhiata a mio marito. Sorride. *Sorride!* Come vede che lo sto osservando, si fa serio e si precipita al fianco di Giorgio Cornaro, aiutando a sollevarlo da terra e a metterlo su una sedia.

I musicisti hanno smesso di suonare e tra i cortigiani regna un silenzio carico di sgomento. "Chiama il mio archiatra," comanda la regina. La gente si avvicenda avanti e indietro e i cortigiani si dividono in piccoli gruppi per spettegolare.

Approfitto della confusione e mi affretto verso i nostri appartamenti. Il baule da viaggio di mio marito è accanto alla finestra ed è aperto. Rovisto al suo interno, non sapendo bene cosa sto cercando. Se ha avvelenato il fratello della mia signora, Lodovico non sarebbe così imprudente da lasciare il veleno in giro. Eppure, sono certa che sia ciò che ha fatto, altrimenti perché Giorgio Cornaro sarebbe crollato subito dopo che Lodovico gli ha versato il vino?

Rido pensando a quando ho messo la valeriana nel suo Vin Santo a Venezia. Entrambi ci detestiamo anche se non ho mai pensato di avvelenarlo. Sono furente con me stessa, perché avrei dovuto sorvegliare mio marito e invece ho fallito il mio compito. Devo trovare le prove, ma dove?

La cappa di Lodovico è appesa a un gancio sul retro della porta. La raggiungo e faccio scivolare le mani nelle tasche. In un primo momento, non sento nulla. Poi le mie dita incontrano un sacchettino. Lo tiro fuori e lo apro. Semi. Ne prendo un paio e rimetto a posto la cappa.

Gli occhi di Giorgio Cornaro sono spalancati e mi fissano. Sia lodato il Signore, è ancora vivo! L'archiatra ordina che venga preparato un emetico. È chiaro che sospetta un avvelenamento. Cosa fare? Devo denunciare mio marito o tacere? No. È in gioco il futuro della Repubblica; devo smascherare il traditore.

"Vi chiedo una parola, domina," dico alla regina.

"Certo, mia cara. Cosa succede?"

Le mostro i semi che ho trovato nella tasca di Lodovico, e inizio a descrivere ciò a cui ho assistito al banchetto. Con la coda dell'occhio, vedo che mio marito mi guarda. Il tempo di un battito di ciglia, ed è scomparso.

"Guardie!" grida la mia signora. "Arrestate quell'uomo!"

Nel frattempo, l'archiatra assaggia uno dei semi. "Mela," dice. "Il frutto è di per sé perfettamente innocuo. Tuttavia, i semi di mela sono velenosi perché contengono cianuro. Ingerendone uno o due alla volta, non accade nulla. Ma schiacciati in polvere, sono letali."

Mi porto la mano alla bocca. È terribile. *Terribile!* Mio marito ha disonorato anche me e mia figlia. "Mia signora, imploro il vostro perdono."

"Non è colpa tua, mia cara. È mia per aver permesso a certi parassiti di vivere accanto a noi. Quando mi hai parlato dei tuoi sospetti, sei mesi fa, pensavo che fossimo troppo forti per lui. Mi dispiace, Cecilia, ma ho sempre considerato tuo marito un uomo di poco conto; più fastidioso che pericoloso. Come mi sbagliavo!"

Non posso fare a meno di sorridere sentendo la sua descrizione di Lodovico, e mi copro la bocca con una mano.

Le guardie della mia signora irrompono nel salone. Le fisso. Dov'è mio marito?

"È fuggito, domina. Gli stallieri riferiscono che il suo cavallo non c'è più."

Il fratello della mia signora è scosso dai conati. Vomita. Sia lodata la Santa Madre di Dio! La Repubblica ha bisogno di lui per sopravvivere, perché siamo circondati dai nemici e Giorgio Cornaro è l'unico uomo con l'esperienza necessaria per guidare il nostro esercito contro di loro.

Zorzo si materializza al mio fianco, gli occhi spalancati dalla preoccupazione. "Come stai, dolcezza?"

Tiro un respiro profondo e raddrizzo la schiena. "Mi vergogno di mio marito e temo per il futuro."

La mia signora deve averci sentito, perché dice: "Non temere, Cecilia. Tu sei sotto la mia protezione."

Mi piego in un profondo inchino; le sue parole sono per me un grande sollievo. Vivere all'ombra della mia signora sarà un onore; la servirò per il resto dei suoi giorni. "Grazie, domina." Archivio la preoccupazione per le sue condizioni di salute in un angolo della mia mente. Sarà quel che sarà.

Il fratello della regina barcolla, ma sta in piedi ed è accompagnato nelle sue stanze. La mia signora ordina alla corte di ritirarsi. Vado in camera mia, e poco dopo mi raggiunge Zorzo.

Facciamo l'amore senza fretta, stanotte. Mi bacia l'attaccatura dei capelli, i lobi delle orecchie, e il mento con le labbra morbide e calde. Con le dita ispeziona la mia intimità e poi la bacia. Vorrei ricambiare dandogli piacere allo stesso modo. Ma come? Emette un gemito, e passa le mani tra i miei capelli, mentre io faccio roteare la lingua sulla punta del suo membro; sa di sale e di Zorzo. Poi lo avvolgo completamente nell'umidità calda della mia bocca.

Lui geme e mi ribalta sulla schiena. E ci amiamo; spinge dentro di me, io gli avvolgo le gambe intorno ai fianchi, ed è tutto così meraviglioso che raggiungiamo il piacere insieme. Zorzo mi bacia profondamente. "Ti amo, dolcezza."

"Mi chiedo se rivedrò mai Lodovico."

"Non credo che si farà più vedere da queste parti."

"Allora tu ed io possiamo amarci quando vogliamo. E potrai insegnare i segreti della pittura a nostra figlia. Fanne la tua apprendista, quando sarà abbastanza grande."

Zorzo ride. "E se abbiamo un figlio? Desideri che faccia lo stesso anche per lui?"

"Se mostra di avere talento, perché no?"

"Mi ami, dolcezza?"

"Con tutto il cuore, amore mio."

Mi avvolge tra le sue braccia, e io mi accoccolo contro di lui. Finalmente, avremo il tempo necessario affinché l'amore metta radici profonde nelle nostre anime. Mentre il mio corpo si rilassa, e un sorriso mi sfiora le labbra, scivolo nel sonno.

"Fern! Fern! Svegliati!" Luca la stava scuotendo con delicatezza. "Dobbiamo tornare alla villa."

"Con tutto il cuore, amore mio."

"Fern!"

"Cosa?"

"La villa, dobbiamo andare."

"Che ore sono?" chiese lei, stordita.

"Le undici passate."

"Non è un po' tardi? Potremmo passare la notte qui."

"Perché tu possa continuare il tuo tète-a-tète con Cecilia?"

"Ho raccontato tutto quello che è successo?"

"Sì, mia cara. Forse non è stata una buona idea. Torniamo alla villa e ricaricare le batterie. Domani è un altro giorno, come si suol dire."

"Sembri preoccupato."

"Hmm." Lui aggrottò la fronte. "Come pensi che mi sia sentito quando mi hai detto di aver fatto l'amore con il pittore? E il tradimento politico del marito di Cecilia non fa ben sperare."

"Non sono stata io a fare l'amore con Zorzo, Luca. Per favore, non essere geloso. Ho bisogno di vedere queste cose. Se lascio l'Italia senza scoprire cosa è successo a Lorenza, Cecilia continuerà a cercarmi quando tornerò da Londra."

La baciò sulla fronte. "Prevedi di tornare?"

"Mi piace questo posto, nonostante tutto quello che è successo."

"Davvero? E che mi dici della gente, ti piace anche quella?"

"Anche quella. Soprattutto una certa persona."

La circondò con le braccia e l'attirò a sé. "E chi sarebbe?"

Lei sollevò il mento e la bocca di Luca scese sulla sua, baciandola così intensamente che le ginocchia quasi si rifiutarono di sorreggerla. I suoi baci caldi le incendiarono le guance e poi scesero giù lungo il collo. "Tu, naturalmente. Ti amo," disse.

Ed era vero. Ora ne aveva la certezza. Un calore appagante si diffuse in lei. Harry avrebbe voluto che fosse felice. Non era colpa sua se era morto. Un tragico incidente che era costato la vita a tante persone. Ora lei aveva il dovere di vivere la sua fino in fondo. Glielo doveva.

"*Lorenza!*"

"Hai sentito anche tu?"

"Sì, amore mio," disse Luca.

CAPITOLO 24

Chiara aveva lasciato il letto e se ne stava seduta nel patio ad ascoltare musica dal suo *walkman*, mentre Fern e Vanessa mettevano ordine tra le scatole piene di corrispondenza che la contessa aveva sistemato nella cantina della villa. "Queste risalgono al periodo in cui la famiglia aveva ancora i suoi palazzi sul Canal Grande,"disse Vanessa. "Non ho saputo della loro esistenza fino a quando non le ho trovate, l'altro giorno."

"Pensi che troveremo qualcosa di utile per la tua ricerca genealogica?"

"Speriamo. Oh, a proposito, mentre ero con Chiara la notte scorsa, ho letto un vecchio libro che si è conservato insieme alle lettere. E ho scoperto molto di più su quello che è successo nel 1509."

Vanessa frugò nella borsa e tirò fuori un taccuino. Iniziò a leggere. "Subito dopo aver emesso la scomunica contro Venezia, le forze del Papa invasero la Romagna e riconquistarono Ravenna con l'aiuto di Alfonso d'Este, Duca di Ferrara, che fu nominato

Gonfaloniere della Chiesa. Continuò a governare Rovigo, anche se apparteneva alla Repubblica."

"Immagino che Lodovico sia rimasto coinvolto in quella battaglia," disse Fern. "Dopotutto, era un cavaliere."

"Nel mese di aprile, il re francese lasciò Milano alla testa del suo esercito e mosse rapidamente in territorio veneziano," continuò a leggere Vanessa. "Per opporsi alla sua avanzata, la Serenissima armò l'esercito più grande e più pagato mai visto sul suolo italiano, sotto il comando dei cugini Bartolomeo d'Alviano e Niccolò di Pitigliano."

"Interessante. Così Giorgio Cornaro non fu più a capo delle truppe. Mi chiedo se è sopravvissuto al tentativo di avvelenamento?"

"Penso di sì. Mi sembra di ricordare che morì molto tempo dopo, nel 1520."

Vanessa scorse i suoi appunti. "Alviano e Pitigliano erano in disaccordo circa il modo migliore per fermare l'avanzata francese. Quando Luigi di Francia attraversò il fiume Adda, nella provincia di Brescia, ai primi di maggio, Alviano gli andò incontro. Ma Pitigliano, credendola la cosa migliore da fare per evitare una battaglia campale, si allontanò verso sud."

"Con metà dell'esercito?"

"Sì." Vanessa continuò a leggere. "Il 14 maggio, Alviano affrontò i francesi nella battaglia di Agnadello. Sopraffatto dal numero nettamente superiore dei nemici, inviò una richiesta di rinforzi al cugino, che rispose con l'ordine di interrompere i combattimenti."

"Cos'è successo dopo?"

"Pitigliano proseguì verso sud," leggeva Vanessa. "Alviano, che decise di ignorare i nuovi ordini e di avanzare con il suo esercito, fu circondato e distrutto."

"Che cosa terribile!"

"Pitigliano riuscì ad evitare di incontrare Luigi. Ma le sue truppe di mercenari, udito della sconfitta di Alviano, disertarono in massa la mattina dopo, costringendolo a ritirarsi a Treviso con i resti dell'esercito veneziano."

"Non si accenna nulla dell'attacco imperiale ad Asolo?"

"Sono arrivata fino a questo punto. Se ho tempo, continuo a leggere e ti aggiorno quando torni qui dopo la rievocazione di questa sera."

"Sarebbe perfetto, grazie."

Assistere alla rievocazione fu un po' come vedere il film tratto dal suo romanzo preferito. Non fu una rappresentazione fedele. La donna che interpretava Caterina Cornaro era alta e bruna, mentre la regina era stata una donna bassa, bionda e piuttosto robusta.

I costumi erano un po' approssimativi rispetto a quelli che Fern aveva visto attraverso gli occhi di Cecilia. Gli uomini indossavano farsetti più lunghi di quelli che aveva visto nel passato. Non mostravano le brache, forse per pudore. I capelli delle donne, inclusi i propri, erano trattenuti da ghirlande, e non esibivano trecce intessute con gioielli e retine per capelli che invece le erano familiari. L'odore di corpi non lavati che pervadeva l'aria dell'epoca, per non parlare della mancanza di servizi igienici (le latrine a cielo aperto erano la norma), rendevano il sedicesimo secolo uno dei periodi più maleodoranti della storia; imparagonabile al 1989. Solo la musica e le danze erano quelle dell'epoca.

Quella sera era troppo caldo e molto umido. Fern sentì il sudore scorrerle lungo la nuca e imperlarle le gambe mentre si muoveva a passo di danza. Il pubblico era numeroso. Un'ottima cosa per i Caffè e i ristoranti di Asolo, e faceva conoscere la storia della città alla gente. Sentiva l'orgoglio della popolazione del luogo per l'unicità del proprio patrimonio storico.

Quando terminò la danza, Luca la portò a bere al Caffè Centrale. Riuscirono a trovare un tavolo sulla terrazza, nonostante la folla. La zia Susan, che aveva detto che non si sarebbe persa la rievocazione per nulla al mondo, si sedette accanto a loro. "Sto morendo di sete," disse. "Mi piacerebbe una spremuta d'arancia."

"Sembra che dovremo aspettare per essere serviti," disse Luca. "O forse no." Il barista, in giacca bianca e papillon nero, si avvicinò al loro tavolo.

"Una telefonata urgente."

Luca balzò in piedi. "Scusa un momento, tesoro. Prendo la telefonata e torno."

Fern lo guardò camminare a grandi passi verso il bar e sollevare il ricevitore. Dopo un paio di minuti, lo restituì. "Era la polizia. Devo andare alla villa. Mio fratello, Antonio, ha cercato di mettersi in contatto con me. Qualcuno è entrato in casa."

"Vuoi che venga con te?" chiese Fern con il cuore in gola. *Che diavolo era successo?*

"Meglio di no. Voglio sapere che cosa sta succedendo e assicurarmi che mamma e Chiara stiano bene."

"Se venissi con te, non dovresti tornare indietro a prendermi."

"Non so cosa è successo, tesoro. Il poliziotto al telefono ha solo inoltrato il messaggio del commissario. Non ha saputo dirmi se hanno preso l'intruso o meno. Sono molto preoccupato e non voglio metterti in pericolo."

L'abbracciò. "Per una volta, non ti chiamerò cavernicolo."

Luca la baciò. "Ci vediamo presto. Fino a che sei in compagnia, sei abbastanza al sicuro."

"Sicuramente Fern può passare la notte a casa mia," intervenne la zia Susan. "Non c'è bisogno che tu esca di nuovo."

"No, penso che sia meglio che torni alla villa, solo non subito."

"Vanessa ha ancora bisogno del mio aiuto con Chiara," disse Fern.

"Cosa intendeva Luca quando ha detto che sei al sicuro fino a che sei in compagnia?" chiese la zia Susan mentre sedevano nella sua cucina, davanti a un piatto di cantucci e due bicchieri di Vin Santo. Fern si era tolta il costume che aveva indossato per la rievocazione e si era messa un paio di jeans e una t-shirt.

"Luca crede che io cada in *trance* e viaggi nel passato," disse Fern, immergendo un biscotto nel vino. "Ed è preoccupato per la mia sicurezza."

"Quante storie! Non lo avrei mai detto di Luca, sembra un ragazzo così assennato."

"Accidenti, fa caldo stasera," disse Fern, cambiando argomento.

"C'è un temporale in arrivo. Fammi un favore, cara. Fai un salto al piano di sopra e controlla che le persiane siano chiuse. Mi sento improvvisamente molto stanca."

Quando Fern tornò in cucina, la zia si era trasferita sul divano in salotto, e se ne stava con Gucci in grembo, e il suo gran russare le disse che si era addormentata. Il rombo di un tuono squarciò l'aria. Con un'inquietante sensazione di presagio, Fern tornò a tavola.

Sento il tuono e, attraverso la finestra aperta, scorgo un fulmine che forma un tridente nel cielo di piombo. Lorenza vola nel mio abbraccio. La mia cucciola ha paura dei temporali, e nemmeno una miriade di baci e coccole riuscirebbe a fargliela passare. "Sono solo dei giganti che giocano con i birilli," le dico.

Lorenza mi rivolge uno sguardo interrogativo. "Allora dite a quei giganti cattivi di smettere di giocare."

Le bacio la guancia calda e la tengo stretta. Siamo al Barco, ma la corte non c'è. Ho avuto la possibilità di scegliere se andare con la mia signora a Venezia, il mese scorso, o rimanere ad Asolo, e io ho scelto di restare qui. Non avrei potuto portare mia figlia con me, a causa della rigida regola della mia signora che non permette di portare i bambini alla corte di Venezia, e nessuno avrebbe potuto immaginare la piega che avrebbero preso gli eventi.

Dopo il tentativo di avvelenamento da parte di Lodovico, Giorgio Cornaro si è ritirato a Brescia con problemi renali. Tuttavia, tutti abbiamo creduto che il magnifico esercito sollevato dalla Serenissima avrebbe fermato i francesi senza alcuna difficoltà. È stato inaspettato e sconvolgente per tutti apprendere che la Repubblica ha perso una battaglia così importante.

E ora l'Imperatore ha alzato la sua bandiera sul castello di Asolo. Tutto il mio corpo trema. Massimiliano e suoi soldati hanno disceso la Val Sugana, seminando devastazione e morte. Come si è arrivati a questo? Il doge non ha alzato un dito per difendere Asolo. Le nostre speranze sono ora riposte nelle truppe a Treviso. Zorzo è andato a prenderle, e ha mandato a dire che saranno qui a momenti.

Questi mesi passati con il mio vero amore sono stati così felici. È stato con me quasi tutto il tempo, insegnando la sua arte a me e a nostra figlia. Le donne con cui si è dilettato in passato, le cortigiane di Venezia che ha ritratto, non sono più parte della sua vita. Di questo sono certa.

Sento i nitriti di cavalli nel cortile sottostante. Poi il timbro degli zoccoli, il tintinnio di imbracature e le grida degli uomini. Potrebbe esserci Zorzo in mezzo ai nostri soldati? Vado alla finestra, Lorenza mi tira le gonne. *Santa Madre di Dio!* Quelle non sono le nostre truppe; sono soldati austriaci; gli stendardi e le loro voci gutturali parlano chiaro. Il terrore mi coglie impreparata. Prendo mia figlia e corro alla porta. Se riesco a raggiungere Pegaso prima che i soldati ci trovino, forse riuscirò a scappare.

Un'ombra attraversa il pavimento e faccio un passo indietro. Un uomo mi sbarra la strada verso la libertà. Lo guardo. *Maria Santissima!* È Lodovico che mi sorride con le sue labbra sottili. "Salute, moglie! Sono venuto a portarvi in salvo."

Lo respingo. "Con voi? Un traditore? Mai!"

"Non posso lasciare voi e Lorenza qui." Lodovico mi afferra e mi scuote. "Le truppe dell'imperatore sono affamate, quasi fuori controllo e incline ai saccheggi. Faranno di voi carne da macello. Il mio compito era quello di mostrare loro la posizione del Barco. Non avevo idea che voi foste ancora qui. Grazie a Dio la vostra cameriera me lo ha detto."

Lorenza sta piangendo, e io la metto giù. Piange ancora più forte quando il suo presunto padre mi attira brutalmente a sé. "Siete mia moglie. Fate come vi dico!"

"Non lo farò." Alzo le mani e le premo contro il suo petto per allontanarlo. L'uomo di poco conto, come lo ha chiamato la mia signora, si impadronisce dei miei polsi. Anche se è basso e magro, è più forte di me. "Lasciatemi!" Zorzo e le nostre truppe arriveranno presto da Treviso, mi dico. Egli non saprà dove trovarmi, se vado con Lodovico.

"È questo che volete? Che vi lasci?" Sorride di nuovo. "Con piacere. Siete stata per me una moglie tanto quanto un fantoccio da giostratore. Ma mia figlia viene con me."

Prima di rendermi conto di quel che vuole fare, afferra Lorenza ed esce sbattendo la porta. Sento la chiave che gira nella serratura. C'è un altro tuono e nuvole cariche di pioggia oscurano il sole.

Batté le palpebre nel buio. Doveva trovare Lodovico e raggiungere Lorenza. Dov'era finita la porta? Guardò nell'oscurità, ma non riusciva a vederla. Gridando, si piegò in due in preda a un terrore improvviso. Era a casa di zia Susan, non al Barco. *E la dannata elettricità era saltata di nuovo.* Fuori infuriava il temporale, lampi continui squarciavano il cielo.

Dove diavolo è la torcia? Raggiunse i pensili della cucina a tentoni e frugò. *Una candela. Bene.* Tastando qua e là, trovò una scatola di fiammiferi e ne accese uno.

"Che succede, cara?" chiese zia Susan dal divano, con la voce impastata.

"Niente di cui preoccuparsi," disse Fern. *Invece c'è molto da preoccuparsi per Cecilia*. "È arrivato il temporale e la luce è saltata."

"Come sempre. Be', siamo perfettamente al sicuro. Oggi pomeriggio, Luca ha mandato qualcuno per installare il parafulmine."

"Oh, non me lo ha detto."

"Immagino avesse altro per la testa. A proposito, quando verrà a prenderti? Non prendertela, è solo che vorrei andare a letto."

"Vai pure, zia. Non avrò problemi." *Spero*. "Dov'è la torcia?"

"Ha le pile scariche e ho dimenticato di ricomprarle. C'è una candela nel cassetto; la prendo io."

Fern vide la zia salire su per le scale, poi si sedette sul divano. Sentiva Cecilia che la chiamava a gran voce nella sua testa, e non c'era niente che potesse fare per fermarla. Il televisore scomparve davanti ai suoi occhi e i pugni si fecero improvvisamente martellanti.

Prendo a pugni la porta e grido: "Lorenza!" Vado alla finestra. Lodovico è già montato a cavallo, mia figlia si dimena sulla sella davanti a lui. Cattura il mio sguardo e mi fa un sarcastico cenno di saluto. Poi parte al galoppo, lasciando i soldati a scatenarsi senza controllo. Se saltassi dalla finestra, atterrerei in mezzo a loro. *Madre di Dio!* Potrebbero sfondare la porta; devo nascondermi.

In preda al tremore, cerco un nascondiglio. C'è una grande cassapanca di legno in un angolo, mezza piena di coperte. La raggiungo e mi infilo sotto gli strati di stoffa, chiudendomi il coperchio sulla testa. Mi tappo le orecchie per non sentire tutto il caos che c'è al piano di sotto, ma le grida dei soldati e le urla delle serve in cucina sono un tormento. Cosa stanno facendo i soldati a quella povera gente? E cosa faranno a me se mi trovano?

Mi tocco la collana d'oro, fresca sulla mia pelle. Mi cullo nella speranza che forse i soldati non sanno che sono qui; potrebbero anche non venire fin quassù. Inspiro profondamente ed espiro. *Stai tranquilla!* Ma il mio cuore batte con tanta violenza che sono sicura che mi farà scoprire da un momento all'altro.

Oh, Gesù Bambino! Che cos'è quest'odore acre? Questo improvviso calore? Questo suono ruggente? Sposto da un lato le coperte e sbircio attraverso una fessura nel legno. *Maria Santissima!*

Le fiamme si stanno propagando dappertutto attraverso il pavimento.

Fern annusò l'aria. Qualcosa stava bruciando; ne era sicura. La paura l'attanagliò. Ricordò il fumo riversarsi nel tunnel, il panico, la sensazione di soffocamento e i polmoni che bruciavano.

Il fumo le bruciava gli occhi. Un rumore forte le riempì le orecchie. Si scosse, cercando di mantenere il controllo della sua mente. Non c'era nulla che potesse fare al riguardo. Il fuoco era al Barco, non a casa della zia Susan.

Allora perché non riusciva a respirare? E perché le bruciavano gli occhi? *Dio mio!* Le fiamme avevano aggredito le tende. La finestra doveva essersi spalancata rovesciando la candela e quella doveva aver appiccato il fuoco alla stoffa. Si alzò di scatto dal divano. Doveva svegliare la zia Susan e uscire da quell'inferno.

Mi faccio il segno della croce mentre un muro di fuoco e di morte avanza verso di me, bloccando ogni mia possibilità di fuga. Dove posso andare? Il mio corpo trema convulsamente; non c'è via d'uscita.

Singhiozzando, mi rannicchio su me stessa. *Lorenza!* Deve essere così spaventata. Lodovico non l'ama, l'ha portata via per dispetto. Che cosa le succederà se io muoio? Che ne sarà di lei? *Lorenza!*

Lingue di fumo filtrano attraverso le assi di legno della cassapanca e s'insinuano giù per la gola, facendomi tossire. Le lacrime mi solcano le guance. *Dolce Signore, come hai potuto lasciare che questo accadesse proprio a me?* Il fuoco sta per strapparmi da questo mondo, da tutti quelli che amo.

La testa di Fern girava. *Concentrati, ragazza!* Corse su per la scala a chiocciola. Il pianerottolo era invaso dal fumo; quasi non riusciva a vedere niente. Corse in bagno e prese due asciugamani, li bagnò, e corse nella stanza di sua zia.

Attraverso il buio, riuscì a distinguere la sagoma della donna riversa sul letto. La scosse e gridò: "Sveglia, zia! La casa è in fiamme. Dobbiamo uscire. Forza!"

Zia Susan le rivolse uno sguardo confuso, poi scese dal letto. Fern le porse l'asciugamano bagnato e disse: "Tienilo sulla bocca e sul naso; ti permetterà di respirare." Tese la mano e la zia l'afferrò.

Scesero giù per le scale. I mobili di legno della cucina erano già in preda alle fiamme ma la via verso la porta d'ingresso era libera. Corsero fuori, seguite da Gucci.

Sulle scalette del giardino, la zia si voltò. "Il mio manoscritto! Devo tornare indietro a prenderlo!"

"No, zia. Vado io." Il fuoco non era ancora arrivato di sopra; aveva ancora il tempo per salire, prendere il libro e riuscire.

Lasciò la zia in piedi sul vialetto del giardino. "Corri dai vicini e chiama i vigili del fuoco!"

Fu abbastanza semplice. Il manoscritto della zia era sulla scrivania del suo studio, proprio in cima alle scale. Con la parte inferiore del volto coperta dall'asciugamano bagnato, Fern fece i gradini a due a due. Spalancò la porta e, scrutando nella stanza piena di fumo, adocchiò la vecchia macchina da scrivere della zia e una scatola di fogli. Fern afferrò la scatola e, in pochi secondi, uscì dalla casa in fiamme. Passò il manoscritto alla zia e disse: "Voglio salvare i miei quadri."

"Stai attenta!"

Fern tornò nella casa. Il suo studio improvvisato era situato in un angolo della cucina non ancora aggredito dalle fiamme. Afferrò i suoi acquerelli e un paio di tele, poi si affrettò verso l'uscita. L'asciugamano ormai si era asciugato e lei lo lasciò cadere sul pavimento. La bocca e il naso erano saturi di fumo. I polmoni agonizzanti di Fern urlavano mentre tentava di respirare. Era tornata a King's Cross, e barcollava nel tunnel pieno di fumo. Solo che questa volta, non c'era un treno che potesse salvarla. Questa volta, il fuoco si era diffuso e le stava bloccando l'unica via di uscita, facendosi strada lungo le travi del soffitto. Un enorme botto, e la trave sopra la sua testa crollò. Questa volta stava davvero per morire.

Un colpo echeggia. *Maria Santissima!* Fuori, le urla cessano. Sento il rumore delle fiamme che si avvicinano e il caldo torrido mi costringe ad appiattire la schiena contro il legno della cassapanca. Non c'è niente che io possa fare.

Zorzo, dove sei? Perché non arrivi? È troppo tardi per salvarmi. Troppo tardi per salvare chiunque. Non potrò mai più rivederti, o rivedere Lorenza. Non potrò più sentire le tue labbra calde sulle mie. Non terrò mai più la nostra bambina tra le braccia.

Non avrò mai il futuro che sognavo insieme a voi. Chi si prenderà cura di lei? *Lorenza!*

Il fumo mi invade le narici e mi entra nei polmoni; spero che mi uccida prima che siano le fiamme a farlo. *Padre celeste, fa' che tutto questo sia veloce!*

Il calore è insopportabile, mi brucia il naso, la gola e i polmoni. Ansimo e inalo l'aria rovente, provo un senso di nausea e mi sento soffocare mentre la vista si annebbia.

Non ho più aria nei polmoni. L'odore acre delle sopracciglia, dei capelli e della pelle bruciacchiati mi riempie le narici. La collana d'oro che porto al collo è un ferro arroventato e un suono assordante mi rimbomba nelle orecchie.

"*Lorenza…*" sussurro attraverso le labbra inaridite. Come posso parlare se non riesco a nemmeno a respirare? Il dolore mi consuma. Mi contorco, uno strano ronzio mi tormenta la testa. Un bagliore e poi…

Un fulmine zigzagò nel cielo quando Luca arrivò alla villa. Una macchina della polizia era parcheggiata davanti all'entrata. Accostò e aprì la portiera dell'Alfa. Sotto la pioggia scrosciante, corse su per i gradini e in salotto, il tutto mentre una voce nella sua testa ripeteva: *Troppo tardi, troppo tardi, troppo tardi.*

Chiara era appollaiata sullo sgabello del pianoforte a coda, la gamba ingessata distesa davanti a lei. Aveva un brutto livido sulla guancia sinistra. Un ispettore di polizia calvo e grasso, con un paio di baffi sottili come una matita, era seduto da un lato, la madre di Luca dall'altro, e Antonio era in piedi vicino a loro.

"Sono andata a controllare il mio cavallo," balbettò Chiara. "Poi ho sentito un fruscio di paglia nella stalla vuota accanto alla sua." Aveva una ciocca di capelli tirata dietro l'orecchio. "Federico era lì, voleva sapere perché non lo avevo richiamato. Gli ho detto di andare affanculo. Ha detto che l'altra ragazza era stata solo un'avventura e che lui voleva stare con me. Gli ho riso in faccia. È stato allora che mi ha afferrata e mi ha gettata a terra. Ha iniziato a insultarmi e a chiamarmi cagna viziata. Poi mi ha dato un pugno in faccia. In quel momento ho capito quanto lo odiavo. Ha cercato di sfilarmi i pantaloncini; penso che volesse violentarmi, ma io sono riuscita a mordergli la mano. Si agitava in preda al dolore, facendo un sacco di storie. Che mammone! Io ho preso le mie stampelle e me ne sono andata sbattendo la porta della stalla e chiudendocelo dentro."

"È stato molto coraggioso da parte tua, Chiara," disse Luca correndole incontro e abbracciandola. "Grazie a Dio, stai bene."

"Sì, grazie a Dio," ribadì la madre.

Antonio sbuffò. "Commissario, spero che arresterà quello stronzo per aggressione."

"Certamente, signore."

All'improvviso, un tuono.

Luca si voltò di scatto, quella voce di nuovo nella testa: *Troppo tardi, troppo tardi, troppo tardi.*

"Oh mio Dio, Fern!"

Vedeva l'enorme nuvola di fumo nero dalla fine della strada che portava fuori dal paese di Susan. *Maledizione!* Spinse il piede sull'acceleratore, con la testa piena di quell'incubo ricorrente, di quel sogno che lo tormentava da quando aveva incontrato Fern. *Troppo tardi! Troppo tardi! Troppo tardi!* Ecco di cosa si trattava. Il suo cuore sembrava impazzito.

Luca si fermò dietro il camion dei vigili del fuoco, con le luci che bucavano la nebbia che era scesa dopo il temporale. Un'ambulanza era parcheggiata di fronte alla casa. I vigili del fuoco, idranti alla mano, spruzzavano acqua sulla villetta annerita dalle fiamme. *Fanculo! Fanculo! Fanculo!*

Luca saltò giù dall'auto e si precipitò verso la casa, ma un poliziotto gli sbarrò la strada. "È troppo pericoloso." Troppo pericoloso, certo, ma dove diavolo erano Fern e sua zia?

L'uomo indicò l'ambulanza e il cuore di Luca si fermò.

CAPITOLO 25

Fern aprì gli occhi. La luce del sole si aprì un varco attraverso le tende. Alzò le mani. Bende. Luca era seduto su una sedia accanto al suo letto, con il volto segnato da profonde rughe di preoccupazione. "C... c... che è successo?"

"Sei all'ospedale di Castelfranco, tesoro. La casa di tua zia ha preso fuoco ma, grazie a Dio, stai bene." Si alzò dalla sedia e si appollaiò sul letto. "I paramedici hanno dovuto rianimarti e darti l'ossigeno." Luca le accarezzò la guancia. "Ti stanno tenendo sotto osservazione per assicurarsi che non ci siano complicanze dopo aver inalato tutto quel fumo. Le ustioni di secondo grado che hai alle mani dovrebbero guarire completamente in un paio di settimane."

"E la zia Susan?" chiese lei con un colpo di tosse. Aveva la sensazione che i polmoni fossero stati marchiati con un ferro arroventato.

"Sta bene. Si trova all'Hotel Duse di Asolo. Oh, ha portato con sé i tuoi quadri. Perché diavolo hai pensato di tornare in quell'inferno?" Lui aggrottò la fronte. "Pensavo avessi paura del fuoco."

"Ce l'ho, ma non potevo sopportare che i miei quadri andassero distrutti. Sono come dei figli, per me." Fece una pausa e riordinò le idee. "So cosa è successo a Lorenza."

"È morta nell'incendio?"

"No. L'ha presa Lodovico." Lentamente, tra i singhiozzi, Fern gli raccontò quello che era successo a Cecilia.

"Credevo di essere arrivato troppo tardi," disse Luca. "Ma non ero io, era Zorzo. *Lui* è arrivato troppo tardi." Estrasse un fazzoletto di carta dalla scatola sul comodino di Fern e si asciugò gli occhi. "Devo aver sognato di essere lui. Il rimorso che provava per non aver raggiunto il Barco in tempo deve essere arrivato fino a me attraverso i secoli."

"Non possiamo cambiare il passato, vero?" Fern fece un respiro profondo. Il dolore nei polmoni stava diminuendo. "Il corso della nostra vita può essere cambiato anche dalla decisione apparentemente più insignificante. Cecilia ha rifiutato l'aiuto di Lodovico. Se lo avesse seguito, si sarebbe salvata. Zorzo andò a prendere l'esercito di stanza a Treviso. Se fosse rimasto con Cecilia, le cose sarebbero quasi certamente andate in modo diverso."

"E se tu non fossi entrata in casa per salvare i tuoi dipinti, probabilmente non saresti in ospedale stasera. Ti ho quasi persa, Fern." La baciò sulla fronte. "La storia avrebbe potuto ripetersi; avrei potuto perderti come Zorzo perse Cecilia."

"Non credo che scopriremo mai cosa è successo a Lorenza. Povera bambina, allevata da un padre che non l'amava. La portò via solo per dispetto."

"Se non altro, non ha subito la ferocia dei soldati. Cecilia probabilmente non sarebbe stata in grado di salvare se stessa e la bambina. Quindi, in un certo senso, il padre l'ha salvata."

"Credo di sì. Che tragedia! Peccato che la regina non abbia derogato alle sue regole permettendo a Cecilia di portare Lorenza a Venezia."

"Credo che non immaginasse il pericolo che stavano correndo. La Repubblica si credeva imbattibile, e tale ridivenne in seguito. Ho letto il libro che ha trovato mamma. A quanto pare, Papa Giulio si rese presto conto che la distruzione di Venezia avrebbe avuto conseguenze troppo pericolose."

"Ah, sì?"

"Lui aveva bisogno dell'alleanza con Venezia per fronteggiare la Francia e l'Impero Ottomano."

"L'alleanza tra il Papa e Luigi finì?"

"Sì, e il papa litigò anche con il duca di Lodovico."

"Non dirmi che lo ha scomunicato!"

"Già, ma questo non ha impedito al Duca di Ferrara di continuare a combattere. Poi Massimiliano cambiò bandiera e si alleò con il Papa, ma non volle rinunciare ai territori strappati a Venezia. Così la Repubblica si unì ai francesi per combattere contro il pontefice e Massimiliano. Venezia e la Francia finirono per spartirsi tutto il Nord Italia."

"E la Repubblica sopravvisse."

"Potremmo dire così, ma gli eventi del 1509 segnarono la fine dell'espansione veneziana."

Fern si distese sui cuscini e chiuse gli occhi. "Per quanto tempo mi terranno in ospedale?"

"Fino a domani, se tutto va bene. È solo per precauzione, ma sconsigliano di tornare a Londra prima di una quindicina di giorni."

"Giusto. Altro permesso per malattia. La banca sarà davvero stufa di me."

"Pensa a rimetterti. La tua camera alla villa ti aspetta. Mamma e Chiara ti salutano con affetto e verranno a trovarti questa sera."

"Non mi hai detto niente riguardo al ladro che si è introdotto in casa vostra."

"È stato Federico. Ha cercato di violentare Chiara, ma lei è riuscita a scappare, grazie a Dio." Luca continuò a raccontarle gli eventi della notte precedente.

"Federico si è comportato proprio come Lodovico," disse Fern, sconvolta. "Non vi ho mai detto quanto mi ricordasse il marito di Cecilia, per non rischiare di essere fraintesa. Ma tutto quello che è successo è stato l'eco di ciò che è accaduto in passato, e ha cambiato le nostre vite per sempre." Fece una pausa. "Oh, mio Dio! Pensavo una cosa. Lodovico ha chiuso Cecilia nella sua stanza, ma Chiara ha fatto il contrario: ha chiuso Federico nella stalla." Fern scoppiò di nuovo in lacrime. "Mi dispiace. Di solito non sono una piagnucolona."

"È lo stress dovuto al trauma, tesoro," disse Luca tirando fuori un altro fazzoletto di carta dalla scatola. Le asciugò le lacrime, la strinse ancora una volta e la baciò teneramente sulle labbra.

La porta della stanza di Fern si spalancò e la zia Susan entrò accompagnata da un bouquet di rose rosa e da una scatola di *Baci Perugina*.

"Mi dispiace di aver dato fuoco alla tua casa, zia."

"Non hai fatto nulla del genere, è stato uno strano incidente. E grazie per aver salvato la mia vita e quella di Gucci. Per non parlare del mio manoscritto."

"Dov'è Gucci?"

"All'allevamento fino a che non trovo una casa in affitto e posso riprenderlo con me. Ci vorrà un po' per avere i soldi dell'assicurazione e ricostruire la casa."

La zia Susan si sistemò sul lato opposto del letto rispetto a dove era seduto Luca, aprì la scatola di cioccolatini, e li offrì. Luca ne prese uno, ma Fern lo rifiutò. Luca le porse il bigliettino avvolto intorno al suo cioccolatino. Lei lo lesse: *Nei sogni, come in amore, tutto è possibile.*

Le mani di Fern erano ancora di una vivace tonalità di rosa ma erano in via di guarigione, e suoi polmoni erano tornati alla normalità. La sua più grande preoccupazione era quella di non poter più disegnare e dipingere a seguito dell'incidente. Si sedette nel salotto della villa e sospirò; temeva il ritorno a Londra la settimana successiva. Non poteva più prendere ferie, ma lei e Luca erano rimasti d'accordo che lui sarebbe andato a trovarla per un fine settimana lungo al mese. Per il momento, avrebbe funzionato.

Fern alzò lo sguardo quando Chiara entrò zoppicando. La sorella di Luca aveva dato una mano a riordinare le vecchie scatole in cantina; non faceva altro che portare mappe e documenti perché Fern li controllasse prima di essere catalogati. Questa volta teneva un piccolo dipinto ovale in mano. Lo mostrò a Fern. "Penso che sia uno dei nostri antenati."

Fern si tolse i guanti di cotone che indossava per proteggere le mani, e prese il panno che aveva usato per togliere la polvere dalle pergamene. Vide una firma nell'angolo inferiore destro del quadro, coperto di muffa. Strofinando delicatamente, scoprì la lettera L. Poi una O, seguita da una R. *Lorenza. Dio mio! Possibile?* Con il cuore in gola, portò alla luce le lettere rimanenti. *Lorenza Gaspare.*

Gaspare era il cognome di Lodovico. Come era riuscita la ragazza a diventare un'artista? E chi era l'antenato Goredan nel ritratto? "È incredibile," disse a Chiara. "C'è tua madre in casa? Dobbiamo mostrarglielo."

"Vado a chiamarla."

Fern espose il ritratto alla luce, ammirando il tocco raffinato delle pennellate. In pochi minuti, Chiara tornò con Vanessa e Fern disse: "Guarda questo!"

Vanessa si lasciò sfuggire un rantolo. "Incredibile! Chi l'avrebbe mai detto? Però non ho idea di chi sia il tizio nel ritratto. Dove l'hai trovato, Chiara?"

"Sul fondo dell'ultimo baule. Era sotto un'altra pila di quelle noiose lettere. Vado a prenderle."

Fern sorrise mentre guardava madre e figlia rovistare nella corrispondenza. Si erano riavvicinate. Chiara, non era più sotto l'influenza di Federico, aveva addirittura accettato di tornare all'università. Il suo ex-fidanzato era in carcere, in attesa di processo. Fern sperava che lo condannassero come meritava.

"Queste lettere non ci dicono molto," disse Vanessa. "Riguardano per lo più l'acquisto e la vendita di spezie. Come molti veneziani, la nostra famiglia era nel commercio delle spezie nel quindicesimo e nel sedicesimo secolo."

Per Fern fu una delusione cocente, ma si disse di non essere sciocca. Solo perché un dipinto firmato da Lorenza era apparso miracolosamente, non significava che il mistero della sua vita si sarebbe risolto tutto in una volta. Fern avrebbe dovuto accontentarsi di tenere la miniatura in mano e avrebbe usato la sua immaginazione per colmare le lacune. Forse Lodovico aveva cercato in qualche modo di redimersi consentendo a Lorenza di coltivare il suo talento artistico. Fern era terrorizzata dalla paura che lui avesse schiacciato la ragazza così come aveva cercato di schiacciare la madre, ma Lorenza probabilmente lo aveva conquistato, considerato il tipo di bambina che era...

"Il collegamento tra me e Giorgione," disse Luca quando tornò dall'ufficio ed ebbe visto il ritratto. "Ecco perché l'ho sognato." Dopo cena, mise il braccio intorno a Fern e la condusse sul terrazzo. Se ne stavano seduti a sorseggiare prosecco nel calore della sera di fine giugno. C'erano le lucciole che illuminavano la notte come piccole lanterne, e l'aria era pregna del profumo del caprifoglio.

Gli occhi di Fern incontrarono quelli di Luca e capì; improvvisamente capì cosa avrebbe detto dopo. "Quando tornerò a Londra, rassegnerò le dimissioni dalla banca e metterò in vendita l'appartamento."

Luca la baciò. Un bacio lungo, possessivo. "Ti amo, Fern."

"Anch'io ti amo. Con tutto il mio cuore, amore mio."

EPILOGO

Sento l'Alfa di Luca sul vialetto. Siamo sposati da sei mesi, i più belli della mia vita. Lo amo così tanto. So che sembra banale, ma Luca ha preso tutti i frammenti della mia anima e li ha incollati, uno per uno. Il mio rientro a Londra è stato breve. Entro un mese ero di nuovo in Italia ad aiutare Luca a ristrutturare il casale nella sua proprietà.

Chiara ci ha dato la sua benedizione, nonostante il tradimento di Federico. A proposito, il ragazzo è ancora in attesa di processo perchè la macchina della giustizia in Italia è molto lenta.

La casa è un luogo felice, pieno di bei ricordi di pic-nic infantili che superano di gran lunga l'infelicità che la ragazza ha vissuto per alcuni interminabili giorni. Chiara è tornata all'università e ha cambiato facoltà, passando a Scienze Politiche. Dice che un giorno si batterà per l'indipendenza del Veneto, ma come politico regolarmente eletto. Io e Luca ci siamo trasferiti nella nuova casa due settimane fa e l'abbiamo chiamata *Casa Cecilia*.

Luca entra nel calore della cucina, dove sto girando un piatto di minestra; Zorzo, il nostro cucciolo di Labrador nero di sei mesi, è accucciato ai miei piedi.

"Non crederai mai a quello che ha scoperto mamma." Mi bacia sulle labbra. "Sai quel ritratto del mio antenato dipinto da Lorenza? Be', a quanto pare, lo sposò."

La mia mascella crolla all'istante. "Cosa? Lo ha sposato? E come lo sai?"

"Dalle ricerche genealogiche di mamma. Ho pranzato con lei alla villa e mi ha detto che ha finalmente completato il ramo della famiglia del sedicesimo secolo. C'è l'atto di matrimonio nella biblioteca di San Marco a Venezia. Ricordi che stava per andare lì prima della caduta di Chiara? Be', è stata così occupata, che ha terminato il lavoro solo l'altro ieri. Non voleva dirmi nulla al telefono, ma continuava a insistere perché pranzassi con lei oggi, e poi mi ha mostrato i suoi appunti. Il nostro antenato era un nipote del doge. Siamo sempre stati convinti di discendere dal doge Goredan, ma poi mamma ha scoperto che suo figlio è morto per la stessa epidemia che ha ucciso Giorgione, quindi la linea di sangue è proseguita tramite il nipote."

"Che meraviglia! Pensare che il nostro bambino è un discendente del grande artista…" metto la mano sulla rotondità del mio ventre. Il piccolo si muove sotto le mie dita. "Sentilo." Sposto la mano di Luca sulla mia pancia. "Il nostro bambino è contento."

La mattina seguente, prendo il cucciolo per una passeggiata fino alla vecchia cappella. Giugno quest'anno è stato piovoso e freddo, e ieri sera c'è stato un temporale, il cielo era come quello de *La Tempesta*. La casa dispone di un parafulmine, allarmi antincendio e torce in ogni stanza, per ogni evenienza, ma la mia paura del fuoco fa tremare ancora il mio cuore, anche se molto meno di prima. Se non altro il pezzo di legno bruciato non è più comparso, anche se devo dire che non sono stata in luoghi associati a Cecilia di recente.

Allo stesso tempo, in qualità di direttore dei lavori per il restauro della casa, Luca ha supervisionato la ricostruzione della casa di zia Susan, che questa volta è una villetta tutta su un piano. "Non sarò in grado di fare le scale ancora per molto," ha detto. "E neppure Gucci. Sta invecchiando, come me." Per fortuna, zia Susan era assicurata ed è felice di trasferirsi nella nuova casa, dopodomani. È anche molto contenta di diventare prozia di qui a quattro mesi. Il mio unico rammarico è che i miei genitori vivono troppo lontano, ma i voli tra il Regno Unito e l'Italia sono sempre meno costosi. Sono già venuti a trovarci due volte, da quando ho lasciato Londra. E sono venuti per il matrimonio, naturalmente, che si è svolto ad Asolo, come pure il ricevimento che abbiamo fatto al Cipriani. Poi, la seconda volta, sono venuti la scorsa settimana per vedere la casa.

Il sagrato è più avanti e ho tolto il guinzaglio al cucciolo. C'è un odore di erba bagnata mentre metto mano alla cartella degli schizzi. Non vengo qui da quando ci siamo trasferiti a Casa Cecilia; mi sistemo sul muretto davanti alla chiesa e inizio il mio schizzo. A Pasqua, ho fatto una mostra dei miei quadri a Castelfranco. Hanno venduto bene e ora sono al lavoro per allestirne un'altra.

"Lorenza!"

Anche se mi aspettavo quel sussurro spettrale, ho un tuffo al cuore.

"Cecilia, tua figlia è diventata tutto quello che sognavi per lei. Lo so, perché ho visto un suo dipinto. E ora porto in grembo il suo discendente. Se avrò una femminuccia, la chiamerò Lorenza."

Un sospiro si libra tra i cipressi, dietro la chiesa. Alzo la mano sugli occhi. Due figure abbracciate stanno sul portale. L'uomo indossa un farsetto corto, ha i capelli castano scuro lunghi fino alle spalle. Accanto al lui, c'è una donna. Cecilia. Si inchinano. Io sbatto le palpebre, e quando le sollevo, sono scomparsi.

Un corvo gracchia dal castagno sul poggio dietro la chiesa. Ripongo l'album, mi metto lo zaino in spalla, richiamo il cucciolo con un fischio e m'incammino verso casa.

NOTE DELL'AUTRICE

Giorgione, Zorzo o Zorzone, fu uno dei più enigmatici pittori della storia dell'arte italiana. Poco si sa della sua vita, che è stata romanzata da numerosi scrittori nel corso dei secoli.

Una delle leggende su Giorgione narra che il suo vero amore sia stata una giovane donna conosciuta come Cecilia. Ci sono dubbi circa chi sia stata e se sia esistita davvero. Per me, lei è esistita ed è stata una dama di compagnia alla corte della regina Caterina Cornaro. In ogni caso, questa è solo la mia interpretazione del mito.

La Tempesta è considerato il primo dipinto paesaggistico nella storia della pittura occidentale. Amo quest'opera e mi sono divertita a inserire i capolavori di Zorzone all'interno del mio romanzo. *Signora di Asolo* è, comunque, un'opera di fantasia e solo la mia interpretazione di come possono essere andate le cose.

Anche la creazione della *Venere dormiente* del Giorgione è stata romanzata, nel mio libro. Sebbene non sia dimostrato, da un'attenta analisi di questo dipinto e de *La Tempesta*, che entrambi i capolavori ritraggano la stessa donna, mi sono concessa una licenza artistica e ho immaginato che così sia stato e che quella donna sia il vero amore di Zorzo, Cecilia.

Ci fu una nobile veneziana, Caterina Cornaro, che andò in sposa al Re di Cipro e divenne in seguito la Signora di Asolo. Morì a Venezia il 10 luglio 1510, un anno dopo che il Barco, la sua villa delle delizie, era rimasto danneggiato da un incendio appiccato dalle truppe della Lega di Cambrai. Lì, la regina aveva dato vita a una corte di eccellenza letteraria e artistica, dove Pietro Bembo scrisse *Gli Asolani*, i suoi dialoghi platonici sull'amore.

I seguenti libri mi hanno fornito preziose informazioni e mi sono stati di grande ispirazione:

Baldassare Castiglione, *The Book of the Courtier*

Herbert Cook, *Giorgione*

Peter W. Edbury, Joachim G. Joachi, Terence Mullaly, *Caterina Cornaro Queen of Cyprus*

Antonella Gotti, *Caterina Cornaro, Regina di Cipro e Signora di Asolo*

Thomas Kabdebo, *Tracking Giorgione*

Alberto Ongarato, *Giorgione da Castelfranco, L'uomo, l'artista, il mito*

RINGRAZIAMENTI

Vorrei ringraziare:

I membri e i recensori professionisti di **YouWriteOn**, il sito dedicato alle revisioni, per il loro aiuto sui primi capitoli.

Ann Bennett, la mia preziosa *beta reader* e amica, per il suo aiuto sulla prima stesura.

John Hudspith, mio editor e ispiratore, per il suo lavoro altamente professionale, veloce e preciso.

Jane Dixon-Smith per la meravigliosa copertina di *Signora di Asolo*.

Arianna Giorgi, la mia attenta traduttrice, per essersi attenuta fedelmente alla storia e ai personaggi.

La mia famiglia: i miei genitori, Veronica e Douglas Bland, per aver creduto in me e per avermi portata in Italia da bambina; mio fratello Diarmuid, e mia sorella Clodagh, per avermi sempre incoraggiata.

Victor, mio marito, per il suo amore e il suo sostegno. Nostro figlio Paul, e sua moglie, Lili, per il loro supporto tecnologico.

Infine, ma non per questo meno importante, ringrazio te, caro lettore, per aver acquistato questo libro e averlo letto.

L'AUTRICE

Appassionata di tutto ciò che è italiano, Siobhan Daiko vive in Veneto con il marito, un cagnolino e due gatti. Dopo una vita da romanzo trascorsa tra Hong Kong, l'Australia e il Regno Unito, quando non scrive, si gode la vita a Asolo.

ALTRI LIBRI DI SIOBHAN DAIKO

Milton Keynes UK
Ingram Content Group UK Ltd.
UKHW020624100424
440866UK00013B/275

9 798210 212689